KB262341

고검추산

허담 新무협 판타지 소설

FANTASTIC ORIENTAL HEROES

고검추산 2

허담 新무협 판타지 소설

초판 1쇄 찍은 날 § 2007년 9월 14일
초판 1쇄 펴낸 날 § 2007년 9월 20일

지은이 § 허담
펴낸이 § 서경석

편집장 § 문혜영
편집책임 § 이재권
편집 § 유경화 · 심재영 · 김규진

펴낸곳 § 도서출판 청어람
등록번호 § 제1081-1-89호
등록일자 § 1999. 5. 31
어람번호 § 제2-1294호

주소 § 경기도 부천시 원미구 심곡1동 350-1 남성B/D 3F (우) 420-011
전화 § 032-656-4452 팩스 § 032-656-4453
http://www.chungeoram.com
E-mail § eoram99@chollian.net

ⓒ 허담, 2007

ISBN 978-89-251-0915-2 04810
ISBN 978-89-251-0913-8 (세트)

청어람

도서출판

2

무제(武帝)의 아들

해담 新무협 판타지 소설

FANTASTIC ORIENTAL HEROES

目次

第一章

마령제혼술(魔靈制魂術)

"햐, 그러니까 그 꼬마가 이렇게 컸단 말이지?"

대웅산이 추산을 앞에 두곤 신기하다는 듯 이리저리 살펴보며 말했다.

"아저씬 누구세요?"

추산이 일부러 모르는 척하는 것인지, 아니면 정말 기억에 없는지 고개를 갸웃거리며 되물었다.

"아니, 정말 날 기억하지 못하겠단 말이냐?"

"글쎄요. 기억이 날 듯하기도 하고……."

"음, 장주께 듣기로 너는 천고에 다시없는 기재라고 하던데, 아무래도 장주가 자신의 사제를 너무 높게 평가한 모양이구나. 우린 내가 무불장에 몸을 의탁하기 위해 설연장으로 천검 어른을 찾아뵈었을 때 만난 적이 있지 않느냐?"

대웅산의 말에 추산이 살짝 고개를 갸웃거리다가 이내 자신의 머리를 치며 소릴 질렀다.

"아, 그때 그 비렁뱅이 몰골에 곰같이 생겼던 사람이 바로 아저씨였군요?"

순간 대웅산의 표정이 일그러졌다.

"뭐, 비렁뱅이?"

"야! 정말 옷이 날개라더니 많이 변하셨네요. 설연장에 찾아왔을 때는 정말 거지꼴이었는데. 그리고 당시의 아저씨는 봉두난발로 얼굴이 온통 머리에 가려져 있어 제대로 얼굴을 기억하기 힘들었지요. 그런데 오늘 이렇게 차려입으신 것을 보니 제법 강호대협의 기상이 풍기는군요. 역시 무불장의 밥이 좋긴 하네요. 거지가 삼 년 만에 강호대협으로 바뀌었으니 말이에요."

추산이 자신을 놀린 대웅산을 향해 거침없이 복수의 말을 내뱉었다. 그러자 대웅산이 손을 내저으며 말했다.

"아이고, 그만 하거라. 이 형님이 잠시 농을 한 것 가지고 그렇게 몰아붙일 수가 있느냐?"

"아니, 형님이라뇨?"

"그럼 내가 네게 아저씨 소릴 들을 나이란 말이냐?"

"나이는 모르겠고, 겉모습으로 보자면 그런 것 같은데요?"

"어이구, 요런 소악마를 보았나. 난 아직 삼십도 넘지 않았다. 넌 이제 이십대 초반이구. 그러니 내 얼굴이야 어떻든 형님으로 부르는 게 좋지 않겠느냐? 그리고 내가 잠시 널 꼬마라고 놀린 건 사과하마."

그제야 추산의 얼굴에 살짝 미소가 감돌았다.

"헤헤헤, 제가 어찌 웅산 형님을 못 알아보겠어요. 설연장에 왔을 때부터 그 대협의 기질에 깊은 감명을 받았는데요. 그동안 잘 지내셨지요, 웅산 형님?"

그러자 대웅산이 추산을 노려보며 대답했다.

"오냐. 덕분에 아주 자알 지냈다. 보아하니 너도 제법 잘 지낸 모양이구나."

"히유, 산속에서 잘 지내면 얼마나 잘 지냈겠어요. 그저 산속에 틀어박혀 사부의 엄한 지도 속에 무공만 수련했지요."

"어련하겠느냐? 그나저나 저 여인은 어떻게 만나게 된 거냐?"

대웅산이 북천무맹의 고수들과 추산과 동행한 여인이 들어간 방을 가리키며 물었다. 대웅산의 질문은 무불장 고수들 모두의 관심사였으므로 사람들의 이목이 추산에게 쏠렸다.

"에… 그게… 말하자면 길지요."

추산이 사람들의 이목이 자신에게 쏠리자 잠시 말꼬리를 흐린 후 여인을 만난 이후 자신이 겪었던 일들을 약간의 과장을 섞어 이야기하기 시작했다.

"그러니까 단지 북천무맹의 고수들과 우리가 서안으로 온다는 말만 듣고 이 일에 끼어들었단 말이구려?"

가만히 듣고 있던 왕민이 물었다.

"예, 그렇게 된 일이지요. 그들이 한사코 저 여인의 발목을 잡으려고 하는 것을 보고 분명 이번에 무불장이 수락한 청부와 관련이 있을 거라 생각한 거죠. 하, 그런데 설마 미친 여자일 줄이야 누가 알았겠어요?"

"설 여협이 자신의 이름도 모르더냐?"

이번에는 고검이 물었다.

"예, 사형. 저 여자가 할 수 있는 말은 오직 두 마디였어요. '이히히' 하고 '으흐흐' 하고요."

"그럼 이곳까지 오는 동안 이 일에 대해 아무런 정보도 얻은 것이 없겠구나?"

그러자 추산이 머리를 긁적였다.

"예, 그것이 그만 도망치는 데 바빠서……. 아! 하나 있긴 있네요."

"뭐냐?"

"그 복면인들 말이에요, 무슨 암전(暗箭)이라는 조직에 속한 자들인 것 같아요."

"암전(暗箭)?"

"예, 제가 처음 그 복면인들 중 한 명을 제거했을 때 그의 가슴에 새겨진 문신을 보았는데 암전이라고 되어 있더라고요. 그 이후에는 쫓기느라 다른 놈들 가슴을 볼 기회가 없어 그것이 그들의 조직을 말하는 건지 그놈 한 놈을 가리키는 말인지 몰랐다가 이번에 사형께 죽은 자의 가슴을 살피니 역시 암전이란 두 글자가 새겨져 있던걸요?"

"어둠 속의 화살이라……. 섬뜩한 글자로군."

왕민이 조용히 중얼거렸다.

"혹, 암전이라는 곳에 대해 아는 분이 계시는지요?"

고검이 무불장의 고수들을 돌아보며 물었으나 그의 질문에 답하는 사람은 없었다. 무불장의 고수들은 하나같이 강호의 절정고수들로서 청부를 수행하며 살아온 터라 그 연륜이 여타의 무림인에 비할 바가 아니었으나 그들 중 암전이란 조직을 아는 사람은 없었던 것이다.

누구로부터의 답도 들리지 않자 고검이 미심(未審)을 바라봤다. 그러자 미심이 조용히 고개를 끄덕였다.

"알아보기는 하지요. 하지만 그리 빨리 정보를 얻기는 힘들 거예요. 제가 모르는 조직이라면 역시 조사하는 데 시간이 걸릴 테니……."

"그거야 당연한 일이겠지요."

고검이 고개를 끄덕였다.

"그런데 미 부인께서는 어디 출신입니까? 도대체 그 방대한 정보는 어떻게 얻어오시는 거죠?"

대웅산이 평소 궁금했던 것을 꺼내 물었다. 무불장의 고수들은 서로의 과거에 대해 자세히 아는 것이 없었다. 오로지 무불장에 몸을 의탁할 때 천검 능운백과 고검에게만 자신의 신상명세를 상세히 말할 뿐이었다.

"그런 대웅산 대협의 과거는 어찌 되시나요? 그 막강한 공력과 도검도 뚫지 못하는 근육, 그리고 괴창(怪槍)을 사용하는 것까지, 분명 심상치 않은 이력을 가지고 있는 듯한데… 무척 궁금하군요."

미심의 되물음에 대웅산이 머쓱한 표정을 지으며 사과했다.

"어, 죄송합니다. 제가 잠시 무불장의 불문율을 어겼군요. 어험!"

무불장의 고수들은 스스로 입을 열기 전에는 상대의 과거를 묻는 것이 허용되지 않고 있었다. 그 불문율을 먼저 어긴 대웅산이었던 것이다.

"그나저나 안에 들어간 사람들은 언제쯤에나 나오려나? 벌써 한 시진이 지나고 있건만……. 그녀가 깨어난다면 이번 북천무맹 고수들의 실종에 대한 실마리를 찾을 수 있을 터인데……."

대웅산이 재빨리 말꼬리를 돌렸다. 그러자 왕민이 천천히 고개를 저으며 대답했다.

"아마 그녀의 입을 열기는 쉽지 않을 걸세."

순간 고검의 눈빛이 반짝였다.

"뭐 짚이시는 거라도?"

왕민은 무불장에서 독술과 의술이 가장 뛰어난 인물이었다. 평소 청부를 수행하며 그가 보여준 독술과 의술은 천하의 명의를 앞에 데려다 놔도 부족함이 없을 정도로 뛰어난 것이었다. 거기에다 한 자루 부채로 펼치는 화려한 선법에 선풍도골의 외모까지, 무불장의 고수 중 가장 무불장에 어울리지 않는 고수가 왕민이었다.

"글쎄, 자세히 보아야 알겠지만 그녀의 모습으로 보건대 지

독한 섭혼술이나, 아니면…….”

“아니면 무엇인지요?”

“이건 정말 만약의 경우지만 강시술일 수도 있네.”

“강시술이요?”

대웅산이 화들짝 놀라며 물었다.

“내가 말하지 않았나, 만약의 경우라고. 그녀가 비록 이지를 상실한 듯하지만 여기 추 소협을 따라 이곳까지 도망 온 것을 보았을 때 어느 정도 정신은 남아 있는 듯하여 강시술로 보긴 어렵지 않나 싶네. 하지만 어느 경우라도 지금 저 안에 있는 사람 중 그녀의 이지를 되돌릴 인물은 없을 것 같은데…….”

왕민의 말이 막 끝날 무렵 닫혔던 방문이 열리며 천검성과 고화룡이 밖으로 모습을 드러냈다.

“뭔가 잘 안 풀린 모양인데?”

대웅산이 낮은 목소리로 뇌까렸다. 확실히 방문을 나선 천검성과 고화룡의 낯빛은 어두웠다. 잠시 후 그들의 발걸음이 고검 등이 있는 곳으로 향했다.

“괜찮나요?”

먼저 입을 연 것은 추산이었다. 그가 비록 말로는 여인을 무척 귀찮아했지만 수일간 그녀와 함께 생사의 험로를 넘나들었기에 내심으로는 무척 여인의 상태가 궁금했던 것이다.

“좋을 것도 나쁠 것도 없네.”

천검성이 짧게 대답했다.

“그게 무슨 말이죠?”

추산은 그들에게서 여인, 그러니까 도문 설상지의 상태를 들어야 할 당연한 권리가 있다는 듯 물었다. 그리고 그것은 당연한 일인지도 몰랐다. 그녀의 생명이 부지된 것은 오로지 추산의 공이었기 때문이다. 그걸 천검성과 고화룡도 인정하는 듯 제법 자세하게 설상지의 상태를 설명하기 시작했다.

“설 소저의 몸에는 큰 이상이 없다네. 수일간의 추격전을 생각한다면 아주 건강한 편이라고 할 수 있지. 그런데 그녀의 정신이 맑지 않네. 그녀의 정신이 맑아야 나머지 실종된 사람들과 이 일의 전모를 알 수 있을 텐데, 그것이 쉽지 않겠네.”

“음… 하긴 오는 내내 히히히와 으흐흐 두 단어만 반복한 그녀였지요. 하지만 일단 몸은 성하다니 다행이네요.”

“모두 추 소협 덕분일세. 그 누구도 음모자들의 손에서 그녀를 살려오기는 쉽지 않았을 걸세.”

천검성이 추산의 공을 치하하자 추산이 입가에 배시시 미소를 지었다.

“헤헤, 사실 이 추산의 고생이 이만저만이 아니었지요. 하지만 너무 마음에 두진 마세요. 물론 모르고 한 일이었으나 이미 우리 무불장에서 청부를 수락한 일이니 그 일에 포함된 것이라 생각하면 될 듯합니다. 따로 사례나 뭐 이런 것은 필요없습니다.”

추산이 슬쩍 천검성의 눈치를 보며 말했다. 그러자 천검성이 고소를 지으며 대답했다.

"우리야 물론 그럴 생각이 없네만, 나중에라도 도문(刀門)에서 적당한 사례를 할 걸세. 물론 나중의 일이지만……."

"뭐, 그야말로 나중 일이군요. 쩝!"

추산은 당장 북천무맹의 고수들로부터 사례가 없다는 것을 확인하고는 입맛을 다시며 뒤로 물러났다. 그러자 그 자리를 고검이 메우고 나섰다.

"설 여협에게서는 전혀 단서를 찾을 수 없었소이까?"

"전혀 정신이 돌아오지 않는구려."

"음… 당장 내일이라도 마혼령으로 가야 할 터인데, 아무런 정보도 없이 마혼령으로 가는 것은 무척 위험한 일이 될 거요, 장주. 더군다나 저들은 이미 우리가 이곳에 온 줄 알고 있으니 단단히 준비를 하거나 아니면 다른 곳으로 몸을 피할지도 모르겠소."

대웅산이 걱정스런 얼굴로 말했다.

"그들이 다른 곳으로 사라지기는 힘들 거외다. 그들이 마혼령에서 본 맹의 고수들을 납치한 것과 그간 그들이 동원했던 자들을 보건대 적지 않은 기반을 그 마혼령 안에 마련하고 있을 거요. 더군다나 그들이 그곳을 벗어나자면 우리 북천무맹과 서패천의 눈을 피해야 할 것인데 이미 마혼령 주변은 서패천이, 그리고 서패천의 경계를 넘어 동쪽으로는 우리 무맹의 고수들이 그득 차 있어서 그들이 모든 것을 가지고 몸을 빼기는 쉽지 않을 거요."

고화룡의 대답이었다.

"하지만 수뇌부들만 도망을 치는 것은 가능하겠지요."

대웅산이 고개를 저으며 대꾸했다.

"그럴 수도 있겠지만 자신들의 기반을 모두 버리고 가기란 누구라도 쉽지 않을 거요. 그렇게 쉽게 포기할 거라면 애초에 북천무맹의 고수들을 납치하지도 않았을 것이고."

그러자 천검성이 나지막한 어조로 말했다.

"그들은 아마도 이런 상황을 모두 예상하고 일을 벌였을 겁니다. 단 하나 예외라면 설 여협이 그들의 손에서 벗어난 것인데……. 그리고 그들이 우리의 서안행을 늦추며 설 여협과 추 소협을 제거하려 했던 것을 보면 분명 그녀에게 중요한 정보가 있다는 의미인데……."

천검성이 아쉬운 듯 설상지가 들어가 있는 방 쪽을 바라봤다. 천신만고 끝에 돌아온 그녀에게서 어떤 소득도 얻을 수 없자 무척 답답한 모양이었다.

"방법이 없겠습니까?"

갑자기 고검이 왕민을 바라봤다. 왕민은 의술과 독술의 달인, 북천무맹의 일행 중에도 의술에 재능있는 자가 있겠지만 왕민의 의술은 이미 독보적인 경지에 올라 있었다.

"사람을 봐야 알 것 같소, 장주."

왕민의 대답에 고화룡과 천검성의 눈에 이채가 서렸다.

"설 여협을 왕 선생께서 한번 보실 수 있겠습니까?"

고검이 고화룡을 보며 물었다.

"물론 볼 수야 있네만… 이미 본 맹의 의관이 상세히 진맥을 한 상태인지라……."

"강호에는 가끔 특이한 병증이 있게 마련이고, 그 병증을 알아볼 수 있는 의원 또한 따로 있게 마련이지요. 왕 선생께서는 강호의 수많은 병증을 경험한 분이시니 도움이 될 수 있을지도 모르겠습니다."

고검의 말에 고화룡이 왕민에게 시선을 돌렸다. 왕민은 보자면 보고 말자면 말자는 식으로 여유있게 부채를 펴 들고 산들바람을 일으키고 있었다.

"한번 보아주시겠소이까?"

고화룡이 묻자 왕민이 천천히 고개를 끄덕였다.

"본 장의 청부를 좀 더 쉽게 할 수 있는 일이라면야……."

"좋습니다. 안으로 드시지요. 고 장주께서도 함께 들어가시겠소이까?"

그러자 고검이 고개를 저었다.

"저보다는 제 사제가 들어갔으면 합니다."

고검의 말에 고화룡의 시선이 추산에게 향했다. 추산의 표정은 여전히 자신이 설상지에 대해 어느 정도의 권리를 가지고 있다는 표정이었다.

"소형제, 들어가시겠나?"

"지난 수일간 제가 그녀를 지켰으니 당연히 그녀도 제가 곁에 있기를 바랄 겁니다."

"좋네. 안으로 들어가세."

고화룡이 고개를 끄덕인 후 왕민과 추산을 이끌고 다시 설상지가 있는 방으로 걸음을 옮겼다. 그 모습을 보고 있던 천검성이 고검에게 물었다.

"왕 선생이란 분, 의술에 조예가 깊으신 모양이구려?"

"의술보다야 독에 더 강한 분이시우."

고검 대신 대웅산이 대답했다.

"독?"

"그분의 저 하늘거리는 부채에는 스물두 가지 독이 들어 있지요."

"아, 그렇소이까? 그런데 저번 황룡무적단과의 싸움에서는 전혀 독을 쓰지 않으시던데……."

"흐흐, 그 정도 놈들에게 왕 선생이 독을 쓸 일은 없지요. 그 정도 놈들이야 그저 선법으로도 충분하니까요."

"그렇구려. 그런데 과연 왕 선생이 설 여협의 정신을 되돌릴 수 있겠소이까?"

천검성이 고검을 보며 물었다. 그러자 고검이 천천히 고개를 저었다.

"세상에는 섭혼술이나 강시술이 수없이 많이 존재하고 그 방법에 따라 사람을 깨어나게 하는 방법도 다양하니 장담할 수는 없소이다. 하지만 만약 내가 강호에서 이런 경우를 당해 누군가를 구하고자 한다면 전 당연히 왕 선생을 찾겠소이다."

"역시 무불장에는 인재가 많구려. 강호에서 무불장에 일을 맡기면 후회할 일이 없다더니 역시 이런 인재들이 모여 계셨구려. 모쪼록 이번 일도 잘 끝나기를 바라오."

천검성이 탄성을 흘려내며 설상지가 누워 있는 방 쪽으로
시선을 돌렸다.

여인은 공허한 눈빛을 하고 침상에 누워 있었다. 그 곁에는
북천십이룡 은하장의 두산산이 걱정스런 눈빛으로 여인 설상
지의 손을 잡고 있었다. 두산산과 설상지는 같은 북천십이룡
의 가문에 속한 여협들로 평소에 적지 않은 친분이 있던 사이
였다.
그 맞은편에는 이번 서안행에 동행한 북천무맹의 고수 중
의원으로 보이는 자가 설상지의 맥을 잡고 있었는데 연신 고
개를 젓는 것이 자신은 좀체 알 수 없는 증상이란 태도였다.
"어떤가?"
방 안으로 들어서며 고화룡이 묻자 설상지의 맥을 잡고 있
던 북천무맹의 고수가 머리를 떨구며 자리에서 일어났다.
"제 실력으로는 도저히 설 여협의 증세를 파악하기 어렵습
니다."
"음, 알겠네. 자넨 잠시 물러나 있게."
"예, 단주."
대답과 함께 북천무맹의 고수가 뒤로 한 발짝 물러났다.
"한번 보시겠소?"
고화룡이 설상지 쪽으로 왕민을 인도하며 말했다. 그러자
두산산이 눈을 들어 설명을 바라는 눈빛으로 고화룡을 바라봤
다.

"이 왕 선생께서 의술에 깊은 조예가 있으시다네. 해서 한번 설 여협을 맡겨보려 하네."

그러자 이번에는 두산산의 시선이 왕민에게로 향했다. 왕민은 그런 두산산의 시선에 아랑곳하지 않고 설상지의 곁으로 다가갔다. 그런데 그때 예상치 못한 일이 일어났다.

"이히히……."

갑자기 침상에 누워 있던 설상지가 귀소를 흘려낸 것이다. 그리고 그녀의 시선이 한 사람에게로 향했다. 추산이었다.

"왜, 다신 못 볼 줄 알았어?"

추산이 그녀를 데리고 사선을 넘을 때의 말투로 물었다. 그러자 그녀 곁에 있던 두산산이 노한 눈으로 추산을 바라봤다. 하지만 설상지는 여전히 웃음을 띤 얼굴로 두산산에게서 손을 빼내 추산을 잡았다.

"걱정 마. 이곳에는 모두 널 걱정하는 사람들뿐이라고. 나야 뭐 이제 한 걸음 물러나 있는 상태고……."

"추 소협은 말을 가려서 하세요."

두산산이 추산의 말투를 참지 못하고 차갑게 말했다. 그러자 추산이 그런 두산산을 보며 말했다.

"그럼 새삼스럽게 설 여협에게 존댓말이라도 하라는 겁니까? 그게 오히려 설 여협을 당황스럽게 만들지 않겠습니까? 뭐, 그리하라면 하겠지만 말입니다."

그러자 일순 두산산의 말문이 막혔다. 지금 상황으로는 추산만이 유일하게 설상지의 웃음을 이끌어낼 수 있는 인물이었기 때문이다.

"으흐흐……."

추산이 화를 냈기 때문인지 설상지가 이번에는 흐느끼는 소리를 냈다. 그러자 추산이 두산산을 한 번 노려보고는 설상지의 손을 잡았다.

"이봐, 걱정 말라구. 이젠 더 이상 싸울 일은 없을 테니까. 그리고 이분은 내가 잘 아는 분인데 당신을 살펴볼 거야. 어쩌면 당신을 고쳐 줄 수도 있는 분이니 말썽 피우지 말고 말을 잘 들으라고."

추산이 왕민을 잡아끌어 설상지 앞으로 데려오며 말했다. 그러자 설상지의 시선이 왕민에게로 향했다.

"안녕하시오, 설 여협? 난 왕민이란 사람이오. 내가 지금부터 설 여협을 살펴보려는데 괜찮겠소?"

그러자 설상지의 시선이 본능적으로 추산에게로 향했다. 추산이 가볍게, 그러나 안정감있는 표정으로 고개를 끄덕였다. 그러자 설상지가 천천히 눈을 감으며 편안하게 호흡하기 시작했다.

"그럼 다른 분들은 잠시 물러나 계시기 바랍니다."

왕민이 설상지의 손목을 잡아가며 사람들을 물리자 추산과 두산산, 그리고 고화룡이 침상에서 멀찍이 떨어져 나왔다.

왕민은 아주 천천히 움직였다. 마치 잘못 잡으며 부스러지는 물건을 만지듯 설상지의 전신을, 특히 머리 부분을 상세히 살피는 것이었다. 그래서 인내심없는 추산의 입에서는 열 번도 넘게 하품이 흘러나왔지만 왕민의 진찰은 쉽게 끝나지 않았다.

그렇게 설상지의 상태를 반 시진 정도 살핀 왕민이 드디어 설상지에게서 손을 떼었다.

"어떻소이까? 설 여협의 신지를 되돌릴 방법이 있겠소이까?"

고화룡이 왕민을 보며 혹시나 하는 표정으로 물었다.

"글쎄요, 이건 정말 묘하군요."

왕민이 말꼬리를 흐렸다. 그러자 고화룡의 얼굴에 살짝 실망의 기색이 어렸다. 왕민의 말투로 보아 설상지의 신지를 회복하는 것이 힘든 것으로 보였기 때문이다.

"역시 어렵구려."

"하지만 불가능한 것은 아닙니다."

"방법이 있단 말이시오?"

"방법은 있지만 두 가지 어려운 난제가 있습니다."

"두 가지 난제라면……?"

"설 여협은 누군가에게 인지를 제압당하는 도중에 도주한 듯합니다. 지금 설 여협의 머리는 아직 말을 배우지 못한 어린 아이 같은 상태라고 할 수 있지요. 그러면서도 자신을 저 지경으로 만든 자들에게서 도망치려는 의지는 아주 강합니다. 여기 추 소협에게 친근감을 보이는 것은 역시 그들에게서 도망치는 데 추 소협이 도움을 주었기 때문입니다."

왕민이 상세하게 설상지의 상태를 설명하기 시작했다.

"그럼 신지를 완전히 제압당한 것은 아니구려?"

"그렇습니다. 만약 설 여협이 그들에게 완전히 신지를 제압 당했다면 저 또한 설 여협의 정신을 되돌리는 것을 포기했을 겁니다. 하지만 지금의 경우, 완전히 뇌문이 막힌 것이 아니기 때문에 어떤 강력한 충격을 주어 막혀가는 뇌문을 열면 아마도 설 여협의 정신이 돌아올 겁니다. 그런데 여기서 이미 말씀 드린 난제 중 하나가 발생합니다. 설 여협의 뇌문에 충격을 주는 방법은 두 가지인데, 누군가 강력한 진기로 뇌문을 타격하는 것이 그 한 방법이고, 또 다른 하나는 강력한 독이나 명약을 설 여협의 뇌문에 주입하는 것입니다."

왕민이 말을 끊고 고화룡을 바라봤다. 그러자 고화룡이 반문했다.

"둘 다 어려운 일이구려. 진기로 설 여협의 뇌문을 다격하는 것은 물론 이곳에 고수가 많으니 가능한 일이겠지만 백 중 구십은 아에 뇌를 망가뜨릴 수 있는 방법인 것 같고… 그렇다고 영약이나 극독을 주입하는 것은 주입하는 것 자체가 위험한 일이기도 하고. 하! 난감하게 되었구먼."

"그게 전부가 아닙니다."

"두 번째 난제를 말씀하시는 거외까?"

"그렇습니다."

"두 번째 난제는 무엇이오?"

"두 번째 난제는…….."

왕민이 말꼬리를 흐렸다.

고화룡과 두산산이 긴장한 표정으로 그런 왕민의 입을 주시했다. 그러자 왕민이 고개를 저으며 입을 열었다.

"휴, 이번 사건은 정말 괴이한 일이 많군요. 사실대로 말씀드리자면, 설 여협의 인지를 제압하려 한 수법을 살펴보면서 전 한 가지 대법을 떠올리게 되었습니다."

"그게 무엇이오?"

"혹 단주께서는 마령제혼술(魔靈制魂術)이라고 들어보셨습니까?"

"마령제혼술? 이 고화룡의 안목이 짧아 기억이 나지 않는구려."

"음… 삼십여 년 전 잠시 강호에 모습을 드러냈던 제혼제강술로, 강시술과 섭혼술을 뒤섞어놓은 아주 고약한 제혼술이라고 할 수 있지요. 마령제혼술에 당한 사람은 평소에는 자신의 정신으로 활동하다가도 시전자가 명을 내리면 강시의 몸과 섭혼의 그물에 빠져 행동하게 되는 기이한 사술입니다."

"아, 그런 대법이 있었소이까?"

"강호에 드러났던 시기가 워낙 짧고 또 당시 그것이 완벽하게 실현되지 않아서 강호에 잘 알려지지 않은 대법이지요. 하지만 단주시라면 기억하실 거라고 생각했는데……."

"그렇소? 하지만 난 기억하지 못하겠구려. 어쨌든 그럼 설마 설 여협이 그 마령제혼술에 제압되었단 말이오?"

고화룡이 고개를 갸웃거리며 묻자 왕민이 천천히 고개를 끄덕였다.

"저도 그 마령제혼술이 시전된 것을 직접 본 일은 없고 단지 전해 듣기만 한 것이라, 확신할 수는 없지만 아마도 설 여협은 그 마령제혼술에 당하던 중이 아니었나 싶습니다."

"도대체 누가……?"

"글쎄요, 그건 저도 모르는 일이지요. 그리고 마령제혼술의 과거 이력을 찾는 것은 저보다도 북천무맹이 빠를 겁니다. 아마도 삼십 년 전 이패연합의 북벌에 참여했던 고수라면 이 마령제혼술에 대해 알고 있는 사람이 있을 겁니다. 그래서 단주께서 마령제혼술을 알고 계실 거라 생각했던 겁니다."

"삼십 년 전 이패의 북벌이라……."

"마령제혼술이라는 제혼술이 처음 알려진 것이 그때인 것으로 알고 있습니다."

"그렇구려. 당시 난 북천무맹에 갓 들어온 신참이어서 북벌에 참여치 않았소이다."

"그러셨군요. 어쨌든 마령제혼술의 연원을 알게 되면 이 사건의 본질에 좀 더 가깝게 다가갈 수 있겠지요. 물론 먼저 설 여협의 신지를 되돌리는 게 중요한 일이긴 합니다만……."

"그런데 아직 두 번째 난관에 대해 말하지 않은 것 같소이다만……."

"지금부터 말씀드리지요. 두 번째 난관은 마령제혼술에 대한 과거 풍문에 따르면 일단 마령제혼술의 대법에 걸린 사람의 신지를 회복시킬 경우 자칫하면 마기가 뇌를 장악해 광인으로 변할 수 있다는 것입니다. 이럴 경우 그 광기를 멈추게

하는 방법은 오직 하나, 마령제혼술에 걸린 사람을 제거하는 것이지요."

순간 고화룡과 두산산, 심지어 추산의 얼굴색까지 하얗게 변했다.

"그 확률이 얼마나 되나요?"

두산산이 서둘러 물었다.

"그건 나도 알 수가 없소이다. 솔직히 마령제혼술 자체가 나에게도 생소한 대법이라 말이오."

왕민은 그렇게 설명을 끝내고는 할 말은 다 했다는 듯 한 걸음 뒤로 물러났다. 여러 가지 위험을 무릅쓰고 설상지의 회복을 시도할 것인지의 결정은 고화룡의 손에 넘어간 것이다.

"두 여협은 가서 대천산을 좀 데리고 오시게."

고화룡이 두산산을 보며 말하자 두산산이 고개를 끄덕였다.

"알겠습니다, 단주."

"그리고 우린 잠시 나갑시다. 사람들의 중지를 모아야 할 일인 듯하오."

차가운 냉기가 실내를 가득 채웠다. 누구 하나 입을 여는 자가 없었다. 고검은 그저 묵묵히 마검을 짚은 채 어둠에 싸인 밤하늘을 바라볼 뿐이었고, 추산 역시 손가락이나 뚝뚝거리며 시간을 보낼 뿐이었다.

두 사람뿐 아니라 다른 사람들 역시 말없이 앉아 있기는 마

찬가지였다. 왕민으로부터 전해진, 설상지에게 시전된 마령제
혼술에 대한 이야기를 들은 후부터의 상황이었다.

　그렇게 침묵의 시간이 하염없이 흐르는가 싶을 때 갑자기
장내에 변화가 일어났다. 새로운 인물이 장내에 등장한 것이
다. 송곳 같은 수염이 얼굴 반을 덮고 있는 사내. 사내가 두산
산을 따라 고화룡 앞으로 다가왔다.

　"대천산, 단주의 부름을 받고 왔소이다."

　대호가 으르렁거리는 소리가 사내의 입에서 흘러나왔다.

　"어서 오시오. 긴히 상의할 일이 있어 대 대협을 불렀소이
다."

　"무슨 일이외까?"

　북천무맹 최고의 비밀 조직인 묵천성의 단주를 앞에 두고도
대천산이라 불린 인물은 전혀 거리낌이 없었다. 하지만 이 대
천산이란 인물을 알고 있는 사람이라면 이러한 그의 행동이
전혀 어색한 것이 아니었다.

　그는 북친십이룡의 한 가문이자 지금 방 안에 누워 있는 설
상지의 출신 문파인 도문이 배출한 절정고수였다. 또한 천하
의 고수들이 뒤섞여 활동하는 서안에서 북천무맹의 고수들을
총괄하고 있는 인물이기도 했다. 고강한 무공과 호탕한 성격
때문에 북천무맹에서도 그를 좋아하는 사람이 적지 않았는데
고화룡 역시 그런 사람 중 하나였다.

　"설 여협에 대한 일이오이다."

　고화룡의 말에 대천산이 움찔했다.

"좋지 않은 일이라도?"

고화룡이 천천히 고개를 저었다.

"이미 설 여협의 상태는 아실 것이고, 설 여협의 신지를 회복시킬 방법을 여기 무불장의 왕 선생이 알아냈소이다. 그런데 설 여협의 신지를 되돌리는 과정에서 설 여협에게 매우 위험한 경우가 생길 수도 있기에 도문의 동의가 필요하외다."

"위험한 경우라면……?"

대천산이 여전히 어두운 안색으로 물었다.

"최악의 경우 우리의 손으로 설 여협의 생명을 거두어야 할 수도 있소이다."

"도대체 어떤 시술이기에 그런……?"

"우린 비록 설 여협에게서 정보를 얻는 것이 몹시 급한 상황이기는 하나 설 여협의 목숨이 걸린 일이기에 도문의 동의 없이는 이 일을 진행시키지 않을 것이오. 그러니 지금부터 내가 하는 말을 잘 듣고 도문을 대표해서 대 대협이 가부간의 결정을 내려주시기 바라오. 그러니까… 마령제혼술이라고 했던가요?"

고화룡이 왕민을 보며 확인하자 왕민이 고개를 끄덕였다. 이후 고화룡의 입에서 왕민이 한 말이 그대로 대천산에게 전해졌다. 대천산은 무거운 얼굴로 묵묵히 고화룡이 전하는 말을 듣고 있었다.

"…해서 지금 우린 도문의 결정이 필요한 시기라오. 어찌하시겠소?"

고화룡이 설상지에게 일어난 일과 마령제혼술에 대해 설명한 이후 대천산을 보며 물었다. 대천산은 쉽사리 대답하지 못했다. 비록 자신이 서안에 있는 도문의 고수 중 최연장자이기는 하지만 문주의 삼제자인 설상지의 생사와 관련된 일을 함부로 결정할 수는 없기 때문이었다.

"이 일은 정말 어렵군요. 이 대천산이 함부로 결정을 내리기 어려운 문제오이다. 제 입장에서는 이 일의 가부를 본 문에 묻고 싶은 심정입니다만……."

대천산이 어렵게 입을 열었다.

"이해하오. 하지만 이번 사건의 열쇠를 설 여협이 쥐고 있다는 점도 생각해 주시기 바라오. 하루의 시간이 길어질수록 실종된 사람들의 생사 또한 그만큼 위험해질 것이오. 도문에 연락하여 허락을 득하려면 전서구를 보낸다 해도 최소한 오 일은 걸릴 것이오."

고화룡의 말에 대천산의 표정이 조금 일그러졌다. 고화룡의 말은 지극히 건조해서 묵천성 단주로서 일을 처리하는 평소의 본모습을 그대로 드러내고 있었다.

"묵천성의 요구라면……."

대천산이 반발하듯 말했다.

그러자 고화룡이 고개를 저었다.

"묵천성의 이름으로 요구하지는 않겠소. 단지 북천무맹의 다른 형제들의 목숨을 귀하게 생각해 주시기 바라오."

대천산이 고화룡의 눈을 바라봤다. 그리곤 이내 고개를 저었다. 이것은 거절할 수 없는 요구였다. 지금 설상지의 신지를 되돌리려는 시도를 거부한다면 훗날 북천무맹에서 도문의 입지가 줄어들 것이 분명했다.

"좋소이다. 그럼 한번 시도해 보기로 하지요. 하지만 만약의 경우 그녀의 목숨을 거둬야 할 일이 발생한다면 그건 나에게 맡겨주시구려."

그제야 고화룡의 차가운 얼굴이 부드럽게 변했다.

"당연한 일이오. 이곳에서 설 여협의 목숨을 거둘 자격이 있는 사람이 대 대협 말고 누가 있겠소. 어려운 결정, 반드시 맹에서 기억할 것이오. 왕 선생, 한번 시도해 봅시다."

고화룡이 왕민을 보며 말하자 왕민이 되물었다.

"두 번째 난제는 풀렸지만 첫 번째 난제는 어떻게 하실 생각인지……?"

"나에게 한 가지 영약이 있으니 왕 선생께서 한번 봐주시구려. 과연 설 여협의 병세에 쓸 수 있는 영약인지를……."

고화룡이 말을 하면서 자신의 품속에서 작은 목함을 꺼내 왕민에게 넘겼다. 잠시 후 왕민이 천천히 목함의 뚜껑을 열었다. 순간 은은한 향기가 장내에 퍼져 나오기 시작했다.

"아, 이것은……?"

"소림의 소환단이오."

그러자 여기저기서 탄성이 흘러나오며 모든 사람의 이목이 왕민의 손에 몰렸다.

"어떻게 가능하겠소이까?"

고화룡의 질문에 왕민이 고개를 끄덕였다.

"당연히 가능하지요. 소림의 소환단은 대환단에 미치지는 못하지만 천하의 영약 중 영약이지요. 그런데 이 귀한 것을 어떻게……?"

"어쩌다 보니 운 좋게 손에 넣게 되었소이다."

고화룡이 말꼬리를 흐렸다. 아마도 소림의 소환단을 손에 넣게 된 연유를 밝히고 싶지 않은 모양이었다. 그리고 지금 상황에서 왕민으로서도 굳이 그것을 캐묻고 싶지는 않았다.

"좋습니다. 그럼 시작해 볼까요?"

왕민이 고화룡을 보며 묻자 고화룡이 무거운 얼굴로 고개를 끄덕였다.

"왕 선생만 믿소이다."

"의원은 최선을 다할 뿐 결과는 하늘에 맡기는 법이지요. 장주, 그리고 추 소협."

왕민이 고검과 추산을 불렀다. 두 사람의 시선이 왕민에게로 향했다.

"이 시술은 몹시 위험한 것입니다. 환자뿐 아니라 시술자 또한 위험해질 수 있지요. 두 분이 제 곁을 지켜주셔야겠습니다."

"그야 당연하지요."

고검이 고개를 끄덕이고는 천천히 마검을 들고 왕민의 곁으로 다가왔다.

"내가 구해온 사람이니 죽고 사는 것을 지켜봐 주는 것도 내

임무지요.”

추산 역시 흰소리를 주억거리며 왕민의 옆으로 다가섰다.

“대 대협은 나와 함께 들어가십시다. 그리고 다른 분들은 밖에서 기다려 주시오.”

고화룡의 말에 장내의 고수들이 저마다 고개를 끄덕였다.

“자, 그럼 들어갑시다.”

고화룡이 앞장서 설상지가 누워 있는 방을 향해 움직였다.

마혈을 짚는 것은 추산의 몫이었다. 설상지가 자신의 혈을 오직 추산에게만 맡겼기 때문이다.

“걱정하지 마. 널 치료하기 위해 하는 일이니까.”

추산이 싱긋 웃음을 지어 보이자 설상지의 얼굴에도 작은 웃음이 깃들었다. 그리고 그 순간, 추산의 손이 설상지의 마혈을 짚었다. 그리고 재빨리 추산과 왕민의 자리가 뒤바뀌었다.

왕민은 밀랍에 싸인 소림 소환단을 벗겨내어 천천히 설상지의 입속으로 밀어 넣었다. 겉으로 보기엔 딱딱해 보이던 소환단이 설상지의 입에 닿자마자 부드러운 액체로 변하며 설상지의 입속으로 사라졌다.

잠시 후 그녀의 코에서 희미한 백무가 흘러나오기 시작했다. 순간 왕민의 손이 번개처럼 빠르게 움직였다. 어느새 그의 손에는 수십 개의 금침이 담긴 목함이 들려 있었는데, 왕민은 순식간에 그 금침들을 설상지의 어깨로부터 정수리까지 꽂아 넣었다. 소환단의 기운을 고스란히 설상지의 뇌로 이끄는 침술. 고검을 제외한 고화룡과 대천산, 그리고 추산의 눈에 감탄의 기색이 서렸다.

고검은 오래전부터 왕민의 의술을 알고 있었지만 나머지 세 사람은 이 무불장의 청수한 청부업자가 펼치는 의술을 처음 접하는 것이었다. 더군다나 오직 침만을 이용해 상대의 몸에 손을 대지 않고 소환단의 기운을 원하는 곳으로 이동시키는 침술은 의술에 정통한 의원이 아니면 흉내 낼 수 없는 침술이었다.

어느덧 설상지의 코에서 흘러나오던 희미한 백무의 움직임이 멈췄다. 대신 이번에는 그녀의 정수리 쪽에서 아지랑이 같은 진기의 기운이 하늘거리며 하늘로 오르기 시작했다. 소천단의 기운이 정수리까지 뻗어 올라간 것이었다.

그리고 어느 순간, 갑자기 마혈을 제압당해 감겨 있던 실성지의 두 눈이 활짝 떠졌다.

“준비하시오!”

왕민의 입에서 다급성이 토해졌다. 그에 따라 대천산이 입술을 깨물며 설상지의 뒤쪽으로 돌아가 그녀의 천주혈 부근에 자신의 도를 가져다 대었다. 만약의 경우 일격에 고통없이 그녀를 보낼 준비를 하는 것이었다.

추산의 시선은 크게 떠진 설상지의 두 눈에 고정되어 있었다. 고검은 방 안에서 일어나는 모든 일을 한눈에 관조하듯 여유있는 모습으로 사람들의 움직임을 지켜보고 있었고, 고화룡 또한 냉정을 잃지 않은 표정으로 설상지를 바라보고 있었다.

　그렇게 얼마나 지났을까. 설상지의 정수리 위로 뻗쳐 오르는 기운이 확연하게 드러나기 시작했고, 설상지의 전신이 사시나무 떨 듯 떨리기 시작했다.

"이제 마혈을 풀겠소. 대 대협께선……."

왕민이 말꼬리를 흐렸다.

"각오하고 있소."

대천산이 비장한 어조로 대답했다.

"그럼!"

왕민의 입에서 단호한 음성이 흘러나오더니 그의 손이 번개같이 움직여 설상지의 마혈을 풀었다.

"끄어어억!"

순간 설상지의 입에서 괴기스런 신음성이 흘러나오기 시작했다. 그녀의 떨림은 이제 누가 잡지 않으면 앉은 자세를 유지하기 힘들 만큼 크게 흔들리고 있었다.

"으흐흐흐!"

이번에는 그녀의 입에서 예의 그 귀곡성이 흘러나왔다. 그리고 차츰차츰 그녀의 눈에서 검은 눈동자가 차지하는 비중이 많아지기 시작했다. 왕민의 입에서 가벼운 한숨이 새어 나왔다. 그녀의 이지가 돌아오고 있는 것이었다.

"성공이오?"

고화룡이 참지 못하고 왕민에게 물었다.

"아직은……."

비록 한시름 돌린 왕민이었지만 확답을 주지는 않았다. 의술이란 마지막 순간까지 확신할 수 없는 것이 아니던가. 하지만 이미 방 안에는 안도의 기운이 흘러나오고 있었다. 설상지의 천주혈을 가격할 준비를 하고 있던 대천산 역시 긴장을 풀고 천천히 자신의 도를 설상지의 천주혈에서 거둬들이고 있었다. 그런데 바로 그 순간,

"끄아악!"

갑자기 설상지의 입에서 악마의 노성 같은 고함 소리가 터져 나왔다.

"이런! 대 대협!"

왕민이 대경하여 대천산을 불렀다. 어느새 설상지의 눈에서 검은 눈동자가 완전히 사라지고 흰자위만이 번뜩이고 있었다. 그리고 그 흰자위조차도 가는 핏줄들이 금세 점령해 그녀의 눈이 순식간에 시뻘건 혈안으로 변하는 것이었다.

"대 대협, 어서!"

왕민이 대천산을 재촉했다. 이대로 두면 설상지는 한 명의 마녀로 변할 것이다. 물론 그 이후라도 그녀를 제압할 수야 있겠지만 그보다는 그녀가 마녀로 변하기 전에 저 세상으로 보내주는 것이 동료로서의 도리. 대천산이 이를 악물며 설상지의 천주혈을 가격할 준비를 했다. 그 순간 추산이 설상지의 눈을 노려보며 소리쳤다.

"정신 차렷! 기껏 살려놨더니 여기서 죽을 생각이얏!"

"끄어어억!"

마치 추산의 외침에 답이라도 하듯 설상지의 입에서 괴음이

흘러나왔다.

"대 대협!"

이번에는 고화룡이 대천산의 손길을 재촉했다.

"잘 가시오. 미안하오."

대천산의 도가 움직였다. 지극히 빠르고 간결한 움직임. 설사 성한 사람이라도 도저히 피해낼 길이 없는 일도가 설상지의 천주혈을 향해 뻗어나갔다.

그런데 바로 그 순간, 갑자기 가만히 상황을 주시하던 고검의 검이 움직였다. 그의 마검은 검집에 들어 있는 상태 그대로 막 설상지의 천주혈을 찍으려는 대천산의 도를 휘어 감더니 순식간에 도의 방향을 틀었다.

"그녀는 살아났소."

뒤이어 고검의 담담한 목소리가 흘러나왔다. 어느새 설상지의 눈에 검은 눈동자가 생겨나고 있었다. 그리고 그 검은 눈동자는 추산을 바라보고 있었다.

第二章
지옥에서 살아온 여인

孤劍秋山

“무슨 일이 벌어진 것인가?”

“그곳은… 지옥이었어요. 전… 지옥에서 살아온 거예요.”

설상지의 눈에 희미한 두려움이 드리워졌다. 마치 눈앞에 자신이 두려워하는 그 무엇인가가 존재하는 것처럼 설상지의 표정은 굳어져 있었다.

죽음의 순간, 간발의 차이로 삶의 이쪽으로 넘어온 설상지는 그로부터 반나절가량 휴식을 취했다. 하지만 그녀의 휴식은 길어질 수 없었다. 그녀와 함께 사라진 북천무맹의 고수들을 찾기 위해선 그녀가 필요했기 때문이다.

고화룡은 정신을 회복한 지 얼마 되지 않은 환자를 앞에 두고도 냉정한 표정을 유지하고 있었다. 북천무맹 묵천성의 단주로서 그가 해온 일들을 고려할 때 설상지의 몸 상태를 감안하지 않고 그녀에게서 정보를 얻어내려는 고화룡의 모습은 어쩌면 당연한 것인지도 몰랐다.

고화룡의 뒤쪽에서는 천검성과 두산산, 그리고 고검을 위시한 무불장의 고수들이 질린 눈으로 설상지에게 질문을 던지는 고화룡을 응시하고 있었다.

"다른 사람들은 모두 살아 있나?"

고화룡의 차가운 질문이 이어졌다. 비정하게 보일지 모르지만 냉정을 유지하는 것이 설상지가 자신의 머릿속에 있는 기억을 객관적으로 끄집어내기에도 좋았다. 설상지는 고화룡의 질문에 답하지 않고 습관적으로 눈을 들어 누군가를 찾았다. 그리고 그녀의 시선이 머무른 곳에 추산이 멀뚱하게 서 있었다.

추산은 고화룡이 설상지를 대하는 방식이 마음에 들지 않아 잔뜩 입술을 내밀고 딴짓을 하다 설상지의 시선이 자신에 와 닿음을 느끼고는 그녀를 바라봤다.

"왜? 뭐 필요한 거 있어?"

여전히 설상지가 광녀였을 때의 말투 그대로 추산이 물었다. 그러자 북천무맹의 고수들이 한순간 눈살을 찌푸렸다. 과거야 어떻든 이제 설상지는 북천십이룡 도문의 삼제자로 돌아온 사람이었다. 그녀를 대할 때는 그녀의 신분에 맞는 예의가 필요했다.

하지만 설상지의 얼굴에는 미소가 떠올랐다. 추산의 말투가 그녀에게 안정감을 주는 모양이었다. 잃었던 정신을 차렸지만 그녀에게 추산과 함께 사선을 넘던 기억은 여전히 남아 있었다.

"아니요. 다른 일보다 먼저 당신에게 고맙다는 말을 하고 싶어서요."

설상지의 말에 추산이 고개를 끄덕였다.

"아, 뭐, 그런 말을……. 다 무불장의 청부에 관련된 일이었는데……. 그런데 몸은 괜찮은 거야?"

추산이 조금 걱정스런 표정으로 물었다.

"이제 모든 것이 정상으로 돌아왔어요. 하지만 어쩐지 정신을 잃었을 때가 좋았다는 생각이 드는군요. 다시 그 지옥 같은 일들을 기억해 내야 하니 말이에요."

설상지가 추산에게서 시선을 돌려 고화룡의 눈을 응시했다. 그녀의 표정도 어느새 차갑게 굳어져 있었는데, 추산을 바라볼 때와는 너무도 다른 모습이었다. 그녀는 드디어 강호여협 설상지의 본모습으로 고화룡을 내하기 시작한 것이다.

"동료들은 살아 있나?"

고화룡이 다시 질문을 던졌다.

"모르겠어요. 우리가 그들의 손에 제압당할 당시 살아 있던 사람은 모두 열 명 정도였어요. 나머지 사람들은 보이지 않았어요. 하지만 그 이후 그들은 우릴 한곳에 놓아두지 않았어요. 각자 뿔뿔이 흩어져 끌려갔지요."

"열… 다섯은 죽었다는 말인가?"

고화룡이 여전히 무감정한 어조로 말했다. 그러자 뒤쪽에
서 있던 천검성이 초조한 기색으로 물었다.

"도성은 어찌 되었소?"

그녀와 함께 실종된 자신의 동생 천도성에 대해 묻는 것이
었다. 천검성의 질문에 팽업과 두산산의 시선도 설상지의 입
을 주시했다.

"천 대협과 팽가의 팽산 대협, 그리고 은하장의 이 대협은
살아계셨어요. 물론 그 이후에는 어찌 되었는지 모르겠지
만……."

천가장의 천도성, 하북팽가의 팽산, 은하장의 이하륜, 그리
고 도문의 설상지는 북천십이룡의 후예들로 실종된 북천무맹
고수들을 이끌던 인물들이다.

설상지의 대답을 들은 천검성 등 세 사람의 얼굴에 안도의
빛이 감돌았다.

"그들의 정체는 짐작할 수 없나?"

고화룡의 질문이 이어졌다.

"전혀요."

설상지가 짧게 대답했다.

"자네와 함께 움직인 사람들은 본 맹에서도 일류고수에 속
한 인물들이었네. 그런데 그런 사람들을 상대하면서 그들이
전혀 자신들의 정체를 드러내지 않았단 말인가? 그들이 그렇
게 강한 자들이었나?"

"물론 그들은 강했어요. 하지만 우리가 속절없이 그들에게

제압된 것은 그들의 무공 때문이 아니라 독 때문이었어요."

"독?"

"그래요. 우리가 마혼령 인근의 천랑재를 넘어갈 때 그 인근은 온통 뿌연 안개로 뒤덮여 있었지요. 그 안개 중에 독이 섞여 있었던 거예요. 그 독에 중독된 순간 우린 절반의 공력도 사용하기 어려웠지요."

"산공독이었나?"

고화룡의 질문에 설상지가 고개를 갸웃거렸다.

"잘 모르겠어요. 어쨌든 무색무취의 독이었어요."

"요 노인은?"

그러자 갑자기 설상지가 멍한 표정이 되었다. 그리곤 무엇인가를 곰곰이 생각하는 듯 두 손으로 머리를 감쌌다. 그리곤 한참 후 고개를 들더니 여전히 멍한 표정으로 대답했다.

"모르겠어요."

"무슨 말인가?"

"정말 모르겠어요. 제 머리 속에 요 노사에 대한 기억이 존재하지 않아요. 언제부터인지도 모르겠어요. 그냥 머릿속에서 요 노사가 사라져 버렸어요."

"음!"

고화룡의 입에서 신음성이 흘러나왔다.

"그렇다면 무사할 수도 있겠군."

"무사했다면 돌아오지 않았을까요?"

고화룡의 말에 천검성이 물었다. 그러자 고화룡은 천천히 고개를 저었다.

"뭔가 사정이 있어서 돌아오지 못하고 있을 수도 있지. 하지만 어쨌든 그에 대한 기억이 남아 있지 않다는 것은 요 노인의 은잠술이 발휘되었다는 의미. 그가 어떤 형태로든 살아 있을 가능성이 높네. 어쩌면 음모자들의 뒤를 조사하려 했을 수도 있고……."

"그분의 성격상 가능한 일이겠군요. 뒤로 물러나는 법이 없는 분이니……."

천검성이 고개를 끄덕였다.

"어쨌든 다행일세. 요 노인이 살아 있다면 연판장 또한 아직은 그들에게 넘어간 것은 아니니……."

고화룡이 안도의 빛을 보이며 말했다.

"연판장만 걱정할 일은 아니지요. 그들은… 그 존재 자체가 극도로 위험한 자들이에요."

설상지가 고화룡에게 경고하듯 말했다.

"무슨 의민가?"

"그들이 하고 있던 일들을 보신다면 절대 연판장이 무사하다는 것에 안도하실 수 없을 거란 말이에요."

"그들이 하고 있던 일?"

"그래요."

"그 일을 말해보게."

고화룡이 추궁하듯 물었다. 그러자 설상지가 입술을 깨물며 말했다.

"그들에게 잡혀간 사람들은 우리만이 아니었어요. 그곳에는 이미 적지 않은 사람들이 그들의 재료로 쓰이고 있었어요."

"재료로 쓰인다?"

"그들은 인체를 대상으로 무언가를 시험하고 있었어요. 뭔지는 모르겠어요. 하지만… 그 피와 비명……. 아! 전 차라리 기억을 되찾지 않는 것이 좋을 걸 그랬어요."

설상지의 얼굴이 파랗게 질렸다. 과연 그녀가 본 것은 어떤 것이었을까. 사람들의 얼굴이 무겁게 가라앉았다.

"그곳이 어딘지 짐작할 수 있나?"

고화룡이 재차 물었다.

"모르겠어요. 단지 마혼령의 어딘가일 거예요."

"자네가 도주할 당시의 기억은 없는가?"

"그게……."

설상지의 눈이 다시 추산을 향했다.

"추 소협을 만난 이후부터만 기억이 나는군요."

설상지의 말에 사람들의 시선이 잠시 추산에게 머물렀다 떠나갔다. 그러자 추산이 곁에 서 있는 고검에게 속삭였다.

"사형, 역시 제가 잘생긴 모양이죠? 절 봤을 때부터 기억이 남아 있다니 말이에요."

그런 추산을 보며 고검이 대답했다.

"물론 추 사제는 정말 호감 가는 얼굴이지. 하지만 이지를 상실한 여인의 기억을 되돌릴 만큼 잘생겼다고는 생각지 않는데?"

"하지만 저 여자는 날 본 순간부터의 일만 기억하고 있잖아요. 사모께서 말씀하시길, 우리 두 사형제는 강호제일미남으로 꼽혀도 손색이 없다고 하셨단 말이지요."

"사제, 그건 사모께서 우리 둘을 워낙 아껴서 하신 말이다. 그러니 다른 사람의 생각도 사모님과 같다고 할 수는 없다. 그리고 그녀가 정신을 잃은 와중에도 널 기억하게 된 것은 아마도 네가 그녀를 죽음의 위기에서 구해줬기 때문일 것이다. 아무리 이지를 상실한 사람이라도 본능적으로 자신을 구해준 사람을 기억하는 것은 그리 이상한 일이 아니지. 더군다나 그녀의 말에 따르면 그녀는 지옥에서 도망 나오는 길이라고 하지 않았느냐?"

"헤… 물론 그렇지만 분명 저의 이 호감 가는 인상도 한몫했을 거예요."

"좋을 대로 생각하거라. 하지만 우린 지금 그런 것보다 그녀의 말에 더 귀를 기울여야 할 때다. 그녀의 입에서 흘러나오는 말은 모두 이번 청부를 완수하는 데 중요한 정보니 말이다."

"알겠어요, 사형."

추산이 어깨를 으쓱이고는 고화룡과 설상지에게 다시 시선을 가져갔다. 그리고 마침 그때 고화룡이 고검을 향해 고개를 돌렸다.

"고 장주, 혹 설 여협에게 물어보실 말이 있소?"

그러자 고검이 앞으로 한 걸음 나서며 물었다.

"그들의 본거지로 이동할 때의 기억은 전혀 없습니까?"

"글쎄요. 눈을 가린 채 이동했기에 별다른 단서가 될 만한 것을 말씀드리기 어렵군요. 단지… 이틀 밤낮을 이동했는데 빛의 움직임으로 보아 북서쪽으로 이동한 것 같았어요."

"그들의 본거지에 도착해서는 어땠습니까? 그곳의 지형이라든가……."

"그들이 제 눈가리개를 풀었을 때 전 지하에 있었어요. 주변 지형을 살펴볼 수 없었지요."

"혹 그곳이 인공적으로 만들어진 장소였습니까, 아니면 자연적인 지하 동굴을 개조한 것이었습니까? 아니, 그것보다 그 동굴에 대해 생각나는 대로 말씀해 주십시오."

그러자 설상지가 머리를 누르며 곰곰이 생각에 잠겼다.

"제 눈으로 확인한 동굴의 넓이만 해도 대략 삼십여 장은 되었을 거예요. 그러니 제가 보지 못한 곳까지 합치면 대단히 큰 동굴이라고 할 수 있죠. 사람의 힘으로 그런 넓은 동굴을 파기는 힘들 거란 생각이 드는군요. 아! 그리고 곳곳에 석순이 자란 것으로 보아서는……."

"그렇다면 자연적인 동굴을 그들이 개조한 것이겠군요. 제가 설 여협께 물을 말은 더 이상 없습니다."

고검이 고화룡을 보며 말했다. 그러자 고화룡이 설상지에게로 시선을 돌렸다.

"수고했네. 힘든 상황인 줄 아네만 맹의 사정이 급하니 어쩔 수 없었네. 그만 쉬게."

조금 부드러워진 고화룡의 목소리였다. 그러자 이번에는 설상지가 고화룡에게 질문을 던졌다.

"언제 마혼령으로 출발할 생각이신지요?"

"자네도 알다시피 그곳은 서패천의 지역이네. 비록 그 경계에 위치해 있다고 해도 서패천의 세력하에 있는 곳은 분명하지."

"그럼……?"

"우린 마혼령 밖에서 대기할 걸세. 마혼령에 가는 것은 여기 무불장의 고수 분들이 맡아주실 걸세."

그러자 설상지가 고개를 저었다.

"무모한 일이에요. 그들의 능력을 생각할 때 겨우 몇 명의 고수만으로 사람들을 찾는 것은 죽음을 자초하는 일이에요."

그러자 고검이 설상지를 바라봤다.

"무불장은 청부를 수행함에 있어 지금껏 단 한 번의 실패도 없었소. 그리고… 설 여협도 살아 돌아오지 않았소? 우리도 살아 돌아올 것이오."

그 말을 끝으로 고검이 더 이상 설상지에게 들을 것이 없다는 듯 방 밖으로 걸어나갔다. 그러자 무불장의 고수들도 하나둘 고검을 따라 걸음을 옮겼다.

"그런데 정말 자네는 어떻게 탈출할 기회를 잡은 것인가?"

고검과 무불장의 고수들이 벗어난 방 안에서 뒤늦은 고화룡의 질문이 이어졌다.

"그게 저도 기억이 잘 나지 않네요."

혼란스러워하는 기색이 역력한 설상지의 목소리가 무불장

고수들의 가장 뒤쪽을 따라가고 있는 추산에게 들려왔다.

"넌 무불장에 가 있거라."
"왜요?"
추산이 고검에게 따지듯 물었다.
"이번 일은 사제와 관련이 없는 일이다."
"왜 관련이 없어요? 저도 이제부터 무불장의 식구라고요."
"이번 청부는 네가 무불장에 도착하기 전에 받은 청부다. 그러니 일단 넌 무불장에 가 있거라."
"사형!"
추산이 받아들일 수 없다는 듯 소리쳤다.
"청부는 하나하나 작은 것부터 경험을 쌓아야 하는 거다. 넌이처럼 큰일을 함께하기엔 경험이 너무 적다."
"경험을 쌓으려면 처음부터 이런 화끈한 일로 경험을 쌓는게 좋지 않겠어요? 그리고 이미 전 이 일에 깊이 관여되어 있다고요. 설상지를 구한 것도 저고, 그 암전인지 뭔지 하는 자들과 싸운 사람도 저라구요. 자격을 따진다면 무불장의 고수 그누구보다도 제가 이 일에 적합하다고요. 전 이번 일에서 빠질생각이 전혀 없어요."
"하지만 난 널 이 청부에 끼워줄 생각이 전혀 없구나."
"그럼 어쩔 수 없죠 뭐. 나 혼자 다른 길로 가보는 수밖에."
"괜한 고집 부리지 말거라."
"사형이야말로 절 빼놓고 갈 생각은 마세요."

"정말 따라올 거냐?"

"그래요."

고검과 추산 두 사람이 서로를 노려보며 누구도 물러날 기미를 보이지 않았다. 그러자 대웅산이 나서며 두 사람 사이에 끼어들었다.

"장주, 추 아우의 말도 틀린 건 아니우. 현 시점에서 그놈들과 제대로 싸워본 사람은 추 아우가 유일하지 않수? 우리야 그저 배 위에서 맛만 본 거고, 그리고 천검께서 추 아우를 무불장에 보낼 때는 이미 그 실력을 인정했다는 말이고 말이우."

"오, 역시 대 형님께서는 사리가 분명한 분이시군요. 사형, 대 형님의 말씀이 옳지 않아요?"

추산이 의기양양하게 고검을 보며 물었다. 그러자 고검이 한참 추산을 바라보다 고개를 돌리며 말했다.

"좋다. 함께 가기로 하자. 하지만 이번 청부는 무척 위험한 일이다. 우린 저들에 대해 전혀 정보가 없는 상태야. 마혼령에 가면 어떤 일이 벌어질지 모른다. 그러니 네 몸은 네가 지켜야 한다. 누구도 널 도와주지 않을 거야."

"흐흐, 걱정 마세요, 사형. 저도 제 한 몸 지킬 능력은 있다구요. 이미 그놈들과 싸워보기도 했구요."

추산이 자신의 검을 들어 보이며 자신있게 말했다.

"알았다. 그럼 이 기회에 네 실력을 한번 보자. 이번에 네 실력을 본 후 향후 네가 맡을 청부를 결정할 것이다."

"글쎄, 일단 두고 보자니까요."

"네 실력이 네 입만큼이나 대단하길 바라마."

"흐흐, 그 이상일걸요."

"좋아, 이제 그만 하자. 그리고 우린 내일 새벽길을 떠날 겁니다. 아시겠지만 마혼령은 서패천의 지역이지요. 또한 서패천의 고수들도 마혼령으로 이동했다고 합니다. 가급적 그들과 충돌하는 일이 없도록 해야 합니다. 우리에겐 북천무맹이나 서패천이나 귀한 고객이니 말입니다. 그럼 모두 편히 쉬십시오. 추산, 넌 날 따라오너라."

고검이 무불장 고수들을 방 안에 남겨두고 추산을 데리고 방을 벗어났다.

"호, 장주가 추 소협을 시험할 생각인 모양이오."

왕민이 호기심 어린 시선으로 고검과 추산의 뒷모습을 보며 말했다.

"그러지 않을 수 없을 거외다. 이번 일은 정말 간단해 보이지 않는구려. 그들에 대한 정보는 턱없이 부족할뿐더러 수십 년 전 강호에 잠깐 모습을 보인 마령제혼술이 나타나질 않나, 천하의 북천무맹을 상대로 일을 꾸미질 않나, 심상치 않은 자들입니다. 그러니 장주가 추 소협의 실력을 가늠해 보려는 것은 당연한 일이오. 만약 추 소협이 장주의 시험을 넘지 못하면 아무리 고집을 피운다 해도 장주는 추 소협을 데려가지 않을 것이오."

조오현이 오랜만에 길게 이야기를 했다.

"추 아우도 만만해 보이지는 않던데요?"

대웅산이 조오현을 보며 말했다.

"확실히 나이에 비해 기도가 좋긴 하더군."

"이런 좋은 구경을 놔두고 잠이나 자고 있을 수는 없지 않습니까?"

대웅산이 무불장의 고수들을 보며 물었다.

"그야 당연한 일이지. 어떻게 천검의 두 제자가 벌이는 비무를 놓칠 수 있겠는가?"

왕민이 대웅산의 말에 맞장구를 치며 자리에서 일어났다.

"서둘러야 할 거예요. 어쩌면 장주가 단 일 초로 시험을 끝낼 수도 있으니."

미심이 왕민을 따라 일어나며 말했다. 네 명의 무불장 고수들이 순식간에 방에서 사라졌다.

고검은 추산을 데리고 그들이 묵고 있는 장원의 후미진 곳으로 걸음을 옮겼다.

"사형, 어딜 가는 건데요?"

추산이 영문을 모르고 고검을 따라가다 고검이 으슥한 곳으로 걸어 들어가자 걸음을 늦추며 물었다.

"별일 아니다. 오랜만에 우리 두 사형제가 만났으니 그동안의 진전을 확인해 보는 것도 좋지 않겠느냐?"

그러자 추산의 눈이 크게 떠졌다.

"아니, 사형. 이미 마혼령에 동행할 것을 허락해 놓으시고 이제 와서 시험을 하시겠다는 거예요? 시험은 마혼령에서 그

놈들을 만나 하기로 하셨잖아요?”

“내가 언제 널 시험하겠다고 했느냐? 그저 오랜만에 사형제 간에 비무나 하자는 말이지.”

“하지만 제 무공이 사형의 마음에 들지 않으면 그걸 이유로 제가 마혼령에 가는 것을 막으실 생각이잖아요?”

“설마 그렇기야 하겠느냐? 그리고 설혹 그렇다 하더라도 네가 사부님 밑에서 수련한 지 칠 년인데 이 사형을 실망시키기야 하겠느냐?”

“이런, 이런. 사부와 사모께서 항상 말씀하시길 사형은 성정이 진중해서 나처럼 입만 산 놈과는 말의 무게가 다른 사람이라 칭찬하셨는데 이제 보니 사형의 말도 그리 무거운 건 아니군요?”

“글쎄, 내가 언제 널 데리고 가지 않겠다고 했느냐? 그저 비무나 한번 하자니까. 왜, 영 자신이 없는 거냐? 비무를 할 자신도 없으면서 어떻게 마혼령에 갈 용기는 있느냐?”

그러자 추산이 고검을 노려보다가 천천히 고개를 끄덕였다.

“좋아요. 비무에 응하죠. 물론 제가 사형을 이길 리는 없겠지만 저도 만만치는 않을 거예요.”

“오냐. 무척 기대가 되는구나. 자, 그럼 이쯤에서 한 수 겨뤄볼까?”

고검이 걸음을 멈추고 추산을 향해 돌아섰다.

달빛은 있었지만 밤안개 때문에 사위는 어스름했다. 사방 십여 장의 공간, 그 안에 오랜만에 만난 천검의 두 제자 고검과 추산이 서로를 마주 보고 섰다.

"역시 타고난 성정이란 어쩔 수 없는 것인가? 자운 노사가
네 녀석에게 만산홍엽의 이름을 지어준 건 정말 잘한 일인 것
같다. 네 녀석의 검을 보니 과연 가을 산에 만개한 단풍과 같
구나."

천검 능운백이 추산의 검을 보고 한 말이었다. 승천공을 바
탕으로 한 천검 능운백의 무공에 있어서 산검으로 부르는 그
의 검법은 특정한 검로를 가지고 있지 않았다. 청부업에 뛰어
들어 실전을 통해 검의 궁극에 도달한 천검은 자신의 두 제자
에게도 자신과 동일한 방법으로 산검을 수련시켰다.

베고 찌르고 검기를 다스리는 것은 검법의 본질. 천검은 그
검법의 본질들에 관해서만 제자들에게 가르침을 내렸을 뿐,
검로(劍路)에 관한 것은 오로지 제자들의 손에 맡겨놓았던 것
이다.

"본시 싸움이란 자신에게 적합한 방법으로 해야 제일 효율
적인 것이다."

천검 능운백이 별도로 검로(劍路)를 정해놓지 않고 가르치
는 이유를 설명한 말이다.

그래서 고검과 추산은 처음 검을 들었을 때 찌르고 베는 단
순한 동작을 수년 동안 수련했고, 이후에는 자신의 진기를 검
에 싣는 법과 공력이 어느 정도 수준에 올라 검기를 만들어낼
수 있었을 때 검기를 다스리는 방법만을 천검에게서 배운 후

스스로 자신들만의 검로를 만들어갔던 것이다.

이후 천검이 두 사람의 검로에 대해 조언을 해준 것은 그들의 수련이 오 년이 넘었을 때로, 그때에는 이미 두 사람이 자신이 만든 검로에 익숙해진 이후였다. 천검의 조언 역시 검로의 수정이 아닌 기존의 검로를 보충해 좀 더 높은 수준의 상승무공으로 발전할 수 있는 조언들이 주를 이루었다.

그리하여 이 두 사제는 같은 사부 밑에서 같은 뿌리의 무공을 익혔음에도 전혀 다른 산검(散劍)을 가지게 된 것이다.

추산의 검은 화려하다. 가을 산을 벌겋게 물들이는 단풍은 얼마나 화려하며 아름다운가. 추산의 검은 그 홍엽을 닮아 있었다. 한순간 허공에서 펼쳐지는 수십 번의 초식은 검날에 부딪치는 달빛을 산산조각 내며 화려한 불꽃놀이를 연출하고 있었다.

웬만한 고수라면 추산의 검 앞에서 눈조차 뜨지 못할 정도의 극도의 환검. 그러나 고검은 그런 눈부신 추산의 초식을 눈 하나 깜짝하지 않고 응시하고 있었다.

"너는 백설이 몰아치는 백척간두의 절벽 위에 외로이 서 있는 한 그루 소나무를 닮았구나. 검은 강할 것이나 삶이 외로울 것이 걱정이다."

천검 능운백이 고검이 수련하는 검로를 보며 한 말이었다. 일격필살의 검로. 상대의 움직임을 눈으로 먼저 살핀 다음 발이 움직이고 검은 가장 최후의 순간 일격필살의 기운을 담아 움직인다. 그것이 고검의 검이었다.

"누군가 네가 검을 뽑지 않은 것을 보고 방심한다면 그것은 크나큰 실수가 될 것이다. 넌 검이 아닌 눈으로 싸우는 아이니까."

천검은 고검의 검을 보며 그렇게 만족해했었다. 왜냐하면 고검의 검로야말로 궁극의 무공에 도달할 수 있는 가장 적합한 투로였기 때문이다. 그리고 그것은 강호의 거친 세파를 홀로 헤쳐 온 천검 자신의 검로와 비슷한 것이기도 했다.

파파팡!

추산의 보법이 경쾌하다. 좌에서 우로, 그리고 앞과 뒤로 추산은 끊임없이 움직이며 고검의 빈틈을 찾았다. 아니, 고검의 빈틈을 찾아 움직이는 것만이 아니라 추산은 스스로 고검의 빈틈을 만들어내려 하고 있었다. 고검의 팔방을 점하며 종잡을 수 없이 번뜩이는 추산의 검. 빛을 흡수하는 고검의 마검과 달리 추산의 검은 그 검신이 모든 빛을 반사할 듯 투명했다. 검의 무게 또한 일반 검에 비해 가벼워 환검을 펼치기에 가장 적당한 형태의 검이었다.

추산의 끊임없는 공격에 비해 고검은 단지 몇 발짝씩의 걸음만 움직이며 마검을 검집에서 뽑지도 않은 채 추산의 공격을 막아내고 있었다. 간간이 마검을 검집째 들어 추산의 검을 비껴내기도 했지만 그때에도 진기를 담지 않은 가벼운 움직임으로 추산의 검로를 틀어버릴 뿐이었다.

“야, 이거 정말 보통 구경이 아닌걸?”

나무 그늘 아래서 숨을 죽이고 고검과 추산의 비무를 보고 있던 대웅산이 두 사람의 비무가 일각여에 이르자 자신도 모르게 감탄사를 흘려냈다.

“확실히 추 소협의 무공이 겉보기와는 다르군. 천검 어른의 제자라 기대는 했지만 저 정도일 줄은 몰랐는데…….”

왕민의 입에서도 추산의 무공에 대한 감탄사가 흘러나왔다.

“하지만 더 대단한 건 장주의 무공이 아니겠어요? 추 소협의 환검은 강호일절로 불려도 손색이 없어 보이는데 그 공세를 아직 검도 뽑지 않고 막아내고 있잖아요.”

미심은 오히려 추산의 환검보다 고검의 움직임에 더 감탄하는 눈치였다.

“장주의 무공이 대단한 거야 이미 알고 있는 일이 아닌가요?”

대웅산이 미심을 보며 물었다.

“하지만 저건… 예상보다 훨씬 대단해. 장주의 무공이 진보하는 속도는 언제나 예상을 뛰어넘는군. 이젠 나도 장주의 움직임을 따라잡을 수 없을 것 같은데?”

가만히 고검과 추산의 비무를 지켜보던 조오현이 입을 열었다. 그러자 대웅산이 놀란 표정을 지으며 물었다.

“정말 조 노사께서도 장주를 따라잡기 어렵단 말씀이십니까?”

대웅산의 놀람은 어쩌면 당연한 것이라고 할 수 있었다. 무불장의 고수 중 조오현은 살검에 가장 능한 인물이었다. 살검에 능하다는 것은 그만큼 보법이 은밀하고 빠르다는 것. 그런 살검의 대가가 고검의 움직임을 따라잡지 못할 것이라 말하고 있었다.

"기습이 아니라면 난 장주에게 절대 일 검도 뻗어내지 못할 걸세. 물론 기습이라 하더라도 성공할 확률은 채 일 할도 되지 않겠지만……."

"강호는 이제 새로운 고수를 받아들여야 하지 않을까 합니다. 천하팔대고수가 아닌 천하구대고수를 말입니다."

왕민이 조오현의 말을 받자 대웅산이 화들짝 놀랐다.

"설마 그 정도까지야……?"

"아니, 장주의 무공은 이제 천검 어른에 육박하고 있네. 물론 그 노련함에서야 미치지 못하겠지만 젊음의 패기로 부족함을 메울 수 있을 걸세. 아마 강호무림에 장주의 나이에 저 정도의 무공을 완성한 사람은 찾아보기 힘들 걸세."

"제길, 나도 언제 한번 장주와 비무를 해보고 싶었는데… 애초에 상대가 되지 않겠군. 쩝!"

대웅산이 입맛을 다시며 투덜거렸다.

"그나저나 이제 장주가 본격적으로 추 소협을 시험하는 것 같군요."

미심의 말에 사람들의 시선이 다시금 고검과 추산 두 사형제에게로 쏠렸다.

"어, 어엇!"

언제부터인가 추산의 입에서 간간이 다급성이 흘러나오고 있었다. 추산의 환검을 막아내기만 하던 고검이 드디어 공세를 취하기 시작했기 때문이다.

물론 공세라고 해도 마검을 뽑아 들고 본격적으로 공격을 시작한 것은 아니었다. 단지 고검은 추산이 초식을 전개하는 중간중간 빈틈을 노려 불쑥 마검을 검집째 뻗어내고 있는 정도였던 것이다.

어찌 보면 추산의 허점을 지적하며 사형으로서 무공을 지도하고 있는 듯한 모습처럼 보이기도 했으나, 느닷없이 허점을 파고드는 고검의 공세에 추산은 기겁을 할 수밖에 없었다. 왜냐하면 고검이 찔러대는 곳은 하나같이 치명적인 사혈이 위치한 곳이었기 때문이다.

"에잇, 좋아요! 정말 제대로 한번 해보자 이거지요?"

추산이 한순간 공격을 멈추며 뒤로 물러나서는 고검을 노려보며 소리쳤다.

"그럼 지금까지 놀고 있었던 것이냐, 아니면 이 사형의 사정을 봐주고 있기라도 했단 말이냐?"

고검이 빙그레 웃으며 묻자 추산이 입술을 깨물었다.

"좋아요, 좋아! 이 사제의 무공은 사형의 발끝도 따라가지 못한다는 것을 인정하죠! 하지만 지금까지 보여 드린 게 제 전부는 아니에요!"

"우리 대단한 사제의 진면목을 한번 보고 싶군."

여전히 고검의 목소리는 여유가 있었다.

"이번에는 사형도 단단히 각오를 하셔야 할 거예요. 사부께서 말씀하시길, 제가 이번에 전개할 초식은 강호에 나가 함부로 사용하지 말라고 당부하신 초식이니까요."

"그래? 어디 얼마나 대단한 초식인지 볼까?"

추산의 말에 고검의 눈에도 호기심이 드러났다.

"좋아요! 그럼!"

추산이 자신의 검을 들어 몸 앞에서 한 바퀴 원을 그렸다.

위이잉!

그러자 검이 지나간 자리에 흐릿한 아지랑이가 만들어지며 기이한 검음이 흘러나왔다. 순간 그 모습을 지켜보고 있던 고검의 눈에 감탄의 빛이 서렸다. 검기를 다루는 추산의 능력이 생각보다 대단했던 것이다.

고검이 들고 있던 마검을 허리 아래로 늘어뜨렸다.

스르릉!

그러자 마검이 자연스럽게 검집을 벗어났다. 고검은 왼손으로 떨어져 내리는 검집을 가볍게 낚아채 허리춤에 차고는 검을 든 오른손을 들어 마검을 몸 앞에 가져갔다.

"핫!"

순간 추산의 입에서 한마디 기합성이 터져 나왔다. 동시에 그의 앞에 만들어졌던 원형 검기가 폭발하듯 고검을 향해 밀려왔다. 수십 개의 검끝이 그 원형 검기에 실려 있었는데 그 하나하나가 모두 진검인 양 꿈틀대고 있었다.

"좋구나!"

고검이 슬쩍 몸을 허공에 띄워 올려 뒤로 물러나면서 감탄사를 발했다. 동시에 들고 있던 마검을 머리 위로 들어 올리더니 자신을 향해 폭풍처럼 밀려드는 추산의 검기를 향해 가볍게 내리그었다.

꽈릉!

벼락 치는 소리가 터져 나왔다. 추산의 원형 검기가 파도 갈라지듯 좌우로 갈라졌다. 그리고 그 사이를 비집고 고검의 마검이 전광석화처럼 파고들었다.

"헉!"

추산의 입에서 다급성이 흘러나오며 순식간에 모든 동작이 정지했다. 추산도, 고검도, 그리고 그들이 들고 있던 검도.

"사형!"

추산이 놀란 눈으로 고검을 바라봤다. 고검의 마검이 추산의 목젖에 닿아 있었다. 일 촌의 깊이만 더 찔러도 치명상을 입을 수 있는 상태. 고검이 추산과 눈이 마주치자 빙그레 웃었다.

"걱정 마라. 이 사형이 하나밖에 없는 사제를 죽이기야 하겠느냐?"

고검의 말이 끝남과 동시에 마검이 사라졌다. 사라진 마검은 어느새 검집에 들어가 있었는데, 추산은 미처 고검이 마검을 회수하는 것을 보지 못했을 정도로 빠른 손놀림이었다.

그렇게 두 사형제의 비무가 끝이 났다. 하지만 비무를 끝마친 두 사람의 표정은 비무를 시작할 때와는 사뭇 달라져 있었다. 고검은 비무를 시작할 때보다 한결 기분이 좋아 보였으며 추산은 한풀 죽어 있었다.

"절 데리고 가지 않으실 거죠?"

추산이 풀 죽은 목소리로 물었다.

"네 생각은 어떠냐? 마혼령에 갈 자격이 있다고 생각하느냐?"

고검이 되물었다. 그러자 추산이 천천히 고개를 저었다.

"패자가 무슨 말을 하겠어요. 그저 사형의 처분에 맡길 뿐이지요. 하지만 사실 사형은 제가 상대하기엔 지나치게 강하단 말이에요. 그리고 어차피 제가 이 비무에서 질 것은 예상된 일이었고요. 그걸 고려해 주세요. 뭐, 이렇게 된 이상 데리고 가지 않겠다고 하셔도 달리 할 말은 없어요."

"아니, 난 널 데리고 가겠다."

"옛? 정말요?"

고검의 말에 추산이 얼굴을 활짝 펴며 되물었다.

"물론이다. 너와 같이 좋은 일꾼을 놀려서야 쓰겠느냐? 녀석, 사부께서 말씀하시길 꾀만 부려 무공의 진전이 걱정된다더니 이제 보니 제법 열심히 수련했구나."

"헤헤, 사실 제가 보기만 그렇지 할 일은 하는 편이지요. 그런데 제 실력이 제법 괜찮은 건가요?"

"그렇다. 네 무공은 과거 내가 하산(下山)할 당시보다 훨씬 낫다고 할 수 있다. 하지만 자만하지 말거라. 네가 강호를 주름잡는 고수가 되고 못 되고는 사실 지금부터의 수련에 달려 있다고 할 수 있다. 이제부터는 어떤 비무를 보건, 어떤 고수의 무공을 보건 너 자신의 무공에 비추어 참구하는 버릇을 기르도록 하거라. 무공은 몸으로 익히는 것과 머리로 익히는 것으로 나눌 수 있는데 이제 넌 머리로 무공을 익혀야 할 단계니까."

"머리 하면 또 이 추산이죠."

"녀석아, 내가 말한 머리는 그런 머리가 아니야. 사부께서 널 걱정하시는 것도 바로 그 점이다. 상승무공을 성취하는 데 필요한 머리는 약삭빠름이 아닌 진중한 머리야. 알겠지?"

"칫, 알았어요. 그나저나 사형의 무공은 정말 대단해요. 아마 사부님과도 한판 붙을 수 있으실 것 같은데요?"

"이 녀석 말버릇 좀 보게. 어찌 감히 사부님과 비교할 수 있단 말이냐? 더군다나 사부님은 천하팔대고수 중 한 분, 아직 사부님의 경지에 도달하려면 멀었다. 내가 한 걸음 나아가면 사부님은 이미 두세 걸음 나아가신 분이란다. 넌 아직 사부님의 진면목을 몰라."

그러자 추산이 고개를 갸웃거렸다.

"그런가요? 하지만 사부님께서 언젠가 사형께서 이미 자신의 수준에 이르렀다고 하셨는데……."

"무공이 상승의 경지에 이르면 같은 호수에 도달했다고 말할 수는 있을 것이다. 하지만 같은 호수라도 그 깊이는 각양각색이 아니겠느냐? 상승의 경지에도 수준이 있는 법이란다."

"에휴, 무공은 끝이 없다더니 정말 그 말이 사실인 모양이군요. 그래서 전 무공에 큰 욕심 없어요. 그냥 누구에게 맞아 죽지 않을 만큼이면 만족이죠."

"그래? 그럼 넌 뭐에 관심이 있느냐?"

그러자 추산이 손가락을 동그랗게 해 보였다.

"돈 말이냐?"

"그래요. 사형, 전 무공보단 돈에 관심이 많아요. 전 언젠가 강호무림을 호령하는 대상(大商)이 되어 있을 거예요."

"하하하, 그것 참 다행이다. 네가 그런 부자가 된다면 이 사형이 굳이 청부업을 하지 않아도 되겠구나."

"당연하죠. 사형의 노후는 걱정 마세요."

"좋다. 그럼 네 장사 밑천은 내가 일부 감당하도록 하마."

"어? 사형에게도 돈이 있나요?"

"무불장의 청부 대금이 얼마인지 너도 알고 있지 않느냐?"

"하지만 대부분의 금자가 설연장으로 가잖아요? 사모님과 사부님의 세 따님의 낭비벽 때문에 말이죠."

그러자 고검이 가만히 미소를 지었다.

"아무리 사모님과 사매들의 씀씀이가 헤프다고 하더라도 어떻게 그 많은 재물을 다 쓸 수 있겠느냐? 내게도 약간의 금자는 있단다."

"오! 그거 정말 듣던 중 반가운 소리네요. 좋아요. 이번 청부가 끝나고 무불장으로 돌아가면 제 계획을 말씀드리죠."

"좋아, 기대해 보도록 하지."

두 사형제가 어깨를 나란히 하고 한밤에 경천동지할 비무를
벌인 공터를 벗어나기 시작했다.

미처 해가 뜨지 않았을 때 이미 무불장의 고수들은 잠자리
에서 깨어나 있었다. 그들은 말없이 먼 길을 떠날 준비를 마쳤
고, 곧 고검을 중심으로 장원의 정문 앞에 모였다. 그런데 장원
의 정문 앞에는 무불장의 고수들보다 빨리 움직인 사람들이
나와 있었다. 고화룡을 비롯한 북천무맹의 고수들이었다.
"어서 오시게, 고 장주. 기다리고 있었네."
고화룡이 고검이 다가오자 먼저 말을 꺼냈다.
"배웅까지 필요한 길은 아닌 듯합니다만……."
고검이 말꼬리를 흐렸다. 새벽을 도와 남의 눈을 피해 움직
여야 할 사람들에게 배웅이란 확실히 어울리지 않았다.
"본 맹의 일로 먼 길을 가실 분들을 어찌 인사도 없이 보내
겠는가? 물론 다른 일도 있어서 나온 길이긴 하지만……."
"다른 일이라시면……?"
고검이 되묻자 고화룡이 약간 난감한 표정을 지으며 대답했
다.
"흠… 어려운 일인 줄 알겠지만 무불장의 고수들과 동행을
원하는 사람이 있어서 말이네."
"동행을요?"
"그렇네. 자, 이리 오시게."
고화룡이 뒤를 돌아보며 누군가를 부르자 설상지가 검은 무

복 차림으로 앞으로 걸어나왔다.

"동행을 허락해 주시기 바랍니다, 고 장주님."

앞으로 나온 설상지가 굳은 표정으로 고개를 숙여 보였다.

"설마 설 여협께서 우리와 동행을 하시겠다는 겁니까?"

"그래요. 전 다시 마혼령으로 가고자 합니다."

"어려운 일입니다. 설 여협은 아직 몸도 회복되지 않았습니다. 더군다나 이번에 우리 무불장의 고수들만 마혼령으로 가는 이유를 설 여협도 잘 알고 있지 않습니까?"

"물론 제 몸은 아직 완전히 회복되지 않았어요. 또한 그곳은 서패천의 지역이지요. 하지만 그럼에도 전 제가 이번 마혼령 행에 도움이 될 거라 생각합니다."

"무슨 이유에서입니까?"

"비록 지금은 제 기억이 완전치 않지만 마혼령에 도착하게 되면 분명 지금보다 더 많은 것들을 기억하게 될 겁니다. 제가 기억을 온전히 되살릴 수만 있다면 마혼령에서 고 장주께 큰 도움이 될 거예요."

설상지의 말에 고검이 고개를 끄덕였다.

"확실히 설 여협의 기억이 되살아난다면 본 장의 행보에 큰 도움이 될 겁니다. 하지만 그건 확신할 수 없는 일이지요. 지금은 그것보다도 설 여협의 건강을 회복해야 할 때입니다."

"이곳에서 마혼령의 경계까지는 칠팔 일 정도 걸리지요. 아마도 가는 동안 난 완전히 몸을 회복할 수 있을 거예요. 그리고… 난 그들에게 꼭 빚을 갚고 싶어요."

설상지는 전혀 물러날 기색을 보이지 않았다.

"사형, 그녀의 말이 맞을지도 몰라요. 그나마 지금 그들에 대해 가장 잘 알고 있는 사람은 그녀잖아요."

추산이 조용히 고검의 뒤에서 속삭였다. 하지만 고검은 추산의 말을 듣는 둥 마는 둥 차분하고 깊은 눈으로 설상지의 두 눈을 응시하고 있었다. 그렇게 얼마나 지났을까. 고검이 천천히 입을 열었다.

"한 가지 조건이 있소이다."

"말씀하세요."

"우리와 함께 간다면 모든 일에 있어서 나의 말에 따라 행동해야 합니다. 그 어떤 경우라도 말이오."

"좋아요. 그렇게 하겠어요."

설상지가 기다리지 않고 대답했다. 그러자 고검이 천천히 고개를 끄덕였다.

"좋습니다. 그럼 동행을 허락하겠습니다."

"고맙습니다, 고 장주님."

설상지가 기쁜 얼굴로 고검에게 고개를 숙여 보였다. 고검이 가볍게 고개를 숙여 설상지의 인사를 받은 후 고화룡에게 작별을 고했다.

"그럼 이만 떠나겠습니다. 전서구를 통해 수시로 연락을 주고받지요."

"그렇게 하시게. 우리도 곧 이곳을 출발해 서패천의 경계에서 기다리고 있겠네. 위급한 지경이 발생하면 즉시 연락을 주시계. 만약의 경우 우리도 마혼령으로 가겠네."

"알겠습니다. 그럼……."

고검이 고화룡과 눈빛을 한 번 교환하고는 이내 장원을 벗어나기 시작했다. 그리고 그 뒤로 무불장의 고수들과 설상지가 바짝 붙어 따르기 시작했다.

"과연 그들이 성공할 수 있을까요?"

천검성이 걱정스런 눈으로 무불장의 고수들을 보며 말하자 고화룡이 굳은 목소리로 대답했다.

"그들의 명성을 믿어볼밖에. 지금껏 무불장은 청부에서 실패한 적이 없으니……."

第三章

마혼령(魔魂嶺)

　서안을 출발한 무불장의 고수들은 서쪽으로 길을 잡아 빠른 속도로 이동했다. 깊어진 가을 산은 춥지도 덥지도 않아 사람들의 눈을 피해 산길을 따라 이동하기에 적당한 날씨였다. 그래서 서안을 떠난 지 며칠 후, 무불장의 고수들은 예상보다 빠르게 마혼령의 경계에 접어들고 있었다. 그들의 행보가 예상보다 빨랐던 또 하나의 이유는 의외로 마혼령의 경계까지 이어지는 지름길을 설상지가 알고 있었기 때문이다.

　처음 설상지가 마혼령에 이르는 은밀한 지름길을 알고 있다고 했을 때 무불장의 고수들은 의아한 시선으로 그녀를 보았으나, 이내 그녀의 말이 전혀 이상할 것이 없다는 것을 깨달았다. 왜냐하면 마혼령에서 그녀와 그 동료 고수들이 실종되기

이전, 그들은 은밀하게 서패천 지역으로 이동하고 있었기 때문이다.

또한 표면적으로 강호 유람에 나선 사람들이 서패천 지역으로 향하는 은밀한 지름길을 따라 이동했다는 것은 그들에게 강호 유람 이외의 다른 목적이 숨어 있었음을 말해주는 것이기도 했다.

어쨌든 설상지의 안내 덕분에 일정보다 빠르게 마혼령의 경계에 진입한 고검과 무불장의 고수들이 이십여 호 남짓한 초옥이 모여 있는 작은 산골 마을을 앞에 두고 걸음을 멈췄다.

"저곳이 우리가 그들에게 당하기 전 마지막으로 머물렀던 마을이에요."

설상지가 손을 들어 마을을 가리켰다. 마을은 어머니 품에 파묻힌 아이처럼 깊은 산중에 들어앉아 있었는데, 마을을 감싸고 있는 산줄기로부터 시작되어 북쪽으로 이어진 험준한 산줄령이 바로 문제의 마혼령이었다.

"마을에서 일이 벌어진 천랑재까지는 얼마나 걸립니까?"

고검이 물었다.

"빠른 걸음으로 하루 정도 걸려요."

설상지의 대답에 고검이 천천히 고개를 끄덕였다.

"사형, 마을에 들를 생각은 아니죠?"

추산이 고검에게 물었다.

"글쎄다."

추산의 질문에 고검이 마음을 정하지 못한 듯 대답을 흐렸다.

"글쎄라뇨? 일이 벌어진 곳이 이곳에서 하룻길이라면 분명 저 마을에 놈들의 첩자가 있을 거라고요? 그렇지 않다면 어떻게 북천무맹의 고수들이 이곳을 통과하는 것을 알았겠어요?"

"물론 그걸 모르는 것은 아니다."

"그럼 당연히 마을을 피해가야죠."

"하지만 사제, 넌 하나만 생각하고 둘을 생각지 못하는구나."

"그게 무슨 말이에요? 제가 둘을 생각지 못하다니요? 이거 약간 자존심이 상하려구 그러네. 이 추산은 머리 쓰는 걸로는 누구에게도 뒤지지 않는다고 생각하거든요."

그러자 고검이 마을 너머 마혼령 줄기를 바라보며 스스로에게 묻 듯 말했다.

"일이 벌어진 곳에서 그들의 흔적을 찾을 수 없을 때는 어떻게 할 것이냐? 저 험준하고 광대한 마혼령을 일일이 헤집고 다닐 생각이냐?"

"그… 그건……."

추산이 말꼬리를 흐렸다.

"그래서 네가 둘을 생각지 않았다고 한 것이다. 우리가 그들의 본거지를 찾아낼 수 없다면 그들이 우릴 찾아오게 만드는 것도 한 방법이니까. 그리고 그들이 우릴 찾게 만드는 방법 중 가장 쉬운 방법은 저 마을에 들르는 것이다. 네 말대로 그들의 눈이 저 마을에 있을 것을 기대하며 말이다. 자, 추산, 이제 네 생각을 말해보거라. 저 마을에 들를까, 아니면 마을을 우회해 일이 벌어진 곳에서 그들의 흔적을 찾아볼까?"

고검이 추산을 보며 물었다. 하지만 추산은 고검의 질문에 쉽게 대답할 수가 없었다. 두 가지 방법 중 어느 것이 옳은지 판단하기 어려웠기 때문이다.

"쩝, 사형의 질문에 대답할 수 없네요. 그들의 흔적을 찾을 수만 있다면 은밀히 움직이는 것이 좋긴 한데… 사형, 사형은 어떤 결정을 내리실 거죠?"

추산이 궁금한 듯 호기심 가득한 눈으로 고검을 보며 물었다. 그러자 고검이 추산에게서 시선을 거두며 대답했다.

"난 저 마을에 들르지 않겠다."

"그럼 사형은 그들의 흔적을 찾으실 수 있다고 생각하시는군요?"

추산의 물음에 고검이 조오현을 바라봤다.

"그 대답은 조 노사께 들어야겠습니다."

그러자 조오현이 고개를 저었다.

"저보다야 장주의 눈을 믿어야지 않겠소? 내가 비록 눈이 밝다고는 하나 어찌 장주의 눈에 비하겠소이까? 그나저나 그리 결정을 했다면 머뭇거릴 이유가 없겠소이다."

"만약 일이 잘못되면 이틀의 손해를 보겠군요."

미심이 고검을 보며 말했다.

"그렇게 되겠지요. 물론 한시가 급한 일이기는 하나 우리의 움직임을 숨길 수 있는 기회가 있다면 그 기회를 흘려보낼 수는 없는 일입니다."

"장주의 판단이 옳겠지요."

미심이 고개를 끄덕였다.

"자, 설 여협, 그럼 우릴 그 문제의 장소로 안내해 주시겠소?"

"알겠어요. 그럼 절 따라오세요."

굳은 표정으로 대답한 설상지가 마을로 들어가는 길이 아닌 마을 뒤쪽으로 이어진 산 능선을 향해 걸음을 옮기기 시작했다. 고검과 무불장의 고수들이 지체없이 설상지의 뒤를 따랐다.

설상지가 자세를 낮췄다. 그녀의 뒤를 따르던 무불장의 고수들도 덩달아 자세를 낮추며 그녀 곁으로 다가섰다. 무불장의 고수들이 다가오자 설상지가 손을 들어 한 지점을 가리켰다.

좌우가 절벽으로 가려져 있고, 앞뒤로 이어진 산길은 무성한 숲에 감춰진 협곡의 험로. 바로 설상지와 북천무맹 고수들이 일을 당한 천랑재였다.

"안개는 없군요."

설상지가 뚫어져라 협곡을 살피며 말했다.

"당연한 일이지. 이미 그들은 북천무맹과 서패천의 고수들이 움직인 사실을 알고 있을 텐데 여기서 여전히 그 짓을 하고 있겠어?"

추산이 설상지의 말을 받았다. 그러자 고검이 살짝 눈살을 찌푸리며 추산을 나무랐다.

"사제, 설 여협은 이미 정신을 차린 지 오래다. 그런데 넌 아직 그 말버릇을 고치지 못했구나."

"어… 그게… 그만 버릇이 돼서요. 기분 나빴어… 요?"

추산이 설상지를 보며 어중간한 말투로 묻자 설상지가 굳어 있던 얼굴에 살짝 미소를 띠었다.

"괜찮아요. 추 소협의 그 말투에 이미 익숙해져 있는걸요."

"헤헤, 그것 보세요, 사형. 그녀도 괜찮다잖아요."

"사제, 설 여협만 괜찮다고 해서 되는 일이 아니다. 지금 이곳에야 무불장의 고수들만 있어서 그렇지, 만약 설 여협의 사문인 도문의 고수가 너의 말투를 보았다면 크게 노했을 것이야. 그러니 말조심하도록 하거라."

"알았어요. 이번 일이 끝날 때까지는 확실히 고칠게요. 그나저나 이젠 어떻게 하실 생각이세요?"

"당연히 그들의 흔적을 찾아야겠지."

"어떤 방법으로 그들의 흔적을 찾으실 거죠?"

추산이 무척 궁금한 듯 물었다.

"누군가의 흔적을 찾는 방법은 사람마다 저마다의 방법을 가지고 있단다. 따라서 나의 방법과 조 노사의 방법은 각기 다르다. 설 여협, 이제부터는 저희들이 앞장을 서지요."

고검이 설상지를 보며 말하자 설상지가 일행의 뒤로 물러나 추산의 곁으로 다가왔다.

“헤헤, 그동안 기분 나빴다면 미안해요.”

추산이 설상지를 보며 겸연쩍은 표정으로 말하자 설상지가 고개를 저었다.

“이미 제가 괜찮다고 했잖아요. 마음에 두지 마세요, 추 소협.”

“뭐, 그렇게 생각한다면 고맙긴 하지… 요. 음, 하지만 이제부터는 조심하도록 할게요.”

두 사람이 대화를 나누는 사이, 고검과 조오현이 일행의 선두에 서서 은밀히 움직이기 시작했다. 그에 따라 무불장의 고수들도 조심스런 걸음으로 문제의 협곡으로 진입해 들어가기 시작했다.

같은 손을 가지고 있으면서도 그 손재주가 사람마다 다르듯 같은 눈을 가지고 있어도 사람들은 저마다 보는 것이 다르다. 고검과 조오현은 움직이는 자세부터가 달랐다. 고검은 거의 허리를 굽히지 않고 서서 주변의 수목들을 살피며 걷고 있었고, 조오현은 상체를 땅에 닿을 듯 숙인 후 땅 위의 흔적들을 살피며 움직이고 있었다.

“도대체 아무리 봐도 사형의 의도를 모르겠네. 조 노사의 경우 땅 위에서 사람들이 움직인 흔적을 찾고 있다고 볼 수 있지만 사형은 저렇게 뻣뻣하게 서서 뭘 찾고 있는 거지?”

추산이 혼잣말로 중얼거리자 앞서 가던 왕민이 고개를 돌려 추산에게 낮은 목소리로 말했다.

“장주는 수풀에 남아 있는 흔적을 찾고 있는 걸세.”

“수풀에 남은 흔적이요?”

“그렇다네. 나도 처음엔 장주의 저런 추적법을 이해할 수 없었으나 오랜 시간 장주와 함께 움직이다 보니 이해가 가더군. 사람들이 급하게 움직이거나 자주 움직인 곳의 수목들에는 항상 그 흔적이 남아 있는 법이라네.”

“어떤 흔적들이 남아 있다는 거죠?”

“뭐, 나뭇잎의 방향이 한쪽으로 틀어져 있다던가, 아니면 작은 상처들이 나 있거나, 경험이 없는 자들이 움직인 경우에는 가지들이 부러져 있기도 하지. 노련한 고수라면 그런 흔적에서 앞서 간 자들의 움직임을 읽어내기 마련이라네.”

“오! 그런 방법이 있었군요. 하지만 무척 인내심이 필요한 추적술이군요.”

“그렇다네. 인내심이 없다면 눈이 빨라야겠지. 장주로 말하자면 인내심과 빠른 눈 둘 모두를 갖추고 있는 고수고.”

“헤, 사형의 인내심이야 사부께서도 언제나 칭찬한 거죠. 대신 전 언제나 사형과 비교당해야 했지만요.”

“내가 듣기로 추 소협은 그를 대신할 장점이 많다고 하던데?”

“누가 그래요?”

“장주도 그렇고, 예전에 천검 어른께서도 그러셨지. 장주의 과묵한 성격에 비해 활달한 성격을 가진 추 소협이 어떤 복잡한 일을 처리하는 데에 있어서는 훨씬 융통성을 발휘할 것이라고 말이야.”

“아니, 사부께서 그런 말씀을 하셨단 말이에요?”

“그렇다네.”

“허, 그 노인네 참, 내 앞에서는 칭찬 한마디 안 하더니만. 하긴, 제가 어려서부터 제법 사람들과의 거래에 눈이 트인 편이죠.”

추산이 짐짓 고개를 끄덕이며 기분 좋은 목소리로 대답하는 그때, 갑자기 앞서 가던 고검의 손이 살짝 위로 올라갔다. 그러자 무불장의 고수들이 마치 한 사람이라도 된 것처럼 동시에 그 자리에 신형을 세우고 시선을 고검에게로 향했다.

조오현의 신형도 어느새 바닥에서 멀어져 똑바로 세워져 있었다. 그런 조오현과 고검이 눈빛을 교환하더니 조오현이 가볍게 고개를 끄덕였다. 그리곤 순간 조오현의 신형이 안개에 싸인 듯 흐릿해지더니 그 자리에서 사라지는 것이었다.

“정말 놀라운 신법이구나.”

추산이 소오현의 움직임에 나직이 감탄사를 흘려냈다.

“조 노사로 말하자면 무불장의 식구 중 가장 빠른 발과 빠른 눈, 그리고 빠른 검을 가지고 있는 분이라네. 그리고⋯⋯.”

왕민이 말꼬리를 흐리자 추산이 재촉하는 눈빛으로 왕민을 바라봤다.

“그리고 가장 살인에 익숙한 분이기도 하다네.”

“하면⋯⋯?”

“만약 누군가가 있다면 그는 제거될 걸세.”

왕민의 대답에 추산이 놀란 듯 다시 앞쪽을 바라봤다. 그때 고검의 시선은 계곡의 좌우로 솟아 있는 절벽의 한 지점을 향해 있었다. 우측 암벽의 중간에 위치한 작은 송림. 고검은 그곳에 시선을 고정한 채 움직임을 멈추고 있었다.

추산이 궁금함을 참지 못하겠는지 무불장 고수들 사이를 비집고 나와 고검 옆으로 다가왔다.

"사형, 뭐가 있나요?"

추산이 속삭이듯 물었다.

"글쎄다. 뭐가 있는지 없는지는 이제 곧 드러나겠지."

"그게 무슨 말이에요?"

"조 노사가 움직였으니 그 결과를 보자는 말이다."

여전히 고검의 시선은 우측 절벽의 송림에 고정되어 있었다. 추산도 고검을 따라 시선을 송림 쪽으로 돌렸다. 바로 그 순간 송림 부근에서 무언가 번쩍이는 빛이 일었다. 그리고 잠시 후 작은 산새 소리가 일행의 귀에 들려왔다.

"끝난 모양입니다. 가시죠."

고검이 뒤에 있는 무불장 고수들을 보며 말하고는 자신이 먼저 몸을 날려 우측 절벽의 송림 쪽으로 움직이기 시작했다.

송림이 위치한 곳은 계곡 사이로 난 험로로부터 십여 장 절벽 위쪽에 형성되어 있었다. 고검은 그 절벽 아래에 도착하더니 이내 훌쩍 몸을 날려 절벽을 타고 오르기 시작했다. 절벽 중간중간 자라난 작은 잡목들을 밟으며 절벽을 타오르는 고검의 움직임이 한 마리 학처럼 고고하다.

"역시 천화 사저가 반할 만해. 내가 봐도 멋있단 말이야?"

추산이 고검의 멋들어진 움직임에 감탄하는 사이, 그의 곁을 지나쳐 왕민과 대웅산, 그리고 미심이 고검의 뒤를 따라 절벽을 오르기 시작했다.

"추 소협, 안 가세요?"

가장 뒤에 있던 설상지가 추산의 곁으로 다가서며 묻자 추산이 엉뚱한 질문을 해댔다.

"우리 사형, 정말 멋지지 않아요?"

"그게 무슨 말씀이세요?"

"우리 사형 말이에요."

"고 상주님이요?"

"그래요. 멋지지 않아요?"

"고 장주님이야 강호의 일대 기협으로 이미 이름이 높으신 걸요. 전 이번에 고 장주님을 처음 보았지만 이미 오래전부터 무불장의 명성은 듣고 있었어요."

"흐흠… 내가 묻는 것은 남자로서의 사형을 말하는 겁니다. 어때요, 설 낭자가 보기에 남자로서의 사형은요?"

그러자 설상지가 고개를 갸웃거리며 대답했다.

"물론 고 장주님은 남자로서도 멋진 분이죠."

"흐음, 확실히 설 여협께서 보시기에도 그렇죠? 그런 우리 사형이 아직 혼인을 하지 않았다는 것에 대해 어떻게 생각하세요?"

"아, 아직 고 장주님이 혼인을 하지 않으셨나요?"

"그렇지요. 아직 노총각 신세를 면치 못했지요."

"이해할 수 없군요. 고 장주님이라면 강호의 모든 여인들이 흠모할 만한 외모와 명성을 지닌 분인데……. 거기에 천검 능운백 어른의 제자이시고."

"그러니 말이에요. 에휴, 그놈의 정이 뭔지……."

"네?"

"아! 아닙니다. 그런 일이 있어요. 자, 그만 올라가시죠."

추산이 그렇게 말을 끝내고는 이내 몸을 날려 절벽을 타고 오르기 시작했다. 그러자 설상지가 그런 추산을 보며 나직이 중얼거렸다.

"고 장주님도 그렇지만 제가 보기엔 추 소협도 고 장주님 못지않군요."

혼잣말을 중얼거리는 설상지의 볼이 어둠 속에서 홀로 발갛게 물든 것은 오로지 그녀 혼자만이 알고 있는 사실이었다.

조오현은 이미 자신의 장검을 검집에 꽂은 채 묵묵히 장내를 살피고 있었다. 그 한쪽에는 한 팔이 잘린 복면인이 쓰러져 있었는데, 죽은 것 같지는 않고 조오현에게 혈도를 짚인 듯 보였다.

"사람이 있었군요."

고검이 장내로 날아들며 입을 열자 그제야 조오현이 주변을 살피는 것을 멈추고 허리를 폈다.

"어서 오시오, 장주. 마침 이곳을 떠나려던 참인 모양이더이다. 주변을 둘러보니 적지 않은 사람이 머물던 곳인 모양인 듯하고 말이오."

조오현의 말에 고검이 주변을 둘러보니 과연 제법 사람이 머물기 좋게 꾸며놓은 은신처가 눈에 띄었다.

"이 정도라면 십여 명은 머물 수 있었겠군요."

"살펴보니 어제오늘 만든 은신처는 아니고, 적어도 일 년 이상 된 것이 분명한 듯……."

"그렇다면 사람들이 실종되기 이전에 만들어진 곳이란 말이군요."

"자세한 것은 저자의 입을 열면 알게 되지 않겠소?"

조오현이 고갯짓으로 한쪽에 쓰러져 있는 복면인을 가리켰다.

"다행히 생포하셨군요."

"생각보다는 무공이 그리 강하지 않더구려."

"조 노사의 무공이 고절하시니 가능했던 일이지요."

"글쎄… 어쨌든 기대만큼은 아니더구려."

두 사람이 대화를 나누는 사이 무불장의 고수들이 속속 장내에 도착했다. 그리고 가장 늦게 설상지가 장내에 모습을 드러냈다.

"오, 과연 사람이 있었군요."

추산이 호기심 가득한 눈으로 복면인에게 다가서며 입을 열었다.

"다행히 우린 하나의 꼬릴 잡은 모양이구나."

고검이 추산의 말에 응답하며 역시 복면인에게로 다가왔다.

"이번 실종에 관련이 있는 자가 확실한가요?"

미심의 질문에 추산이 대답했다.

"그런 것 같은데요. 이자의 행색을 보니 우릴 쫓던 그놈들과 동일해요. 안 그런가요, 설 여협?"

"그렇군요. 그자들과 같은 복장이에요."

추산이 쓰러져 있는 사내의 가슴 부근에 손을 가져가더니 옷섶을 헤쳤다. 그러자 사내의 왼쪽 가슴 위에 새겨진 글씨가 흐릿하게 눈에 들어왔다.

암전(暗箭)!

"역시!"

추산이 고개를 끄덕였다.

"그들에게 속한 자가 확실한 모양이군. 그렇다면 그에게서 제법 많은 이야기를 들을 수 있겠구려."

조오현이 차가운 눈빛을 빛내며 말을 뱉어냈다. 순간 주변의 공기가 일순 차가워지는 것이었다.

'원, 노인네, 이렇게 살기가 강하다니……'

추산이 조오현을 다른 눈으로 보며 내심 송연해진 모골을 가라앉혔다.

"맡아주시겠습니까?"

고검이 조오현을 바라보며 묻자 조오현이 고개를 저었다.

"내 방법은 지금 상황에 어울리지 않을 듯하오. 역시 이런 조용한 장소에서는 왕 선생이 나서는 것이 좋겠지.”

그러자 고검이 왕민에게 시선을 돌렸다. 고검의 시선을 받자 왕민이 고개를 끄덕이며 앞으로 걸어나왔다.

“내가 맡지요, 장주.”

“고맙습니다.”

“무불장의 일이 아니외까.”

“그럼.”

고검이 자리에서 일어나 복면인 앞의 자리를 왕민에게 양보했다. 하지만 추산은 뒤로 물러나지 않고 왕민이 복면인을 어떻게 다루는지 보려는 듯 왕민과 복면인을 바라보고 있었다.

“추산, 뒤로 물러나라.”

고검이 추산을 불렀다.

“곁에서 보면 안 돼요?”

추산이 고검을 보며 묻자 고검이 가볍게 고개를 저었다.

“강호에서 타인의 비술을 보는 것은 금기란 것을 모르느냐?”

“비술이라뇨? 그냥 깨워서 물어보는 게 아닌가요?”

“그렇게 해서 어떻게 원하는 답을 얻을 수 있겠소, 추 소협?”

왕민이 추산을 보며 빙그레 미소를 지었다.

“음… 그러니까… 왕 선생께서는 이자의 입을 열 자신만의 특별한 비술을 가지고 있다는 말이군요? 사형은 왕 선생의 비술을 훔쳐보지 말라는 거고요.”

"알아들었으면 이리 오너라."

고검이 재차 추산을 불렀다.

"헤, 그 비술, 나에게 가르쳐 주시면 안 되나요?"

추산이 여전히 미련을 버리지 못하고 왕민에게 물었다.

"나중에 무불장으로 돌아가 정식으로 배움을 청하면 한번 생각해 보겠네."

왕민이 여전히 미소를 잃지 않고 대답했다.

"어쩔 수 없지요. 그럼 나중에 분명히 가르쳐 주서야 해요?"

"그건 그때 가서 보세."

"쩝. 에이, 알았어요."

추산이 아쉬운 듯 입맛을 다신 후 뒤로 물러나 고검의 곁으로 다가와 섰다. 그러자 왕민이 품속에서 무엇인가를 꺼내더니 복면인의 복면을 벗기기 시작했다.

"망측하게도 생겼네."

복면인의 얼굴이 드러나자 추산이 얼굴을 찌푸리며 말했다. 추산의 말처럼 복면인의 얼굴은 보통 사람의 그것과는 사뭇 달랐다. 얼굴에 수없이 그려진 상처들. 오랫동안 햇빛을 보지 못한 듯 창백한 피부. 예전 설상지를 구출할 때 보았던 수없이 많은 상처가 얼굴에 나 있던 시체의 모습과 비슷한 복면인의 모습이었다.

왕민이 복면인의 아혈을 풀었다.

"물론 묻는 말에 순순히 대답하지는 않겠지?"

왕민의 물음에 복면인은 대답조차 하지 않았다.

"역시 그렇군. 당신과 같은 사람들의 특징은 죽음의 고통도 견뎌낸다는 것이지. 그래서 장주가 조 노사보다 나에게 자넬 맡긴 걸세. 왜냐하면 시체가 아니라면 난 적어도 몇 마디 말을 그대의 입에서 들을 수 있으니 말일세."

대답 없는 상대에게 끊임없이 말을 던지며 왕민이 품속에서 무엇인가를 꺼내 들었다. 몇 개의 침과 동종. 동종(銅鐘)은 크기가 작아 한 손바닥 안에 감싸 쥘 수 있을 만했는데 그 끝에 가느다란 줄이 매달려 있었다.

왕민이 먼저 다섯 개의 침을 집어 들었다.

"자네의 고통을 줄여줄 걸세."

왕민이 재빠른 손놀림으로 복면인의 머리에 세 개, 그리고 뒤봉수 부근에 두 개의 침을 꽂아 넣었다. 그러자 복면인의 잘린 한쪽 팔에서 흐르던 피가 멎었고, 잘린 팔에서 오던 고통에 주름져 있던 복면인의 이마도 펴지는 것이었다.

"아니, 저건 심문이 아니라 치료잖아요?"

추산이 고검을 보며 묻자 고검이 고개를 저었다.

"이제 시작일 뿐이다. 넌 오늘 왕 선생의 신묘한 능력을 보게 될 거야. 보거라."

고검의 말에 추산이 얼른 고개를 돌려 왕민과 복면인을 바라봤다. 그러자 왕민과 복면인 사이에서 아주 희미한 안개가 피어오르고 있었고, 왕민은 복면인의 눈앞에서 동종을 흔들며 무엇인가를 나직한 목소리로 중얼거리고 있었다. 복면인의 동공은 이미 힘이 빠져 무엇엔가 홀린 듯 허망하게 동종을 향하고 있었다. 그리고 기이한 일이 발생했다.

“네가 속한 곳이 어디냐?”

“암전(暗箭).”

“너희들이 이곳에서 북천무맹의 고수들을 납치해 갔느냐?”

그러자 복면인의 고개가 두 번 끄덕여졌다.

“그들을 왜 납치했느냐?”

“전주의 명으로……”

“납치한 자들은 어찌 되었느냐?”

“지하뇌옥으로 보내졌……”

“그곳에서 그들에게 무슨 일을 벌이고 있느냐?”

“모릅니다. 지하뇌옥은 오직 노장로들이신 십대묘왕만이 들 수 있으……”

“암전의 전주는 누구냐?”

“찢겨져 버린 가문의 희망… 천하를 손에 넣으실 분… 버림받은 자들의 주군……”

“전주의 이름은?”

“모릅니다.”

“암전엔 모두 몇 명이 있느냐?”

“암전의 형제는 모두 일백팔 명. 우린… 우린 모두 형제다! 꺼르륵!”

순간 복면인의 입에서 피가 흘러나오기 시작했다. 그러자 왕민이 재빨리 침 하나를 복면인의 이마에 더 꽂아 넣으며 물었다.

"암전의 위치는 어디냐?"

"마우봉(魔宇峰) 묘신곡(猫神谷)……."

"이곳에서 어떻게 갈 수 있느냐?"

"서북쪽으로 백여 리… 커컥!"

복면인의 입에서 막혔던 봇물이 터지듯 혈무가 터져 나왔다. 왕민이 가볍게 손을 젓자 왕민의 온몸을 뒤덮을 것 같던 혈무가 왕민의 바로 앞에서 사방으로 흩어졌다.

"끄륵!"

그사이 복면인의 신형은 이미 땅 위에 허물어져 있었고, 그의 눈에는 죽음의 그림자가 드리워져 있었다.

"그렇게 고통스럽지는 않았을 거다. 네 신경을 모두 마비시켰으니까. 그리고 어차피 지금 상황에서는 살아닐 수도 없는 몸. 고통없이 죽는 것도 네 복이리라. 극락왕생하거라."

왕민의 입에서 나직한 말이 흘러나왔다. 그리곤 천천히 왕민이 복면인의 시체 앞에서 몸을 돌렸다.

"헉!"

순간 추산의 입에서 기겁성이 흘러나왔다. 돌아선 왕민의 모습을 본 후의 반응이었다. 설상지 역시 놀란 눈으로 왕민을 바라보며 추산의 뒤쪽으로 몸을 숨겼다. 하지만 추산과 설상지를 제외한 다른 무불장의 고수들은 담담한 모습으로 왕민을 바라보고 있었다.

창백해진 얼굴과 혈광에 물든 두 눈. 왕민의 모습은 기괴하기 이를 데 없었다. 마치 깊은 산중에 나타난 귀신의 형상. 그러나 왕민의 그런 모습은 그리 오래가지 않았다. 그가 몸을 돌려 십여 걸음 뒤에서 자신을 보고 있던 무불장 고수들에게 다가오는 사이 그의 얼굴은 어느새 혈색을 되찾았고, 그의 눈에 번들거리던 혈기도 순식간에 사라지는 것이었다.

"많이 놀라셨는가?"

왕민이 아직도 놀란 눈으로 자신을 바라보고 있는 추산의 앞으로 다가서며 물었다.

"아, 뭐… 놀라긴요, 이만한 일 가지고. 단지 조금 뜻밖이기는 하군요."

"이 술법은 사혼술이라는 섭혼술이라네. 한번 시전하면 그 대상자는 반드시 죽음에 이르지. 또한 시술자 역시 극심한 심력을 소비해야 하는 술법이라서 사혼술이 유지되는 시간은 극히 짧다네. 하지만 결과는 보다시피 제법 좋다네. 꼭 필요한 말을 들을 수 있지. 그런데 추 소협, 아직도 이 사혼술을 배우고 싶은가?"

"그, 글쎄요……."

추산이 갑작스런 왕민의 질문에 대답하지 못하고 말을 흐렸다. 그는 물론 사람의 입을 열게 하는 왕민의 사혼술에 여전히 관심이 있었으나, 사혼술을 시전하고 난 후의 모습을 보고 나니 쉽사리 사혼술을 익히고 싶다는 대답을 할 수 없었던 것이다.

"하하, 잘 생각해 보시게. 무불장에 돌아가서 이 사혼술을 배울지 말지를 말이야. 한 가지 조언을 한다면 이 사혼술을 배우려면 적어도 두세 달은 시체 속에서 살아야 한다네."

"그건 걱정 마세요. 원래 제가 어릴 때부터 칼 맞아 죽은 시체들을 뒤지며 살았거든요."

"오, 그러신가?"

"제법 벌이가 짭짤했죠. 아마 사부님을 만나지 않았다면 지금쯤 제법 큰돈을 모았을 겁니다."

"하하, 난 추 소협에게 그런 과거가 있는지 미처 모르고 있었네. 그럼 사혼술을 배우는 것쯤이야 그리 걱정할 일은 아니겠군."

"뭐… 그렇긴 하지만……."

"잘 생각해 보시게. 장주, 이제 움직여도 될 듯하외다."

왕민이 추산에게서 시선을 돌려 고검을 바라봤다. 그러자 고검이 걱정스런 눈빛을 보이며 물었다.

"아직 이각이 지나지 않았습니다."

"하하, 나도 그간 공력이 좀 늘었는지 회복이 빨라지는군요. 또 생각보다 저자의 능력이 그리 대단치 않았소이다. 절정에 이른 고수는 아닌 모양이외다. 암전이라는 조직, 어쩌면 우리가 느끼는 것보다 그 구성원의 무공이 그리 고강하지 않을지도 모르겠소이다."

왕민의 말에 고검도 고개를 끄덕였다. 그 또한 왕민이 다른 때와 달리 좀 더 쉽게 사혼술을 펼친 것을 보았기 때문이다. 평소의 왕민이라면 사혼술을 펼친 후 이각여의 휴식이 필요했고, 강호의 절정고수를 상대로 했다면 한 시진 이상의 휴식이 필요한데 지금 왕민은 채 이각이 지나지 않아 기력을 회복하고 있었다.

"고수의 숫자가 적은 상태에서 북천무맹의 고수들을 납치하는 데 성공했다는 것은 무공 이외의 능력을 지니고 있다고 봐야겠지요. 심계 또한 만만치 않을 테고요."

"장주의 말이 옳은 듯합니다. 그들은 무공보다는 모계로 사람들을 상대하는 자들인 듯싶구려. 그렇다면 우리의 숫자가 적은 것이 크게 문제가 되진 않을 것 같은데……."

왕민이 고검의 말에 응대하자 추산이 고개를 갸웃거렸다.

"하지만 설 여협과 절 추격하던 자들의 무공은 만만치 않았는데요?"

"그들의 인원이 백팔 명이라니 개중 어찌 절정고수가 없겠느냐? 단지 그들 모두가 절정에 이른 무공을 지닌 것은 아닐 거란 말이다. 그리고 너와 설 여협은 어쨌든 그들을 피해 서안까지 오지 않았느냐? 상대가 강호의 최절정고수들이라면 쉽지 않은 일이었다."

"사형, 그 말씀은 이 추산의 무공이 그리 대단치 않다는 의민 것 같군요."

"그거야 네 좋을 대로 생각하거라. 어쨌든 우린 그 암전이란 조직의 본거지를 찾을 단서를 잡았으니 오늘은 제법 수확이 있는 날이라고 할 수 있겠어."

고검이 눈을 들어 멀리 북쪽으로 펼쳐진 마혼령을 바라봤다.

“서북쪽으로 백여 리라……. 빠르게 움직이면 하루면 닿을 거릴세.”

조오현이 고검의 곁으로 다가섰다.

“하지만 그들이 귀계를 잘 쓰는 자들이라면 반드시 도중에 경계를 서는 자들이 나와 있거나 우리가 생각지 못한 방해물이 있을 거예요.”

미심이 걱정스런 말투로 말했다.

“물론 조심해야겠지요. 그들 중 절정고수의 숫자가 적더라도 우리는 겨우 일곱에 지나지 않으니 말입니다.”

“그런데 오늘은 어디서 쉴 겁니까? 이미 밤이 깊었는데……. 아니면 이대로 그놈들을 찾아 움직이실 요량인지……. 난 좀 졸린데…….”

대웅산이 하품을 하며 고검에게 물었다.

“그렇지 않아도 어디 적당한 곳을 찾아 쉴 생각이었다. 그동안 서안에서부터 쉬지 않고 이동한 탓에 우리 모두 쉴 시간이 필요할 때시. 그리고 이제는 본격적으로 그들의 본거지를 찾아야 할 테니 오늘은 이만 쉬도록 해야겠다.”

“그럼 어디서?”

“네가 한번 찾아보거라.”

고검이 대웅산을 보며 말하자 대웅산이 고개를 끄덕였다.

“알았수. 그럼 내가 쉴 곳을 찾아보지요. 일단 북쪽으로 움직이며 찾을 테니 천천히들 따라오십시오.”

대답을 한 대웅산이 훌쩍 몸을 날려 가파른 비탈을 타고 북쪽으로 움직이기 시작했다.

"우리도 그만 움직이도록 하지요."

"그런데 저 시신은……?"

추산이 묻자 왕민이 시신 쪽으로 걸어가며 말했다.

"흔적을 남기는 것은 좋은 일이 아니지."

그러면서 품속에서 검은 병을 꺼내 시신 위에 무엇인가를 뿌리자 시신이 금세 녹아들어 가기 시작했다.

"반 시진이 지나면 흔적도 남지 않을 걸세."

"정말 왕 선생께서는 기이한 능력을 많이 가지고 계시는군요?"

"쓸데없는 잡기술만 많이 익혔다고 할 수 있지. 그중 제대로 익힌 것은 하나도 없다네."

"그게 아닌 것 같은데요? 무공이면 무공, 의술이면 의술, 거기에 섭혼술에 독술까지. 전 왕 선생님처럼 다재다능한 분을 뵌 적이 없어요."

"하하, 그거야 추 소협이 강호 초출이나 마찬가지이니 그렇지. 무불장에서 지내다 보면 강호에 기이한 재주를 가진 사람이 깨알처럼 많다는 것을 알게 될 걸세. 그리고 기실 나의 이런 재주들도 별것이 아니란 것을 알게 될 것이고. 그땐 날 무시하질랑 마시게."

"헤헤, 그럴 리가 있겠어요? 더군다나 전 왕 선생님 같은 분을 쉽게 보지 못할 것 같은데요. 앞으로 잘 좀 부탁드리겠습니다."

“그런다고 내게서 별로 얻을 것은 없을 걸세. 내 밑천이야 뻔하다니까.”

“그야 두고 봐야지요.”

“자, 이제 그만 이동하지요.”

추산과 왕민이 장난스레 말을 주고받는 모습을 지켜보던 고검이 두 사람의 말을 중간에서 끊었다. 그리곤 자신이 앞서서 대웅산이 움직인 방향으로 움직이기 시작했다.

“장주!”

복면인을 제압한 곳에서 반 시진 정도를 이동했을 때 대웅산이 불쑥 일행 앞에 모습을 드러냈다.

“그래, 쉴 만한 곳은 찾았느냐?”

“삼십여 장 정도 오른쪽으로 이동하면 제법 쓸 만한 동굴이 있더군요. 안에서 한 번 굽어져 있으니 불을 피울 수도 있을 듯하우.”

“좋아, 앞장서거라.”

“알았수.”

대웅산이 거대한 몸집에 어울리지 않는 가벼운 몸놀림으로 자신이 발견한 동굴 쪽으로 이동하기 시작했다. 무불장의 고수들이 지체없이 그 뒤를 따랐다.

그렇게 삼십여 장을 이동하자 과연 대웅산의 말처럼 사람 둘이 들어갈 만한 크기의 동굴 입구가 일행 앞에 나타났다.

“너무 좁은 것 아니에요?”

추산이 동굴 입구를 보고는 실망스런 목소리로 물었다.

"아닐세, 추 아우. 입구는 이래도 안으로 들어가면 제법 넓다네."

"그래요?"

추산이 못 미더운 표정으로 되묻자 대웅산이 웃음을 흘리며 말했다.

"저런, 추 아우는 의심이 무척 많군. 자, 안으로 따라 들어와 보게. 그럼 내 말이 틀리지 않았다는 것을 알 걸세. 장주, 들어가십시다."

"그러세."

고검이 고개를 끄덕이자 대웅산이 앞서서 동굴 안으로 들어가기 시작했다.

일단 동굴 안으로 들어서자 사람들은 대웅산의 말이 틀리지 않았다는 것을 알 수 있었다. 입구는 좁았지만 동굴 안으로 들어서면서부터 차츰차츰 넓어져 왼쪽으로 직각으로 꺾인 곳을 지나자 십수 명의 사람이 머물러도 좋을 정도로 공간이 넓어지는 것이었다.

"어떤가, 추 아우? 내 말이 틀리지 않지?"

"정말 그렇군요. 안에 이렇게 넓은 공간이 있을 거라곤 생각지 못했는데……."

추산이 신기한 듯 주변을 돌아보며 말했다.

"동굴 안쪽에 물이 흘러 식수로 쓸 수도 있고, 공기도 쾌적한 것이 하룻밤 머물기에는 적당한 곳인 듯합니다. 대 대협이 좋은 장소를 찾았군요."

미심이 추산의 말을 거들었다.

"수고했네, 웅산. 자, 그럼 오늘 밤은 이곳에서 쉬도록 하지요. 내일은 느지막이 움직일 생각입니다. 저들의 본거지에 가까이 다가갔을 때는 아무래도 밝은 대낮보다 어두운 밤이 좋을 테니 말입니다. 편히 쉬십시오. 추산 넌 나가서 땔감을 해 오도록 하거라. 웅산 자네는 동굴 입구를 가릴 준비를 해주게. 비록 동굴이 안에서 방향이 꺾여 있다고 해도 불을 피우면 빛이 새어나갈 수 있을 테니 말일세."

"알았소이다, 장주."

대웅산은 금세 고검의 말에 대답했으나 추산은 쉽게 대답하지 않았다. 대신 불만이 가득한 표정으로 딴청을 피우고 있었다.

"추산!"

고검이 그런 추산을 다시 한 번 불렀다.

"에구, 알았어요. 뭐, 가장 어린 제가 궂은일은 해야겠지요."

추산이 그제야 투덜거리며 동굴을 벗어났다.

가을 산에서 땔나무를 구하는 것은 그리 어려운 일이 아니었다. 더군다나 추산은 산에 익숙한 사람이었기에 금세 한 아름의 땔감을 구할 수 있었다. 그러나 추산은 땔감을 구하고도 곧바로 동굴로 돌아가지 않았다.

"제길, 나이가 어리니 어쩔 수 없기는 해도 이거 앞으로도 청부를 수행하는 내내 내가 허드렛일을 맡아서 해야 하는 건가?"

추산이 땔감 더미 위에 걸터앉으며 투덜거렸다.

"뭐, 그렇다면 나도 생각이 있지. 굳이 일찍 돌아가 남들 좋은 일만 시키지는 않겠다 이거야. 달빛도 호젓하니 이곳에서 잠시 쉬고 천천히 돌아가도록 하자."

추산이 두 손을 뒤로 짚으며 고개를 들어 마혼령을 은은한 빛으로 비추고 있는 달을 바라봤다. 밤새 소리가 간간이 들려오는 마혼령은 그 험준한 지형과는 달리 풍경만큼은 제법 운치가 있었다.

"어! 좋구나. 이렇게 달을 보고 있으니 괜히 예전에 살던 천자산이 생각나는군. 스승님의 묘는 잘 있는지 모르겠어. 수년간 돌보는 사람이 없었으니 수풀이 무성하겠지. 이번 일이 끝나면 강호에 나온 기념으로 천자산에 한번 다녀와야겠다."

추산은 자신에게 천통지를 남긴 자운 노사를 떠올리고 있었다. 추산은 비록 천검 능운백의 이제자가 되었지만 자신의 첫 스승이었던 자운 노사를 잊지 않고 있었다. 그렇게 추억을 떠올리며 추산이 호젓한 밤공기를 즐기는 사이 시간은 흐르고 있었다.

"엇, 이거 너무 늦었나?"

어느 순간 추산이 퍼뜩 정신을 차리며 자리에서 일어났다. 땔감을 구해놓고 달빛의 정취에 취해 있다가 그만 너무 시간을 지체해 버린 것이다.

"제길, 돌아가면 사형께 분명 한소리 듣겠군. 아, 난 너무 감상적인 게 탈이야. 으샤!"

추산이 한 아름 묶어놓은 땔감을 어깨에 짊어지고는 동굴을 향해 움직이기 시작했다. 그런데 그렇게 바쁜 걸음으로 얼마간 걷던 추산이 갑자기 그 자리에 우뚝 멈춰 섰다. 그리곤 아주 천천히 자신이 짊어지고 있던 땔감을 땅 위에 내려놓았다.

'누구지?'

추산의 눈에서 평소의 장난스러움이 사라지고 진득한 한기가 흘러나오기 시작했다. 그런 그의 시선이 머문 곳. 자신과 무불장 고수들이 머물러 있는 동굴 근처에 검은 그림자 두 개기 은밀히 움직이고 있었다.

第四章

서패천의 고수들

어둠 속에서 은밀히 움직이는 두 개의 그림자. 그들은 한동안 무불장의 고수들이 머물고 있는 동굴 근처를 배회했다. 하지만 대웅산이 위장해 놓은 동굴 입구를 발견하지 못하고 있었다. 추산은 한 손으로 검을 잡아가며 그들의 움직임을 주시했다.

'누굴까? 그 암전이란 곳에 속한 놈들일까?'

하지만 추산은 이내 고개를 저었다. 암전의 고수들은 이미 여러 번 만나본 추산이다. 그런데 지금 눈앞의 두 인물은 머리에 복면을 쓴 것도 아니고 흑의를 차려입은 것도 아니었다. 누군가 자신들을 발견해도 굳이 신분을 숨기지 않을 옷차림인 것이다. 은밀한 움직임만 제외하자면 이 산중에 어울리는 행색들이 아니었다.

'입고 있는 옷도 제법 좋은 재질인 것 같고, 어이쿠야, 들고 있는 도검을 보니 명문의 식솔들인가?'

추산의 의혹은 점점 깊어갔다. 자세히 보면 볼수록 어둠 속에 몸을 숨기고 움직일 인물들이 아니었다.

그렇게 얼마의 시간이 흘렀을까. 동굴 주위를 살피던 두 사내가 서로 눈빛을 교환하더니 훌쩍 몸을 날려 장내를 벗어났다. 이내 동굴 입구는 다시 정적에 휩싸였다.

하지만 추산은 쉽게 움직이지 않았다. 이런 경우, 어느 정도의 시간을 가진 후 움직여야 한다는 것을 본능적으로 알고 있는 추산이었다. 평소 조금 경솔한 언행을 하는 추산이지만 때를 기다릴 줄 아는 추산이었다.

두 명의 불청객이 떠나고 다시 일각이 흐른 후에야 추산이 자리에서 움직였다.

"쫓아가 보는 것이 좋지 않았을까? 에이, 일단 사형을 만나 이야기를 해보는 게 좋겠지."

추산은 고개를 갸웃거리다가 바닥에 내려놓았던 땔감을 들쳐 메고 이내 동굴 입구로 다가갔다.

"오! 정말 대단한 위장술인걸? 이러니 그들이 동굴을 발견하지 못했지. 보자, 이건 완전히 그냥 절벽의 일부분 같지 않은가?"

추산이 손을 내밀어 동굴 입구를 막은 나무들을 만졌다. 그러자 절벽의 일부분 같던 곳이 푹 안으로 꺼져 들어갔다.

“대 대협은 평소에 위장막을 가지고 다니나 보군. 거의 완벽한 위장막이야.”

“이제 오느냐?”

그런데 추산이 미처 동굴로 들어서기도 전에 갑자기 동굴 입구를 막아놓은 위장막이 열리며 고검이 모습을 드러냈다.

“어? 사형!”

“왜 이렇게 오래 걸렸느냐?”

“한밤중에 땔감 구하는 게 그리 쉽겠어요? 그리고 웬 자들이 주변을 살피고 있어 시간이 걸렸다고요.”

“나도 그들이 이곳을 살피고 있다는 것을 알고 있었다. 하지만 그들은 겨우 잠깐 이곳에 머물렀을 뿐이야.”

“헤, 제가 조금 천천히 움직인 것은 맞아요.”

그제야 추산이 머리를 긁적이며 고검의 추궁에 수긍했다.

“자, 어서 들어가자. 사람들이 널 걱정하고 있는 중이다.”

“아니, 이 추산을 걱정해요?”

“그럼 땔감 구하러 간 놈이 반 시진이 넘도록 돌아오지 않으니 걱정이 되지 않겠느냐? 마침 수상한 자들도 나타났고.”

“사형, 그들은 누굴까요?”

“글쎄다. 그들을 만나보기 전에는 알 수 없는 일이지.”

“그들의 뒤를 밟아보는 것은 어때요?”

“오늘은 쉬는 것이 중요하다. 그들의 행색으로 볼 때 암전이라는 곳에 속한 무리는 아닌 듯하고, 그렇다면 이 마혼령에 모습을 드러낼 인물들은 한곳밖에 없다.”

“어디요?”

“서패천(西覇天)!”

“그들이 서패천의 고수들이라고요?”

“확신할 수는 없다. 하지만 그들의 움직임이나 옷차림 등으로 보건대 서패천의 고수들일 확률이 높구나.”

“그들이 왜 이곳을 살피고 갔을까요?”

“아마도 우리의 흔적을 발견했거나, 아니면 처음부터 우릴 주시하고 있었겠지. 적어도 서패천의 고수들이라면 그 정도 능력은 있으니까.”

“우리 일에 방해가 될까요?”

“글쎄다. 그건 두고 봐야 알겠지, 방해가 될지 도움이 될지.”

이야기를 나누는 사이 두 사람이 무불장 고수들이 모여 있는 곳에 도착했다. 동굴 안에는 이미 작은 모닥불이 피어오르고 있었다.

“헤, 내가 늦긴 늦었구나.”

그 모닥불을 보며 추산이 겸연쩍은 표정을 지어 보였다.

“그래, 그들은 돌아갔습니까, 장주?”

대웅산이 고검을 보며 묻자 고검이 고개를 끄덕였다.

“돌아갔네.”

“역시… 서패천의 사람들이던가요?”

“그런 듯 보이네.”

“일이 꼬이는군요.”

“굴 속에 숨어 있는 살쾡이를 잡으려면 몰이꾼이 많은 것도 나쁜 것은 아니지.”

왕민이 대웅산의 말을 받았다.

“그런가요? 난 누군가와 엮이는 것은 영 귀찮은데…….”

“더불어 그들은 한 가지 물건에 있어서는 무서운 경쟁자이기도 하지요.”

미심도 정색을 하며 대웅산의 의견을 거들었다.

“한 가지 물건요?”

추산이 가지고 온 땔감 몇 개를 모닥불에 던져 넣으며 물었다.

“그래요, 추 소협. 한 가지 물건에 대해서는 서패천도 양보하기 쉽지 않을 거예요.”

“그게 뭔데요?”

“생각나지 않나요? 북천무맹에서 반드시 찾아야 된다고 말했던 것 말이에요.”

“아! 그 연판장인지 뭔시 하는…….”

“맞아요. 그 연판장은 서패천으로서도 양보할 수 없는 물건이지요. 그 연판장이 서패천의 손에 들어가는 순간 서패천 지역에서 활동하는 북천무맹 고수들은 일거에 제압당할 거예요. 그건 천하사패의 세력 균형이 무너질 수 있는 일이지요.”

“음… 그런데 과연 서패천에서 그 연판장인지 뭔지가 실종된 사람들 손에 있다는 것을 알고 있을까요?”

추산이 묻자 미심이 대답을 하지 않고 설상지를 바라봤다.

그러자 사람들의 시선이 설상지에게 몰렸다.

"그들이 알고 있기는 쉽지 않을 거예요. 우릴 납치했던 자들조차 그 연판장에 대해 알고 있는 것 같지는 않았어요. 그들 입에서 연판장이 언급되지 않았으니까요. 그리고… 그 연판장을 가진 요 노사는 그들에게 제압되지 않았을 가능성이 많고요."

"서패천에서 연판장의 존재를 모르고 있다면 우리에겐 다행스런 일이군."

왕민이 고개를 끄덕이며 말했다.

"그런데… 한 가지 묻고 싶은 것이 있소, 설 여협."

고검이 질문하길 망설이다가 말을 꺼냈다.

"말씀하세요. 제가 아는 것이라면 모두 대답해 드리지요."

"물론 이번에 실종된 설 여협의 동료들이 그저 강호 유람을 나선 것은 아니라는 걸 나도 짐작은 하고 있소이다. 그런데 도대체 무슨 일을 맡아 강호로 나선 것이기에 그 귀중한 연판장을 소지하고 있었던 겁니까? 내가 생각하기에 그 연판장은 절대 북천무맹을 떠나면 안 될 물건 같은데……."

고검의 질문이 있자 무불장의 고수들이 의혹 어린 표정으로 설상지를 바라봤다. 고검의 질문은 무척 중요한 의미를 지니고 있었다. 연판장을 지니고 북천무맹을 나선 일단의 고수들, 그리고 그들을 납치한 정체불명의 음모자들. 어쩌면 두 가지 사이에는 모종의 관계가 있을 수 있었다.

"사실……."

설상지가 대답하기 어려운 듯 말꼬리를 흐렸다. 하지만 이내 결심이 선 듯 그녀가 천천히 입을 열기 시작했다.

"우리는 서패천 지역의 본 맹 조직을 재정비하려고 했어요. 특히 서패천의 중심부인 사천에 좀 더 강력한 무맹의 보루를 만들 생각이었죠."

"그래서 금 일만 냥을 지니고 있었군요. 조직을 재정비하자니 서패천에서 활동 중인 고수들의 명단도 필요했을 것이고……."

고검이 이해가 간다는 듯 고개를 끄덕였다. 설상지를 비롯해 실종된 사람들의 임무는 생각보다 중요한 것이었다.

"그런데 그런 큰일을 하기엔 그 임무를 맡은 사람들이 너무 젊었다는 생각이 드는구려."

왕민이 고개를 갸웃하며 말했다. 왕민이 제기한 의혹은 나름대로 타당성이 있었다. 서패천 지역의 무맹 조직을 재정비하는 일을 수행하기에 이번에 실종된 북천무맹의 고수들은 너무 젊은 나이였던 것이다. 그런 일이라면 오히려 고화룡이 맡고 있는 묵천성이 나서야 옳았다.

"아마도 설 여협이나 실종된 젊은 고수들은 그저 강호의 이목을 숨기기 위한 사람들이었겠지요. 실질적으로 그 일을 수행힐 사람들은 따로 있었을 겁니다. 일행이 여러 명이었다고 했으니 사실은 수행원들이 더 중요한 사람들이었을지도……."

고검이 설상지를 바라보며 말했다. 그러자 설상지가 한숨을 내쉬며 고개를 끄덕였다.

“고 장주님의 생각이 맞아요.”

“그렇다면 역시 그 사라졌다는 요 노인이라는 사람이…….”

“그분이 실질적인 일행의 인솔자였죠.”

“나머지 사람들도 고수였겠군요?”

“모두 묵천성에 계시는 분들이었어요. 우리 북천십이룡의 후기지수 넷과 요 노사, 그리고 묵천성의 고수 열, 이렇게 일행이었지요.”

“요 노사 말고는 모두 그들에게 제압된 것이오?”

고검의 물음에 설상지가 고개를 끄덕였다. 그러자 추산이 끼어들며 말했다.

“그 요 노사라는 사람, 지금 뭘 하고 있을까요?”

“글쎄다. 어쩌면…….”

“짐작 가는 일이라도 있으세요?”

“이미 사람들이 실종된 지 한 달이 지나고 있다. 그러니 그가 살아 있다면 어떤 식으로든 북천무맹에 연락을 했을 것이다. 그런데 아직 연락이 없다는 것은 둘 중 하나겠지.”

“둘 중 하나라니요?”

“죽었거나, 아니면… 배신했거나.”

순간 무불장 고수들의 눈에 이채가 서렸다. 그리고 그들의 머릿속에 한 가지 무서운 상상이 떠올랐다.

“그가… 음모자들과 연결되어 있을 수도 있다고 보시는 거요, 장주?”

왕민이 무거운 음성으로 묻자 고검이 묵묵히 고개를 끄덕였다.

"죽지 않았다면 그럴 수도."

"장주의 예상이 사실이라면 음모자들은 아주 오래전부터 북천무맹을 노리고 있었다는 말이 되오."

"북천무맹의 고수들, 그것도 북천십이룡의 후예들을 납치할 정도의 사람들이라면 그들이 어떤 내력을 가지고 있다고 해도 놀라운 것은 아니지요. 이 일은 점점 사람의 호기심을 자극하는군요."

"하하! 이런 일을 대할 때 두려움이 아니라 호기심을 느끼는 사람은 아마 우리 고 장주님밖에 없을 거요."

대웅산이 너털웃음을 터뜨렸다.

"나도 두려움보다는 호기심이 먼저 이는걸요?"

추산이 대웅산을 보며 말하자 대웅산이 역시 농이 섞인 목소리로 말했다.

"당연히 그렇겠지. 우리 추 아우는 바로 장주의 사제가 아니던가? 그 사형에 그 사제겠지. 어쨌든 내일부터는 정말 재미있어지겠군요. 장주, 솔직히 난 그 연판장보다는 실종된 고수들이 가지고 있었다는 금 일만 냥짜리 전표에 더 관심이 있지만 말입니다."

그러자 추산이 또다시 끼어들었다.

"먼저 가지는 사람이 임잔가요?"

"주인이 있는 물건이다."

고검이 경고하듯 추산에게 말했다.

"물론 주인이야 있지만 분란 중에 사라진 재물이야 솔직히 누가 가지고 갔는지 알게 뭐예요."

"딴생각 말거라."

"아아, 알았어요, 사형."

그러면서 추산이 조용히 뇌까렸다.

"사형은 너무 고지식하단 말이야."

그렇게 마혼령 동굴 속에서의 하룻밤이 지나가고 있었다.

무불장의 고수들은 동굴 속에서 아침을 맞이했다. 그들은 느긋하게 일어나 해가 중천에 뜰 때까지 동굴을 벗어나지 않았다. 그리고 수목에 맺힌 이슬이 모두 마른 정오 무렵이 되어서야 하룻밤을 지낸 동굴에서 벗어났다.

일단 동굴을 벗어난 무불장의 고수들은 오전에 부렸던 게으름이 무색할 정도의 빠른 속도로 마혼령 줄기를 타고 북서쪽으로 이동하기 시작했다. 하나같이 절정에 이른 고수들이라 그들의 움직임은 은밀하면서도 신속했다.

가장 앞에서 일행을 이끄는 것은 고검이었는데, 고검은 짐승이 다닌 길조차 드문 험산에서 귀신처럼 길을 만들어내고 있었다.

"어휴, 사형은 정말 보면 볼수록 대단한 사람이군. 나 같으면 도저히 이런 속도로 길을 만들어내지는 못할 거야. 이 추산은 어려서부터 산에서 홀로 지낸 사람인데도 말씀이야."

추산은 고검의 움직임에 감탄하며 힘껏 진기를 뽑아 올려 무불장 고수들의 후미를 따르고 있었다.

"고 장주님뿐만 아니라 다른 분들도 대단하군요. 제 실력으로는 무불장의 고수 분들을 따라잡기 힘드네요."

설상지가 이마에 맺힌 땀을 닦으며 추산의 말에 응대했다.

"힘드세요?"

"쉽지는 않네요. 하지만 뒤처질 정도는 아니니 걱정 마세요."

"우린 좀 쉬었다 갈까요?"

추산이 설상지에게 농을 던졌다. 그러자 설상지가 입가에 웃음을 지어 보이며 대답했다.

"이 산속에서 다시 추 소협과 단둘이 정체 모를 자들에게 쫓기고 싶지는 않은데요?"

"그래요? 난 그래도 그때가 제법 재미있었는데……."

"호호, 추 소협은 다시 바보가 된 저를 보고 싶은 모양이군요?"

"아아, 오해일랑 마세요. 그저 놀라운 무공을 지닌 우리 사형과 무불장 고수들의 뒤를 쫓기가 너무 힘들어서 말해본 것뿐이에요. 자자, 어서 가요. 이러다가는 정말 우리 둘만 남겠어요."

추산이 설상지를 보며 길을 재촉했다. 그러자 설상지가 고개를 끄덕이고는 추산을 앞서 나가기 시작했다.

"휴, 사형과 무불장 고수들도 그렇지만 설 여협도 정말 대단

한 무공을 가지고 있군. 정신이 없을 때와는 딴판이야. 에구,
힘들어도 가야지, 어떡하겠어.”

추산이 재빨리 설상지의 뒤로 따라붙었다.

만산에 흐드러지게 만개한 단풍 사이로 일곱 사람의 신형이
무서운 속도로 질주하고 있었다. 고검을 위시한 무불장의 고
수들이었다. 그들은 동굴을 떠나 이동을 시작한 후 반나절이
넘게 쉬지 않고 움직이고 있었다.

고검의 눈앞으로 일순간 마혼령의 산줄기가 한눈에 들어왔
다. 어느새 또다시 작은 봉우리 정상을 넘어서고 있었던 것이
다.

‘이제 반 시진 정도만 더 가면 그자가 말한 백여 리를 이동
할 것 같은데…….’

생각에 잠긴 고검의 속도가 눈에 띄게 느려지기 시작했다.
이제부터 중요한 것은 다시 암전이란 조직의 흔적을 찾는 일
이기 때문이었다. 그러자면 이동 속도를 조금 늦출 필요가 있
었다. 속도를 늦춘 고검의 곁으로 조오현이 다가왔다.

“흔적을 찾아야 할 시간이구려, 장주.”

“조 노사님의 도움이 필요한 시간이지요.”

“앞을 맡겠소.”

조오현이 고개를 끄덕이고는 고검의 앞으로 나섰다. 그런데
바로 그때였다.

쿠쿠쿵!

갑자기 태산이 무너지는 듯한 굉음이 터져 나오더니 몇몇 사람들의 고함 소리가 아스라이 들려오기 시작했다.

'뭔가?'

고검이 고개를 들어 소리가 들려오는 쪽을 응시했다. 조오현은 이미 소리가 난 쪽으로 바람처럼 이동하고 있었다. 고검도 생각을 멈추고 조오현의 뒤를 쫓았다.

조오현과 고검 두 사람의 움직임은 소리가 난 쪽으로 오십여 장 정도 이동한 후에야 멈췄다. 뒤이어 무불장의 고수들이 속속 조오현과 어깨를 나란히 했다.

"서패천의 고수들이구려, 장주."

조오현이 곁에 내려서는 고검을 보며 말했다. 고검도 이미 소란이 일어난 곳에 모여 있는 일단의 고수들이 서패천의 고수들임을 알아보고 있었다.

서패천의 고수들은 독특한 특징을 지니고 있다. 서패천은 그 중심을 이루는 칠대종가 이외에도 수십 개의 문파가 모여 이룩된 단체였나. 수십 개의 문파에서 모여든 고수로 이루어진 그들에게는 당연히 서로가 서로를 알아볼 표식이 필요했다. 그래서 그들은 어떤 복장을 하건 자신들의 오른쪽 소매에 금색 문양으로 서패천이라는 글씨를 새기는 것으로 자신들의 신분을 나타냈다.

지금 소란이 일어난 곳에 모여 있는 사람들의 오른 소매에는 하나같이 금빛으로 반짝이는 글씨들이 수놓아져 있었다. 서패천의 고수들인 것이다.

"낭패를 당한 모양이군요."

"뭔가 함정에 걸린 듯하오, 장주. 그렇다면 당연히 함정을 만든 자들은 암전이라는 곳일 테고, 우린 제대로 길을 잡아 온 것 같소."

"그렇군요. 함정을 만들어놓았다면 그들의 본거지도 이곳에서 멀지 않은 곳에 있겠지요."

"그나저나 어찌하시겠소, 장주? 서패천의 고수들을 만나볼 생각이오?"

조오현이 고검을 보며 물었다. 그러자 고검이 잠시 생각에 잠겼다. 그리고는 천천히 고개를 저었다.

"일단 그들의 뒤를 따르기로 하지요."

"적을 먼저 만나지 않겠다는 말이구려."

"서패천의 고수들이 그들과 어떤 식으로든 격돌한다면 우린 그 기회를 노릴 수 있을 겁니다."

고검의 말에 조오현이 고개를 끄덕였다.

"좋은 기회를 잡을 수도 있겠구려. 알겠소. 그럼 저들이 움직일 때까지 이곳에서 기다려야겠군."

두 사람의 대화는 곁에 있던 무불장의 고수들 모두 듣고 있었으므로 결정이 내려지자 무불장의 고수들이 저마다 서패천의 고수들 쪽에서 시선이 닿지 않는 곳으로 몸을 숨겼다.

서패천의 고수들이 움직인 것은 그로부터 일각여의 시간이 흐른 뒤였다. 그들은 모두 이십여 명으로 이루어져 있었는데, 가장 앞에서 무리를 이끄는 다섯 명의 노고수가 특히 눈에 들어왔다.

"누군지 아시겠습니까?"

고검이 미심을 보며 물었다. 미심은 강호의 정세뿐 아니라 강호의 인물들에 대해서도 밝았다. 고검의 질문을 받은 미심이 눈을 가늘게 뜨고 서서히 움직이기 시작한 서패천 고수들을 바라보다가 천천히 입을 열었다.

"한 명은 모르겠지만 나머지 네 명의 노고수는 그 정체를 알 수 있겠군요."

"역시 미 부인이십니다. 이런 산속에서 마주친 서패천 고수들의 정체를 알고 계시다니……."

대웅산이 감탄사를 발하며 미심을 바라봤다.

"그들을 알고 있다는 것은 그리 놀랄 일이 아니지요. 사실 강호에서 그들은 제법 유명한 편이니까요. 왕 선생께서는 저들을 아시겠나요?"

미심이 왕민을 보며 물었다. 그러자 왕민이 고개를 끄덕였다.

"물론 미 부인의 말씀대로 그들은 강호에서 유명한 인물들이지요. 생김새로 보건대 저들이 바로 서패천이 자랑하는 사천사호(四川四虎)가 분명하군요."

"역시 알아보셨군요. 제가 보기에도 저들은 바로 사천사호예요. 가장 왼쪽부터 당문의 당호, 천검문의 유가호, 여씨세가의 여문호, 일월장의 조자호라고 하지요. 그들은 모두 서패천 칠대종가 출신들로 이름 끝 자가 호랑이 호(虎) 자를 사용한다고 해서 사천사호로 불려지게 되었지요. 그 무공 또한 강호에서 호랑이로 불려도 좋을 정도로 특급에 속하는 자들이고요."

"사천사호를 보낸 것을 보면 서패천도 이번 일을 몹시 중요하게 생각하고 있는 모양이군요."

대웅산이 고검을 보며 말했다.

"당연한 일이 아니겠느냐? 자신들의 권역에서 벌어진 북천무맹 고수들의 실종 사건이다. 그들의 실종 자체도 중요하지만 북천무맹 최고의 신분을 지닌 자들이 서패천의 영역에 은밀히 들어온 것 또한 간과할 수 없었을 것이다. 사천사호가 출도할 이유는 충분하다. 그런데 사천사호 옆에 있는 사람은 전혀 못 알아보시겠습니까?"

그러자 미심이 고개를 저었다.

"사천사호야 제각기 특이한 외모를 지니고 있어 알아볼 수 있지만 그 옆의 노고수는 너무 평범하게 생겼군요. 혹 가까이서 본다면 모르겠지만……."

"저들의 움직임으로 보건대 오히려 사천사호가 저 노인을 어려워하는 것 같군요."

"사천사호조차 행동을 조심할 정도의 인물은 절정고수가 구름같이 모여 있다는 서패천에서도 쉽게 찾아볼 수 없지요."

미심이 사천사호 옆의 노인을 주시하며 말했다.

"일단 저들의 뒤를 쫓아봅시다. 뒤를 쫓다 보면 알 수도 있지 않겠소?"

왕민의 말에 고검이 고개를 끄덕였다.

“그렇게 하지요.”

고검을 선두로 무불장의 고수들이 서패천의 고수들을 뒤쫓기 시작했다. 서패천 고수들의 뒤를 쫓는 것은 그리 어렵지 않았다. 그들은 적의 시선에 상관치 않고 마혼령을 질주하고 있었다. 아마도 이미 함정을 건드렸기에 자신들의 행적을 숨길 이유가 없다고 판단한 모양이었다.

“엄청나게 빠르군.”

추산이 혀를 내둘렀다.

“자신들의 행적이 발각된 이상 상대가 준비를 할 시간을 주지 않기 위한 움직임이라고 할 수 있다.”

고검이 추산에게 서패천 고수들의 움직임에 내포된 의미를 설명했다.

“그런가요? 일단 무공에 자신이 있다는 말이군요.”

“사천사호라면 능히 자신을 가질 만하다. 그리고 마혼령에 나와 있는 서패천 고수들이 저들의 전부라고 할 수도 없고.”

“더 많은 자들이 이곳에 왔다는 말인가요?”

“이곳 마혼령은 서패천의 영역이다. 근방에서 쉽게 고수를 모을 수 있는 곳이지. 아마 성도에서 온 자들은 저들이 전부겠지만 이곳 마혼령 근방에 산재한 문파에서 동원한 고수들도 어딘가에서 연락을 기다리고 있을 것이다.”

“결국 일단 적을 발견하기만 하면 제압할 능력이 있다는 말이군요?”

“그렇지. 그래서 우린 좀 바빠지겠지만 말이다.”

“바빠지다니요?”

“실종된 무맹의 고수들이 저들의 손에 들어가기 전에 우리의 손에 넣어야 할 것 아니냐.”

“그런데 만약에 실종된 사람들이 죽었으면 어떡하죠?”

“살아 있으면 좋겠지만 죽었어도 어쩔 수 없다. 우린 그들을 찾는 것에 대한 청부를 받았으니 산 사람이든 죽은 사람이든 일단 찾으면 되는 것이다.”

“알았어요, 사형. 어쨌든 서패천의 고수들보다 먼저 움직여야 한다는 말이군요?”

“그렇다. 그들이 저들과 정면으로 격돌하면 틈이 생길 텐데…….”

“과연 그들이 서패천의 고수들을 정면으로 맞을까요?”

“글쎄, 그건 두고 보면 알겠지.”

서패천의 이십여 명 고수와 무불장의 고수들은 마치 한쪽이 도주하고 한쪽이 추격을 하는 사람들처럼 험한 마혼령을 한동안 질주했다.

“저건!”

그때였다. 무엇인가를 발견한 조오현이 입을 열었다. 그에 따라 무불장 고수들의 눈이 조오현의 시선을 따라 움직였다.

“신호군요.”

저녁노을 속으로 한줄기 연기가 치솟아오르고 있었다. 한곳에서 연기가 오르자 곧 북쪽으로 이어진 세 개의 봉우리에서 연달아 연기가 올랐다.

"봉화라……. 적지 않은 시간 동안 이곳에 본거지를 구축해 왔다는 증거군."

대웅산이 중얼거렸다.

봉화가 오르자 서패천 고수들의 움직임이 더욱 빨라지기 시작했다. 마치 봉화로 전달되는 속도보다 더 빠르게 움직이겠다는 듯. 덩달아 무불장 고수들의 움직임도 빨라졌다.

"에이, 정말 왜 저렇게 미친 듯이 달리는 거야?"

추산은 투덜거리면서도 뒤처지지 않고 무불장 고수들을 따르고 있었다. 그런데 그렇게 양측의 고수들이 바람처럼 봉화가 이어진 방향을 따라 질주하고 있을 때 갑작스런 변화가 일어났다.

파파팟!

갑자기 질주하는 서패천 고수들을 향해 한 무더기의 화살이 쏟아져 내린 것이다.

"기습이다!"

서패친 고수 중 누군가의 입에서 경고성이 흘러나왔다. 순간 서패천 고수들의 도검이 사방으로 번쩍였다.

차차창!

맹렬한 격돌음이 한차례 장내를 소란스럽게 만들었다. 그와 동시에 서패천 고수들을 향해 날아들던 화살이 사방으로 튕겨져 나갔다. 기습적인 공격이었음에도 서패천 고수 중 부상을 입거나 죽은 사람은 없는 것처럼 보였다.

"역시 서패천! 한 명의 손실도 없구나."

대웅산이 감탄사를 쏟아냈다.

"그리고 드디어 그들이 모습을 드러냈군요."

미심이 대웅산의 말을 이었다. 과연 멀리 서패천 고수들 십여 장 앞쪽으로 수십 명의 복면인이 모습을 드러내고 있었다. 그리곤 양측이 서로를 향해 무언가 말을 주고받는 듯 보였다.

"제길, 뭐라고 하는지 알아들을 수가 있나?"

대웅산이 투덜거렸다. 아무리 무불장 고수들의 무공이 뛰어나다고 해도 수십 장이나 떨어진 곳에서 이루어지는 대화를 알아들을 수는 없었다. 그때 고검은 서패천의 고수들과 복면인들이 아닌 그 주변의 지형을 살피고 있었다.

"사형, 뭘 찾으세요?"

그런 고검이 이상했는지 추산이 물었다.

"주변 지형을 살피고 있었다."

"지형은 왜요?"

"그들이 나타났으니 그들의 본거지가 멀지 않았다는 소리. 그들의 본거지가 있을 만한 곳을 찾아본 것이다. 네 생각은 어떠냐? 그들의 머물 만한 곳을 지목할 수 있겠느냐?"

그러자 추산이 고검처럼 주변의 지형을 살피기 시작했다. 그러다가 불쑥 손을 들어 어느 한곳을 가리켰다.

"저곳은 어때요? 주변에 나무들이 무성한 게 그 속을 들여다볼 수가 없는 곳이잖아요?"

추산이 가리킨 곳은 왼쪽 능선 백여 장 거리에 위치한 짙은 수림 지역이었다. 하지만 고검은 고개를 저었다.

“한 가지 사실을 잊었구나. 설 여협이 말하기를, 그들의 본 거지는 지상이 아닌 지하에 있다고 했지 않느냐? 그런데 저 지형은 그 아래 지하 동굴이 있기에는 적합지 않은 곳이다.”

“아, 그렇네요. 그렇게 큰 지하 건물이 있기에는 땅이 너무 물러 보이네요. 보자, 그렇다면… 아! 저기가 딱 적합하네요.”

추산이 이번에는 시선이 닿을 수 있는 가장 북쪽의 협곡을 가리켰다. 그 입구는 수풀이 무성했지만 수림 너머로는 험한 바위산이 비쭉이 솟아 있는 지형이었다.

“나도 그곳을 생각하고 있었다.”

“우리 두 사형제의 생각이 같다면 분명 저곳에 그들의 본거지가 있을 거예요.”

추산이 고검을 향해 빙긋 웃음을 지어 보였다.

“내 생각도 장주와 추 소협의 생각과 같소이다. 그런데 장주, 이제 어떻게 할 생각이시오? 여기서 저들의 대치가 끝나기를 기다릴 거요, 아니면 저들을 우회해 먼저 암전이라는 곳의 본거지로 가보시겠소?”

왕민이 고검을 보며 물었다.

“싸움 구경할 여유있는 상황이 아니군요. 저들이 과감하게 서패천 고수들의 앞을 막아섰다는 것은 뒤에서 무엇인가를 꾸미고 있다는 말. 그들이 무슨 일을 벌이기 전에 가봐야겠지요.”

“무슨 일을 꾸민다뇨?”

추산이 물었다.

"아무리 암중의 인물들이 대단한 실력을 지닌 자들이라 하더라도 정면으로 서패천과 대결할 수는 없다. 서패천과 대결할 수 없는 자들이 정면으로 서패천의 고수들을 막아섰다는 것은 곧 시간을 벌기 위함일 것이다."

"시간을 번다면……?"

"어쩌면 그들은 이곳의 본거지를 버릴 생각인지도 모르겠구나. 서둘러야겠다."

고검이 추산의 질문에 빠르게 답을 하고는 이내 몸을 날리기 시작했다.

사위는 서서히 어두워지고 있었다. 고검과 무불장의 고수들은 어둠과 깊은 숲을 이용해 서로 대치하고 있는 복면인들과 서패천 고수들을 지나 복면인들이 나타난 그 뒤쪽 계곡으로 들어섰다.

거대한 동굴 앞에서 일단의 인물들이 분주하게 움직이고 있었다. 모두 얼굴에 복면을 뒤집어쓴 인물들은 다섯 대의 마차를 동굴 앞에 정렬시키고 무엇인가를 계속해서 마차에 옮겨 싣고 있었다.

"저건……!"

대웅산이 복면인들을 발견하고는 낮게 소리쳤다.

"관이에요."

추산이 대웅산의 말을 받았다. 추산의 말처럼 복면인들이 동굴에서 마차로 옮겨 싣고 있는 것은 검은색이 칠해진 수십 개의 관이었다.

"도대체 저 관에 무엇이 들었을까?"

대웅산이 다시 중얼거렸다.

"관에 시체가 들어 있지 뭐가 들어 있겠어요?"

추산이 당연한 것을 모른다는 듯한 표정으로 대웅산의 말에 대꾸했다.

"시체? 하지만 시체를 저렇게 소중히 옮긴단 말인가?"

대웅산이 반문했다.

"그들에겐 소중한 시체인 모양이죠."

추산이 퉁명스럽게 대답을 하고는 고검을 바라보며 물었다.

"사형, 우리가 찾고 있던 사람들은 모두 죽은 모양이에요. 아마 저 관 속에 들어 있는 시체는 그들이 아닐까요?"

그러자 고검이 천천히 고개를 저었다.

"네 말대로 저 관 속에 그들이 들어 있을 수는 있다. 하지만 과연 저 관 안에 들어 있는 사람들이 죽었는지는 단언할 수 없다."

"그게 무슨 말씀이세요? 관에 들어가 있으면 죽은 것이지."

그러자 고검이 설상지를 바라봤다.

"설 여협도 살아 있지 않느냐?"

"어? 그렇다면?"

고검이 추산의 말에 고개를 끄덕이며 대답했다.

"어쩌면 저 관에는 마령제혼술에 당한 사람들이 들어 있을 지도 모르겠구나."

“마령제혼술에 당했다면… 그건 저들의 꼭두각시가 되었다는 말이잖아요?”

“그렇겠지.”

“그럼 갑자기 적이 너무 많아지는데요?”

추산이 걱정스런 목소리로 말했다. 그러자 곁에 있던 왕민이 입을 열었다.

“어쩌면 그 마령제혼술이 완성되지 않았는지도 모르겠소이다.”

“그건 또 무슨 말씀이세요?”

“마령제혼술이 완성되었다면 이런 다급한 시점에 굳이 그들을 관에 넣어 이동할 리는 없지 않겠나. 마령제혼술이란 살아 있는 사람의 이지를 제압하는 섭혼술. 굳이 관에 담지 않아도 이곳에서 빼내는 것은 문제가 없네. 그런데 저들은 관을 이용하고 있어. 그건 곧 마령제혼술이 완성되지 않았다는 말이지. 그래서 마령제혼술을 시술 중인 자들을 저렇게 관에 넣어 이동시키고 있는 것일 거야.”

“듣고 보니 그렇네요. 어쨌든 저 관 중 어딘가에 우리가 찾고 있는 사람들이 있단 말이죠?”

“그럴 가능성이 크다고 할 수 있네.”

“사형, 그냥 두고 보실 거예요?”

추산이 고검을 보며 물었다.

“그럼 지금 저들을 덮치잔 말이냐?”

“설마 저들이 도망가게 그냥 놔둔단 말이에요?”

"그게 우리에겐 더 유리할 수도 있다."

"유리하다뇨?"

"동굴에 숨어 있던 너구리가 스스로 알아서 밖으로 나왔는데 당연히 유리하지."

"하지만 그 너구리가 어둠 속으로 도망가 버리면 말짱 헛일이잖아요."

"넌 우리 무불장의 실력을 너무 과소평가하는구나. 일단 꼬리를 잡은 이상 우릴 떨쳐 버릴 수는 없다. 더군다나 저들은 덩치 큰 마차까지 끌고 가야 하는 상황.. 저들의 뒤를 쫓다가 적당한 기회가 찾아오면 마차에 실은 관을 회수하면 되는 것이다."

그때였다. 앞쪽에서 복면인들의 말소리가 들려왔다.

"모두 실었느냐?"

"옛!"

"그럼 지금 즉시 출발하라! 한시가 급하다! 형제들이 시간을 벌기 위해 죽어가고 있다! 이서 이곳을 벗어나라!"

"옛!"

짧은 대화가 이어지더니 이내 동굴 앞에 서 있던 다섯 대의 마차가 계곡의 안쪽으로 들어가기 시작했다.

"어, 저곳은 막힌 곳이 아니었나?"

추산이 마차가 향한 곳을 보며 고개를 갸웃거렸다. 그러자 갑자기 설상지가 앞으로 나서며 입을 열었다.

"이제 생각이 나요. 제가 그 동굴 속에서 탈출할 때 계곡의 앞쪽이 아닌 뒤쪽으로 움직였던 것 같아요. 아! 저기 저 소나무, 확실히 기억이 나네요. 저 계곡 안쪽의 소나무 옆에도 동굴로 이어지는 작은 통로가 있어요. 전 그곳으로 나와서 계곡을 따라 난 길로 이동했어요. 그리고… 그래요. 저 길을 따라 하루 정도 이동하면 제법 큰 강줄기가 나와요. 전 그 강을 따라 하류로 도망쳤지요.”

“그렇다면 어쩌면 저들은 배를 이용할 수도 있겠군.”

조오현이 입을 열었다.

“배를 이용하면 큰일입니다. 추적이 불가능할 수도 있습니다.”

대웅산이 걱정스런 눈빛으로 말했다.

“뒷일은 나중에 생각하도록 하자. 일단 저들을 따라붙는다.”

고검이 급하게 몸을 날리며 말했다. 그러자 무불장의 고수들이 재빨리 고검의 뒤를 따라붙기 시작했다.

콰콰쾅!

무불장의 고수들이 계곡을 따라 도주하는 마차를 따라붙은 지 채 일각이 지나지 않아 갑자기 동굴이 있던 곳에서 거대한 폭음이 울려왔다.

“아예 흔적을 없애려는 모양이군.”

왕민이 고개를 돌려 동굴이 있던 계곡을 바라보며 말했다. 무불장의 고수들이 너나 할 것 없이 폭음이 들린 동굴 입구로 시선을 돌렸다.

사람들의 시선이 닿은 동굴 입구. 거친 불꽃이 수십 장 높이로 치솟아오르고 있었다. 덕분에 동굴 앞은 대낮처럼 환했다. 그 빛 속에서 수십 명의 사람들이 뒤엉켜 있는 모습이 눈에 들어왔다.

"과연 서패천! 벌써 그 많던 복면인들을 물리치고 동굴 앞에 도착했구려!"

대웅산이 감탄하듯 말했다.

"저 다섯 명의 늙은이들, 마치 양 떼 속에 뛰어든 늑대와 같은데요?"

추산이 말했다.

꽤 먼 거리임에도 불구하고 사천사호와 정체를 알 수 없는 노고수의 모습은 확연히 눈에 들어왔다. 그것은 그들의 외모가 특이하기 때문이기도 하지만 그것보다는 그들의 무공이 다른 사람들에 비해 워낙 출중했기 때문이다.

시퍼런 검기와 도기가 다섯 명의 노고수가 움직일 때마다 몇 장씩 하늘로 치솟았다. 그러면 어김없이 한두 명의 복면인이 땅 위에 뒹구는 것이었다. 비교할 수 없는 무공 차이 때문인지 동굴 앞의 혈전은 순식간에 서패천의 승리로 막을 내렸다. 살아남은 몇몇의 복면인들이 숲으로 몸을 피하는 것이 눈에 들어왔다.

복면인들이 도주하자 서패천의 고수들이 동굴 입구를 살피기 시작했다. 하지만 동굴 입구는 이미 무너져 있어 그 안으로 들어갈 수는 없는 모양이었다.

"그만 가야겠습니다.

고검이 정신없이 싸움 구경에 빠져 있던 사람들을 일깨웠다.

"정말 대단하군요. 사천사호, 사천사호 하더니 과연 엄청나군요. 저 늙은이들 중 한 명과 맞붙으면 땀깨나 뺄 듯싶네요."

대웅산이 고개를 절레절레 흔들며 말했다.

"싸움 구경은 그만하면 되었다. 싸움 구경하다 놈들을 놓칠 수야 없는 일이지 않은가?"

"알았수, 장주. 어서 서둘러 가십시다."

대웅산이 고검의 말에 고개를 끄덕였다. 그러자 고검이 다시 선두에 서서 어느새 어둠 속으로 사라진 마차를 추적하기 시작했다. 그들의 뒤쪽으로 음모자들이 숨어 있던 동굴을 태우는 화광이 충천해 있었다.

第五章
추격(追擊)

그들이 나타난 것은 자정 무렵이었다. 녹색 눈, 찢어진 마의, 흑색의 피부, 더불어 흘러나오는 기괴한 괴성.

따다다당!

그리고 어디선가 들려오는 사람의 신경을 긁어대는 종소리.

선두에서 무불장 고수들을 이끌던 고검이 적이 나타나는 순간 검을 뽑아내 사선으로 올려 그었다.

팟!

그러자 순식간에 괴인의 목이 반쯤 잘라지며 뒤로 꺾였다. 괴인의 신형이 중심을 잃고 쓰러졌다. 보통 사람이라면 단번에 숨이 끊겨 사지의 생명력을 잃을 상황. 하지만 괴인의 두 팔과 다리는 쓰러진 뒤에도 여전히 움직이고 있었다.

고검이 살짝 인상을 찌푸렸다. 그리곤 자신의 검을 내려다보았다. 분명 충분한 내력을 실은 일검이었고, 적의 목에 적중했다. 그런데 결과는 그의 기대와 달랐다. 일검에 잘라져 나갔어야 할 적의 목이 반만 잘라진 것이었다.

'미처 내력을 싣지 못한 것인가, 아니면 이 괴물의 목이 단단한 것인가?'

답은 이미 나와 있었다. 그의 무공은 이미 어느 때 어떤 상황에서라도 자신의 전력을 쏟아낼 수 있는 경지에 올라 있었다. 자신의 실수가 아니라 적의 몸이 생각보다 단단하다는 말이었다.

"강신가?"

대웅산이 장창을 꼬나 들고 고검의 일검에 쓰러진 괴인을 건드리며 중얼거렸다.

"강시는 아닌 것 같고… 마령제혼술에 당한 고수인 것 같은데……."

왕민이 다가들며 말했다.

"마령제혼술은 사람의 이지를 제압할 뿐, 멀쩡한 사람과 동일하다고 하지 않았습니까? 그런데 이놈은 전혀 멀쩡해 보이지 않는데요?"

대웅산이 반문했다.

"그렇다고 강시도 아니네. 강시라고 보기에는 그 움직임이 너무 자연스러웠어. 강시는 반사(半死)의 시신을 쓰기 때문에 몸이 굳어 그 움직임이 이렇게 자연스럽지 못하다네. 이자의 움직임은 절대 강시의 그것이 아니야. 단지 그저 실성한 괴인 같지 않았던가?"

"그자의 정체가 뭔지 고민할 때가 아닌 것 같아요."

곁에 있던 추산이 두 사람의 대화를 막았다. 그리고 상황은 추산의 말처럼 쓰러진 괴인의 정체를 따져 보고 있을 만큼 녹록하지 않았다. 죽은 자와 같은 형상을 한 십여 인의 괴인이 일행의 앞에 나타났기 때문이다.

"결국 우리의 행적이 드러났다는 말이군."

조오현이 중얼거렸다.

"당연한 결과예요. 그들이 바보가 아닌 다음에야 자신들이 지나간 곳에 사람을 남겨놓지 않았을 리 없어요. 아마도 지금부터는 계속 이런 식의 방해가 있을 거예요."

미심이 걱정스런 눈빛으로 말했다.

"여기서 지체하다가는 놈들을 놓칠 텐데……."

대웅산이 슬쩍 고검을 바라봤다.

"쉽게 상대할 수 있는 놈들이 아닙니다. 근육의 단단함이 강시와 다를 바 없는 자들입니다. 이들을 상대하는 동안 이들의 주인을 베어내는 것이 길을 뚫는 가장 빠른 길일 듯합니다."

고검이 조오현을 바라봤다. 그러자 조오현이 고개를 끄덕였다.

"알겠네."

"그럼 먼저 앞에서 분탕질을 시작해야겠군요. 제가 앞서지요."

대웅산이 들고 있던 양날의 창을 바람개비처럼 회전시키며 앞으로 뛰어나갔다.

"우어어!"

그러자 무불장 고수들의 앞을 막고 있는 괴인들도 괴음을 내지르며 마주 달려나오기 시작했다.

"와라!"

대웅산의 입에서 노성이 터지며 무섭게 회전하던 장창이 어느 순간 자신의 양옆으로 다가들던 두 괴인을 동시에 찔러댔다.

퍼퍽!

대웅산의 장창이 여지없이 두 괴인의 어깨와 옆구리에 꽂혀들었다.

"우엉!"

대웅산의 장창에 맞은 두 명의 괴인이 뒤쪽으로 날아가며 괴성을 내질렀다. 그런데 바닥에 나뒹굴던 괴인들이 한순간 벌떡 일어나더니 더 강한 기세로 대웅산을 향해 달려들었다.

"과연 괴물들이구나. 좋아, 힘 하면 이 대웅산도 남에게 뒤지지 않는다."

대웅산이 몸에 부상을 입고도 아랑곳하지 않고 달려드는 두 괴인을 맞아 매섭게 창을 휘두르기 시작했다. 그리고 그사이 다른 무불장의 고수들도 나머지 괴인들과 뒤섞이기 시작했다.

차차창!

매서운 도검의 격돌음이 허공에 울려 퍼졌다. 무불장 고수들이 마혼령에 들어와 처음 벌이는 격투는 사뭇 치열했다. 상대는 이지를 상실한 괴인들이었지만, 그 무공은 강호의 절정 고수에 못지않았고, 몸은 강철 같았으며, 머리는 고통을 느끼지 못하는 괴인들이었다.

하지만 무불장의 고수들도 하나같이 절정의 고수들. 각자 한두 명씩의 괴인들을 맞아 싸우면서도 위기에 몰리는 사람은 없었다. 무불장 고수 중에서 단연 고검의 움직임이 눈에 들어왔다. 홀로 세 명의 괴인을 상대하면서도 고검은 오히려 여유가 있어 보였다.

'이들을 상대하는 것은 어려운 일이 아니다. 단지 이곳에서 시간을 너무 지체하게 되면 적의 흔적을 잃을 수 있다는 것이 문제이지. 조 노사께서 잘해주셔야 할 텐데……'

괴력의 괴인 삼 인을 상대하면서도 고검의 시선은 다른 곳에 가 있었다.

따따다당!

어지럽게 들려오는 종소리. 바로 그 종소리가 울려 나오는 방향으로 고검의 시선이 움직였다. 그곳 어딘가로 싸움이 시작되자마자 모습을 감춘 조오현이 움직이고 있을 터이다.

그렇게 괴인과 무불장 고수들의 싸움이 시작된 지 일각이 지났다. 어느새 괴인들의 숫자는 일곱으로 줄어 있었다. 고검의 검이 한 명의 괴인을, 그리고 대웅산이 또 한 명의 괴인을 제거한 이후 이제는 고검만이 두 명의 적을 상대하고 있었다.

고검이 자신을 향해 묵직하게 내찌르는 괴인의 도를 살짝 몸을 틀어 피해냈다. 그리곤 괴인을 그냥 스쳐 지나치며 재빨리 몸을 회전시켜 자신의 뒤쪽으로 접근하는 또 다른 괴인의 목을 향해 일검을 뻗어냈다.

서걱!

차가운 살기가 느껴지는 검이 허공을 잘라갔다. 동시에 목이 날아간 괴인이 사지를 허우적거리며 그 자리에서 무너져 내렸다. 그러면서도 여전히 괴인의 사지는 땅을 기어갈 듯 움직이고 있었다.

'시간이 너무 지체되고 있어.'

한 명의 괴인을 제거한 고검이 어느새 방향을 바꿔 다시 자신을 향해 달려드는 또 다른 괴인을 가볍게 밀쳐 내며 조오현이 움직인 방향으로 다시 시선을 주었다.

그리고 그 순간, 저 멀리 어두운 숲 속에서 한차례 검광이 번뜩였다. 동시에 요란하게 들려오던 종소리가 뚝 멈췄다.

"끄르륵! 끄르륵!"

종소리가 멎자 갑자기 무불장 고수들과 치열한 일전을 펼치던 괴인들의 움직임이 뚝 끊어졌다.

"이건 뭐야?"

대웅산이 뜻하지 않은 변화에 놀라 소리쳤다.

"조 노사가 이들의 조종자를 제거하는 데 성공했군요."

미심이 조오현이 움직인 방향을 보며 입을 열었다.

"오! 그래서 이것들이 움직임을 멈춘 것이군."

대웅산이 고개를 끄덕이며 자신이 상대하던 괴인 앞으로 걸어가더니 창끝으로 툭하고 괴인을 건드렸다.

"크르륵!"

그러자 괴인의 입에서 괴성이 흘러나오며 시뻘건 혈광을 눈으로 토해냈다. 하지만 그것뿐, 괴인은 대웅산을 공격하거나 다른 움직임을 보이지 않았다.

"이것들은 그야말로 주인이 있어야 움직일 수 있는 인형과 같은 존재들이었군."

대웅산이 재미있다는 듯 괴인을 살피며 중얼거렸다. 그때 어둠 속에서 불쑥 한 사람의 신형이 솟아올랐다. 어깨에 멘 장도가 인상적인 조오현이었다.

"수고하셨습니다."

고검이 조오현을 보며 말하자 그가 가볍게 고개를 저었다.

"수고는, 이곳에 남은 사람들이 오히려 고생한 듯하구려. 이들을 조종하던 자는 그리 강하지 않더이다."

"다른 자들은 없었습니까?"

고검의 물음에 조오현이 고개를 끄덕였다. 그러자 고검이 고개를 갸웃거렸다. 자신의 예상과 조금 다른 대답이기 때문이었다. 괴인들을 이용해 자신들을 추적하는 자들을 막을 생각이었다면 괴인들을 조종하는 자가 좀 더 강한 고수이거나, 혹은 그를 지키는 또 다른 인물들이 있어야 했다.

고검의 의구심을 풀어준 것은 왕민이었다.

"아마도 이들은 그들이 폐기하려던 자들인 모양이외다."

"폐기라뇨?"

추산이 물었다.

"말 그대로 폐기일세. 이들은 마령제혼술의 실패작들이니 소모해도 상관이 없단 생각이었을 걸세. 그러니 이들을 조종하던 자 또한 그리 중요치 않은 인물이었던 게지."

"흠, 한마디로 어차피 버릴 자들이었단 말이군요."

"그렇다네. 이렇게 한 번 써먹는 것으로 만족할 만한 사람들이란 말이지."

왕민의 말에 무불장의 고수들이 고개를 끄덕였다.

"그나저나 이것들을 어떻게 하죠?"

대웅산이 두 손을 들며 물었다. 싸움은 끝났고, 무불장의 고수들은 암전의 무리들을 추적해야 하는데 죽지도 살아 있지도 않은 괴인 여섯이 무불장 고수들 앞에 놓여 있는 것이다.

"그냥 놓아두고 간다."

고검이 단호하게 말했다.

"예? 이놈들을 놓아두고 간다고요?"

"그럼 데리고 갈 생각이었느냐?"

"아니, 그럴 것은 아니지만 그래도 그렇지, 이런 괴물들을 그냥 놓아두고 간다니 말이오. 최소한 모두 제거하고 가야 하지 않겠수? 혹 무림에 큰 혼란이라도 일어나면……."

"웅산, 언제부터 네가 그렇게 무림의 혼란을 걱정했는지 모르겠군."

"아니, 장주, 무슨 말을 그렇게까지……."

"됐네. 어쨌든 우리가 아니더라도 이들을 처리할 사람이 있을 걸세."

"누가 이들을 처리한단 말이우?"

"아마 지금쯤이면 서패천의 고수들도 우리가 온 길을 따라오고 있을 것이네. 조만간 이곳에 도착하면 그들이 이들을 처리하게 되겠지. 그리고 이들은 서패천에서 처리하는 것이 맞기도 하고……."

"그들이 처리하는 게 맞다니요?"

"저자의 소매를 보게."

고검이 손을 들어 찢어진 옷차림의 괴인 중 그 소매가 온전히 남아 있는 자의 손목 부위를 가리켰다.

"아니, 저건… 설마……?"

대웅산이 놀라며 고검을 바라봤다.

"맞네. 저들 중 일부는 서패천 소속의 고수들이네."

괴인의 소매 부위에 남아 있는 희미한 금색 글씨의 흔적. 바로 서패천 고수들임을 증명하는 흔적이었다.

"그렇다면 놈들이 일을 벌인 것은 이번만이 아니란 말이구려. 이미 오래전부터 강호의 고수들을 납치했다는 말인데… 도대체 암전이란 자들의 정체가 뭘까? 어떤 자들이기에 이렇게 대담하게 천하사패의 인물들을 상대로 일을 벌이는 것일까?"

왕민이 어두운 안색으로 중얼거렸다.

"그들이 누구든 이번 일은 좀 더 커지게 생겼군요. 서패천에서 이들을 발견한다면 눈에 불을 켜고 그자들을 잡으려 들 거예요. 우리 일에 어떤 영향을 미칠지 걱정이군요."

미심이 걱정스런 음성으로 말했다.

"서패천이 전력을 동원해 나서기 전에 우리가 그들을 먼저 찾아야겠지요. 서둘러야겠습니다."

고검이 눈빛을 빛내며 말했다.

"어서 갑시다, 장주. 서패천의 무리들과의 경쟁이라…….
이거 쉽지 않은 싸움이우."

대웅산의 말에 고검이 고개를 끄덕였다. 그리곤 순식간에 장내에서 무불장 고수들의 모습이 사라졌다.

쉬이이익!

퍼펑!

갑자기 뒤쪽에서 공기를 가르는 화살 소리와 폭음이 동시에 들려왔다. 무불장의 고수들은 누가 먼저랄 것도 없이 고개를 돌려 자신들이 지나온 길을 응시했다.

하늘을 아름답게 수놓는 십여 개의 불화살. 한밤중에 펼쳐지는 한바탕 아름다운 불꽃놀이는 치열한 추격전이 벌어지는 상황이 아니라면 제법 운치있는 광경이라 할 만했다.

"드디어 도착한 모양이군."

대웅산이 중얼거렸다. 불화살이 오른 곳은 그들이 괴인들을 상대하던 장소였다. 서패천의 고수들이 괴인들을 발견하고는 자신들의 동료들에게 신호를 보내는 불화살이 분명했다.

"이제 본격적으로 서패천의 힘이 드러나겠군."

조오현이 혼잣말처럼 중얼거렸다.

"아마 오늘 밤이 가기 전 마혼령 주변은 서패천 고수들에 의해 천라지망이 펼쳐질 것이외다."

왕민도 작은 흥분을 담은 눈으로 말했다.

"그들이 과연 마혼령을 벗어날 수 있을까요?"

추산이 고개를 갸웃거리며 묻자 고검이 고개를 저었다.

"그거야 모르는 일이다. 하지만 그들은 이미 이 마혼령에 꽤 오랫동안 터를 잡고 산 듯하니 분명 어떤 퇴로를 마련해 놓지 않았을까 싶구나."

"그들이 만들어놓은 퇴로가 서패천의 천라지망을 뚫을 정도일까요?"

"글쎄다. 하지만 만약에 그들이 서패천의 천라지망을 뚫는다면 그건 그야말로 강호의 일대 사건으로 기록될 것이다. 천하사패의 천라지망이 뚫렸으니 말이다."

"서패천에서도 전력을 다해 그들을 잡으려 하겠군요. 자파의 경내에서 벌어진 실종 사건이기도 하지만 자신들의 체면이 걸린 일이니 말이에요."

"그렇겠지. 그래서 우린 더욱 빠르게 움직여야 하고 말이다."

고검이 그렇게 말하고 막 일행을 다시 출발시기려는 순간, 추산이 손을 들어 고검의 행동을 막으며 의미심장한 어조로 말했다.

"하지만 그들이 수로를 이용한다고 해도 서패천의 천라지망이 힘을 발휘할까요?"

추산의 말에 고검이 뭔가 떠오른 듯 고개를 끄덕였다.

"네 말이 맞구나. 처음 그들이 북쪽으로 길을 잡았을 때 생각했던 대로 그들은 반드시 수로를 이용할 것이다. 애초에 그런 계획이 없었다면 그렇게 무모하게 서패천 고수들의 앞을 가로막지도 않았을 것이고, 마령제혼술에 실패한 서패천의 고수들을 우리 앞에 내놓지도 않았을 것이다."

"결국 배란 이야긴데… 정말 문제군요. 그들이 배를 타기 전 따라잡는다 하더라도 과연 그들의 손에서 그 관들을 빼낼 수 있을까요?"

미심이 걱정스런 눈빛으로 말했다.

"이런 상황에서라면 일단 부딪쳐 보는 수밖에 방법이 없지 않겠습니까?"

대웅산이 큰 소리로 말했다.

"웅산 자네의 말이 맞네. 그것도 빠르면 빠를수록 좋겠지. 모두 서둘러야겠습니다."

고검의 말에 무불장 고수들의 눈빛이 진득하게 변하기 시작했다. 그리고 그들은 지금까지와는 전혀 다른 움직임으로 어두운 숲을 치닫기 시작했다.

멀리 검은 물결이 눈에 들어왔다. 상류에서 이어진 작고 깊은 계곡이 끝나고 강물이 완만한 흐름으로 접어드는 지점. 한 척의 검은 흑선이 어둠 속에 떠 있었다.

“그들이에요!”

추산이 소리쳤다.

과연 강 위에 떠 있는 흑선을 향해 달려가는 다섯 대의 마차가 멀리 눈에 들어왔다.

퍼펑!

그때 강의 상류에서 몇 줄기의 불꽃이 하늘로 치솟았다.

“역시 서패천. 벌써 저들을 발견했군.”

왕민도 흥분된 목소리로 말했다.

“하지만 그들이 저들을 잡기엔 너무 멀군요. 기회는 우리에게 있습니다.”

고검이 말을 내뱉고는 이내 신형을 뽑아 올랐다. 순간, 허공에 고검이 지나가는 길을 따라 한줄기 검은 줄이 그어졌다. 고검은 순식간에 일행에게서 멀어져 마차들이 달리는 방향으로 날아가고 있었다.

“이제야 장주의 진짜 실력이 나오는구먼! 이거, 볼만하겠는걸!”

대웅산이 소리치며 고검의 뒤를 따라 몸을 날렸다. 그러자 무불장의 고수들이 저마다 앞을 다투며 몸을 날리기 시작했다.

“제길, 결국 여기서 밑천이 드러나는군. 쩝!”

추산이 다섯 줄기의 검은 그림자를 보면서 투덜거렸다. 추산은 자신의 무공에 자신이 있었지만 지금 다섯 명의 무불장 고수들을 따라잡을 자신은 없었던 것이다.

"저분들… 정말 무섭군요. 그동안 저분들은 아무도 자신의 진면목을 전부 드러내지 않았군요?"

"그러게 말이에요. 난 그것도 모르고 나름대로 무공에 자신 있다고 착각하고 있었네요."

"호호, 추 소협의 무공도 만만치 않아요. 아마도 추 소협의 나이 또래의 후기지수 중 추 소협의 적수를 찾기는 어려울 거예요."

그러자 추산이 당연하다는 듯 대답했다.

"물론 그렇긴 하지요. 하지만 난 겨우 내 나이 또래들과 경쟁하기 위해 천검 사부의 제자가 된 것은 아니거든요. 에휴, 앞으로 한 몇 년은 더 고생해야겠어요. 무공은 이쯤하면 되지 않았을까 내심 생각하고 있었는데. 가요!"

추산이 퉁명스럽게 말을 내뱉고는 이내 몸을 날려 무불장 고수들의 뒤를 따르기 시작했다.

"그래요. 몇 년 지나면 추 소협 당신은 아마도 강호의 모든 여인들이 흠모하는 대협이 되어 있겠지요."

설상지가 의미를 알 수 없는 표정으로 추산을 바라보다가 고개를 한 번 젓고는 이내 몸을 날렸다.

기이이잉!

고검의 검은 상대와의 거리가 이십여 장 남아 있을 때부터 울어대고 있었다. 그것은 마치 피를 갈구하는 혈마의 음성처럼 전율스럽고 처절했다. 과거 아수마왕 음천기가 천하인의 피를 묻히던 혈검으로 돌아온 듯한 괴성. 하지만 고검은 아수마왕이 아니었고, 그의 눈은 그 어느 때보다 가라앉아 있었다.

'전력을 다해야 한다. 서패천의 추적이 있으니 저들도 모두 나와 대항할 수는 없을 것. 마차만을 노려야 한다.'

고검이 내심 생각하며 다시 한 번 신형을 끌어 올렸다. 그러자 그의 신형이 삼 장 높이로 치솟았다. 한순간 무섭게 달리고 있는 다섯 대의 마차가 한눈에 들어왔다.

'앞을 막아 시간을 번다!'

고검이 가볍게 가장 뒤에서 달리고 있는 마차의 지붕 위에 내려앉았다.

"적이다!"

순간 마차를 호위하던 복면인들의 입에서 경고성이 터져 나왔다. 동시에 몇몇 복면인들이 마차 위로 날아오르며 고검을 향해 검을 뻗어왔다. 하지만 고검이 마차의 지붕 위에 머문 시간은 그리 많지 않았다. 어느새 고검은 다시 몸을 날려 바로 앞에서 달리고 있는 마차의 지붕 위로 날아가고 있었던 것이다.

그렇게 고검은 순식간에 네 대의 마차를 차례로 뛰어넘어 가장 앞에 선 마차의 지붕에 내려앉았다. 그리고 고검의 검이 한차례 번득였다.

"크억!"

쿠콰쾅!

한마디 단말마의 비명 소리가 흘러나오며 선두에서 달리던 마차가 중심을 잃고 길옆의 아름드리나무를 들이받으며 뒤집어졌다.

히히힝!

마차와 함께 쓰러진 말들이 네 발을 버둥거리며 하늘 높이 울음을 토해냈다.

"당황하지 마라! 놈은 하나다!"

가까스로 전복되는 것을 면한 뒤쪽 네 대의 마차에서 복면인들이 쏟아져 나오며 소리쳤다. 그들은 자신들을 공격한 자가 고검 하나임을 확인하고는 어느새 침착함을 회복하고 고검을 향해 날아들고 있었다.

고검은 여전히 전복된 마차 위에 우뚝 서 있었다. 그의 일검에 베어진 마부가 마차에서 떨어짐과 동시에 마차가 전복되고, 그 순간 허공으로 솟아올랐던 그의 신형이 마차가 쓰러진 후 다시 마차 위에 내려섰던 것이다.

우우웅!

그의 손에 들린 마검이 피 내음을 맡고 짙은 살기가 담긴 울음을 울어댔다. 고검의 눈은 한없이 차가워, 보는 사람으로 하여금 오금이 저릴 정도의 한기를 느끼게 만들고 있었다. 하지만 빠르게 움직인 복면인들은 어느새 고검 앞에 육박하고 있었다.

그릉!

한줄기 파공음이 전광석화처럼 터져 나왔다. 동시에 묵빛 검기가 사선을 그리며 고검 앞에 그어졌다.

"큭!"

다시 한마디 신음성이 검은 밤공기를 타고 흘렀다. 가장 앞에서 고검에게 달려들던 복면인이 고꾸라지며 낸 신음성이었다. 순간 쓰러지는 복면인을 지나치며 고검이 마검을 열십 자로 그어냈다.

"커컥!"

다시 두 명의 복면인이 고검의 마검에 허리와 어깨를 허용하며 나뒹굴었다.

"조심하라! 보통 놈이 아니다!"

몰려드는 복면인들의 뒤쪽에서 경고성이 터져 나오자, 고검을 향해 달려들던 복면인들이 썰물처럼 뒤로 물러났다. 그러사 고검 역시 훌쩍 몸을 날려 쓰러져 있는 마차 위로 올라섰다.

"웬 놈이냐? 뭘 하는 놈인데 감히 본 전의 일에 끼어드는 것이냐?"

고검 앞에 몰려선 이십여 명의 복면인 중 뒤쪽에서 복면인들에게 명령을 내리던 자가 앞으로 걸어나오며 고검을 향해 위협적으로 질문을 던졌다.

하지만 고검은 상대의 질문에 아랑곳하지 않고 마검을 휘둘러 쓰러진 마차에서 흘러나온 관 중 하나의 뚜껑을 열어젖혔다. 그러자 옻칠을 한 검은 관 속에서 흰 천에 싸여 있는 한 명의 신형이 모습을 나타냈다. 겉으로 보기에는 죽은 시신과 같은 모습의 사내. 고검이 가만히 무릎을 꿇고 앉아 사내의 목에 손을 가져다 대었다.

"아직 살아 있군."

고검이 혼잣말처럼 중얼거렸다.

"네놈은 누구냐?"

다시 복면인의 우두머리가 좀 더 차가워진 목소리로 물었다. 그는 이미 고검의 무공을 견식했을 뿐 아니라, 다수의 적을 앞두고도 침착함을 유지하는 고검의 행동에 자신들의 적이 결코 만만한 자가 아님을 깨닫고 있는 듯했다.

"사람을 찾으러 왔다."

고검이 관에서 몸을 일으키며 질문을 던진 복면인을 보고 말했다.

"사람?"

복면인의 질문에 고검이 고개를 끄덕였다.

"네가 찾는 사람이 누구인데 우리의 행사를 막아선 것이냐?"

"한 달 전 마혼령의 초입에서 실종된 북천무맹의 고수들!"

순간 복면 속 사내의 눈에서 기광이 흘러나왔다.

"북천무맹의 인물이냐, 아니면… 무불장……?"

사내의 물음에 고검이 차가운 미소를 흘려냈다.

"그건 중요한 게 아냐. 난 내가 찾는 사람들만 찾으면 돼."

고검이 대답을 하고는 뚜벅뚜벅 걸음을 옮겨 다시 하나의 관 뚜껑을 열었다.

"이자도 아니군. 하지만 역시 이 관들 중 그들이 들어 있는 관이 있을 테지. 그런데 이렇게 하나하나 모두 열어봐야 하는 것인가?"

순간 복면인의 눈에서 차가운 한광이 쏟아졌다.

"놈, 그들을 찾기 전에 네놈이 먼저 그 관 속에 들어가 누울 것이다! 팔영(八影)은 놈을 맡아라! 나머지는 마차와 재료들을 수습한다! 서둘러라! 뒤에 서패천의 고수들이 따라오고 있으니!"

"존명!"

뒤에 늘어서 있던 이십여 명의 복면인이 일제히 허리를 숙여 대답하고는 그중 여덟이 우두머리를 스쳐 나오며 고검을 향해 닥쳐들었다.

"놈은 혼자다! 서두르지 마라!"

여덟 명의 고수 중 한 사내가 소리쳤다. 아마도 팔영이라 불리는 자들의 우두머리인 듯싶었다. 고검의 눈에 한차례 기광이 스치고 지나갔다.

'고수들이군.'

고검이 마검을 고쳐 잡으며 살짝 몸을 틀었다. 여덟 명의 적으로부터 흘러나오는 기세를 흘려내기 위함이었다. 동시에 그의 마검이 자신의 가슴으로부터 여덟 복면인의 중심을 향해 무서운 속도로 뻗어나갔다.

위이잉!

마검이 무거운 파공음을 내며 회전했다.

차차창!

　동시에 대여섯 번의 격돌음이 일어나며 고검을 향해 몰려들던 여덟 복면인이 팔방으로 솟구쳤다. 일검에 그들의 진세를 흐트러뜨리는 데 성공한 고검이 그중 한 명을 따라붙었다.

　"웃!"

　고검에게 뒤를 내준 복면인의 입에서 다급성이 흘러나왔다. 동시에 그의 신형이 허공에서 한 바퀴 회전하며 고검을 흘려보내려 했다. 하지만 상황은 그의 뜻대로 진행되지 않았다. 허공에서 몸을 뒤집는 복면인의 밑을 스치고 지나치던 고검이 어느새 검을 머리 위로 치켜들었던 것이다.

　삭!

　한가닥 미세한 소음이 일어났다. 동시에 공기 중에 혈무가 비산했다. 허공에서 몸을 틀던 복면인의 등이 마검에 베이며 나타난 현상이었다.

　"윽!"

　등에 고검의 일검을 당한 복면인이 맥없이 땅 위에 내리꽂혔다.

　"놈!"

　순간 고검을 향해 일곱 개의 검날이 날아들었다. 팔영이라 불린 자들 중 남은 일곱 복면인이 그사이 진세를 정비하고 재차 고검을 향해 몰려들었던 것이다.

　"장주, 혼자만 재미 보시기오?"

　그 순간 갑자기 고검을 향해 달려드는 복면인들의 뒤쪽에서 한 마디 굵직한 목소리가 들려오더니 어두운 야공에 두 개의 광채가 번쩍였다.

"누구냐!"

창!

매서운 격돌음이 터져 나왔다. 동시에 고검을 향해 달려들던 복면인들의 진세가 다시금 흐트러졌다. 그리고 그중 두 명이 불쑥 장내에 모습을 드러낸 거대한 체구의 사내를 피해 다급하게 몸을 물렸다.

"흐흐, 설마 장주 혼자 이곳에 왔겠느냐? 여기 거창 대웅산도 있으니 한번 놀아보자꾸나!"

물러나는 두 복면인을 따라붙으며 대웅산이 소리쳤다. 대웅산의 장창 양 끝에 달린 창날이 번개처럼 앞뒤로 교차하며 두 명의 복면인을 따라붙었다. 어느 쪽이 선이고 어느 쪽이 후인지 모를 대웅산의 창술. 뒤로 물러나는 복면인들의 눈에 당혹감이 서렸다.

"에랏!"

그리고 한순간 대웅산의 입에서 한마디 기합성이 터져 나오더니 바람개비처럼 휘두르던 장창을 앞으로 쭉 밀어냈다.

"컥!"

순간 대웅산의 기세에 밀려 물러나던 두 명의 복면인 중 한 명이 날카로운 창날에 가슴을 허용하며 허공으로 붕 떠오르더니 속절없이 땅 위에 처박혔다.

"좋아, 이거 슬슬 흥이 나는구먼!"

대웅산의 입가에 진득한 살소가 흘렀다. 그리고 그 순간, 사방에서 무불장의 고수들이 복면인들을 향해 솟구쳐 올랐다.

싸움은 혼전으로 진행되고 있었다. 마차를 몰아 도주하던 복면인들의 숫자는 대략 이십여 명, 무불장 고수들은 추산과 설상지를 합해도 일곱. 하지만 싸움은 어느 한쪽으로도 치우치지 않고 진행되고 있었다. 그것은 무불장 고수들의 탁월한 무공 실력 때문이었지만, 그중에서도 고검의 압도적인 무공은 복면인들의 기세를 단번에 꺾어놓는 역할을 하고 있었다.

고검의 마검이 밤공기를 가를 때마다 그를 공격하는 복면인들은 어김없이 마검에 베어 쓰러지거나 호랑이에게 몰린 양들처럼 이리저리 쓸려 다니기 일쑤였다. 복면인들의 무공 또한 강호에서 흔히 볼 수 없는 수준이었지만, 고검의 절정에 다다른 승천공과 천검의 검리를 이어받은 산검 앞에서는 전혀 힘을 쓰지 못하고 있었던 것이다. 덕분에 숫자의 우위를 점하고도 암전의 무리는 싸움의 승기를 잡지 못하고 있었다.

그 와중에 추산과 설상지는 싸움터를 비집고 다니며 쓰러진 다섯 대의 마차를 살피고 있었다.

"이게 벌써 네 번째인데 여기도 없으면……."

추산의 입에서 걱정스런 목소리가 흘러나왔다.

"반드시 이 마차 중 어느 한곳에 있을 거예요."

설상지가 실종된 동료들 생각에 마음이 앞서는지 추산에 앞서 관을 뒤지며 확신 어린 말투로 말했다.

"물론 나도 그러길 바라고 있지요."

추산이 설상지의 모습에 어깨를 으쓱이며 설상지와 보조를
맞추어 관 뚜껑을 열기 시작했다.

복면인들이 몰고 있던 마차에는 각각 마차당 십여 개의 관
이 실려 있었다. 도합 오십 개의 관을 혈무가 난무하는 싸움터
에서 일일이 확인하는 것은 그리 쉬운 일이 아니었다. 관을 확
인하면서 복면인들의 공격을 받은 것도 서너 번. 그때마다 추
산은 관을 살피는 것을 포기하고 복면인들을 상대해야 했다.

특히 설상지가 자신의 위험은 아랑곳 않고 관들을 살피고
있었기에 추산은 설상지를 공격하는 복면인들까지 막아내야
했고, 때문에 젖 먹던 힘까지 쏟아내야 할 때가 한두 번이 아니
었다.

"제길, 어려서는 칼에 맞아 죽은 시체나 뒤지더니 커서도 이
팔자구먼."

추산이 투덜거리며 신경질적으로 눈앞에 있는 관 뚜껑을 열
었다.

"어?"

순간 추산의 입에서 한마디 의혹성이 흘러나오며 그의 눈이
동그래졌다. 그리곤 급히 설상지를 불렀다.

"설 여협, 여길 좀 보세요!"

그러자 설상지가 재빨리 추산의 곁으로 다가갔다. 이어 그
녀의 입에서 한마디 탄성이 흘러나왔다.

"이럴 수가! 이 소협이에요!"

"맞죠? 설 여협이 설명해 준 생김새와 흡사한 인물이라 그

러리라 생각했어요."

"맞아요. 은하장주님의 삼제자 이하륜 소협이 맞아요. 아아, 정말 이 지경이 되어 관 속에 들어 있네요."

"자, 한 사람은 찾았으니 얼른 다른 사람들도 찾아봐요. 다른 사람들도 분명 이곳 어딘가에 있을 거예요."

추산이 이하륜이 든 관을 한쪽으로 옮겨놓고는 다시 관을 뒤지기 시작했다. 설상지 역시 추산과 보조를 맞추어 관을 뒤져 나가기 시작했다. 그렇게 싸움과 사람 찾기가 동시에 진행되기를 다시 일각여.

"아아, 여기 또 한 사람이 있어요!"

설상지가 하나의 관을 열고는 소리쳤다.

"이번에는 누굽니까?"

"이분은 본 맹 묵천성의 고수 분이세요. 성함은 잘 모르고 우린 그저 곽 대협이라고만 불렀지요."

"좋아요, 좋아. 이제 남은 마차가 하나뿐이니 나머지 사람들은 그곳에 있을 거예요."

추산이 서둘러 관을 이하륜의 관 옆으로 옮기고 마지막 남은 마차의 관 쪽으로 다가갔다. 그리고 예상대로 마지막 마차에서 추산과 설상지는 다시 네 개의 관에서 북천무맹 고수를 발견할 수 있었다. 그렇게 두 사람이 찾아낸 북천무맹 고수가 모두 여섯, 그리고 그들이 확인하지 않은 관은 오직 하나였다.

"아, 아직 찾지 못한 사람이 여럿 있는데 이제 겨우 하나의 관만 남았어요."

설상지가 안타까운 목소리로 말했다.

"누구누구 남았습니까?"

"저들에게 사로잡힐 때 살아 있던 사람 중 천가장의 천 대협과 팽가의 팽 대협, 그리고 요 노사가 아직 발견되지 않았어요."

"그 요 노사라는 사람은 이들에게 잡히지 않았다고 하지 않았나요?"

"하지만 그건 제 기억에 의한 짐작일 뿐이지요."

"흠, 어쨌든 그 세 사람 중 한 사람은 이 관에 있기를 바라야겠군요."

말을 하며 추산이 마지막 관 뚜껑을 열었다.

"팽가의 팽산 대협이에요."

"좋아, 또 하나 찾았군."

추산이 관 뚜껑을 닫으며 말했다.

"그리고 우리가 찾을 수 있는 마지막 인물이기도 하지요."

설상지의 목소리는 침울했다. 아직 찾지 못한 인물에 대한 아쉬움 때문일 것이다.

"일단 이들을 찾은 것만도 대단한 성과예요. 이제 이들을 데리고 어떻게 벗어나느냐가 문제지요."

추산이 관을 들어 먼저 찾은 관 쪽으로 이동하며 말했다. 싸움은 갈수록 격렬해지고 있었다. 스무 명의 복면인 중 땅 위에 쓰러진 자가 칠팔 명에 이르러 있었다. 서서히 싸움의 추가 무불장 쪽으로 넘어오는 형국. 하지만 복면인들은 전혀 물러날 기미를 보이지 않았다. 자신들의 목숨을 도외시한 공격은 전세를 장악해 가고 있는 무불장 고수들조차 질리게 만드는 광기와도 같은 것이었다.

퍼펑!

그런데 전세가 무불장 고수들 쪽으로 완전히 기울어지려는 그 순간, 갑자기 앞쪽 하늘로 두 가닥의 불꽃이 터져 올랐다.

"원군이 온다! 힘을 내라!"

복면인들의 우두머리가 소리쳤다. 순간 장내의 분위기가 일변했다. 무불장 고수들의 고절한 무공에 밀리던 복면인들이 붉은 안광을 토해내며 목숨을 도외시하고 무불장 고수들을 향해 덤벼들기 시작한 것이다.

서걱!

고검은 죽음을 무서워하지 않는 적에게 원하는 대로 죽음을 선사하고는 재빨리 시선을 돌렸다. 그의 눈에 멀리 어둠 속에서 질주해 오는 일단의 무리가 들어왔다.

'좋지 않군.'

고검의 인상이 흐려졌다. 암전이라 불리는 무리의 원군이 나타난다면 아무리 무불장 고수들의 무공이 고절하다 하더라도 쉽게 이곳을 벗어날 수 없을 것이기 때문이었다. 고검은 다시 장내로 시선을 돌렸다. 무불장 고수들과 복면인들의 치열한 혈투가 눈에 들어왔고, 그 너머 일곱 개의 관을 지키고 있는 추산과 설상지가 들어왔다.

"추산, 관을 마차에 실어라!"

고검이 낮지만 강한 진기가 실린 목소리로 외쳤다. 그러자 추산이 고검 쪽을 향해 시선을 돌렸다. 두 사람의 시선이 허공에서 마주쳤다. 고검이 가볍게 고개를 끄덕였다. 그러자 추산역시 고개를 끄덕이며 마주 소리쳤다.

"알았어요, 사형!"

추산이 고검에게 대답하고는 이내 가장 뒤쪽에 있는 마차로 자신들이 찾아낸 일곱 개의 관을 옮겨 싣기 시작했다. 적들은 무불장의 고수들을 상대하는 것만으로도 힘에 겨웠으므로 추산은 그리 오래 걸리지 않아 관을 모두 마차에 실을 수 있었다.

"사형, 모두 옮겨 실었어요!"

추산이 소리치자 고검이 고개를 끄덕인 후 무불장의 고수들을 향해 외쳤다.

"뒤로 물러날 시간입니다!"

전후 사정을 설명하지 않는 고검의 명이었지만 무불장의 고수들은 이미 돌아가는 상황과 고검이 말하는 의도를 알아채고 있었다.

"우왓!"

가장 먼저 대웅산이 자신이 상대하던 두 명의 복면인을 장창을 휘둘러 물리치고는 마차 쪽으로 신형을 날렸다. 동시에 고검을 비롯한 나머지 무불장의 고수들도 각자 싸우던 상대를 놓아두고 추산과 설상지가 관을 실은 마차를 향해 움직였다. 그러자 순식간에 마차는 무불장 고수들에 의해 둘러싸여졌다.

"추산, 마차를 몰아라!"

고검이 추산을 향해 소리쳤다.

"알았어요, 사형! 걱정 마세요!"

추산이 훌쩍 마부석에 뛰어오르며 말했다. 그리고는 재빨리 고삐를 낚아채더니 이내 다섯 대의 마차를 추격해 온 길을 거슬러 마차를 몰기 시작했다.

"이럇!"

박차를 가하는 추산의 목소리가 들려오는 순간, 무불장 고수들이 마차의 후미를 가로막으며 견고하게 방어막을 형성하기 시작했다.

우우우!

그때 멀리서 마치 늑대의 울음소리인지, 아니면 살쾡이의 울음소리인지 모를 기괴한 외침이 들려오더니 이내 장내에 수십 명의 복면인들이 들이닥쳤다. 무불장의 고수들과 일전을 벌이던 복면인들의 우두머리가 새롭게 장내에 등장한 복면인 중 한 명에게 날아들며 무릎을 꿇었다.

"어찌 되었느냐?"

"물건 중 일부를 잃었습니다."

"어디서 온 자들이더냐?"

"찾는 자들로 보건대 북천무맹에서 나온 자들 같았습니다. 아니면 무불장일지도……."

"으음… 결국 이렇게 되었군. 이런 일을 걱정해서 무리를 하면서도 황하에서 그들을 막으려 시도했던 것인데… 그들의 발

걸음을 늦추는 데 실패한 것이 화근이야.”

“전주, 저들이 이대로 물건들을 가지고 가게 놔둘 수는 없소이다.”

복면인 중 한 명이 앞으로 나서며 말했다.

“당연히 쫓아야지요. 단, 서패천의 무리가 나타나면 추격을 중지해야 합니다. 너희들은 남은 물건을 가지고 배로 가도록 하라.”

“존명!”

전주라 불린 복면인의 말이 끝나자 순식간에 복면인들이 두 패로 나뉘어졌다. 그중 고검 등과 격전을 벌이던 자들은 여기저기 흩어진 관을 수습하기 시작했고, 새롭게 장내에 나타난 자들은 추산이 몰고 있는 마차를 추격하기 시작했다.

第六章

암중모색

“하핫!”

추산의 입에서 말들의 발걸음을 재촉하는 소리가 연신 터져 나왔다. 덕분인지 두 필의 말이 끄는 마차는 바람처럼 숲길을 달려나가고 있었다. 하지만 아무리 마차가 빠르게 움직인다 해도 강호의 절정고수들이 짧은 시간 동안 전력을 다해 펼치는 경공에 미칠 수는 없었다.

차츰차츰 복면인들과의 거리가 좁혀지고 있었다. 마차만 아니라면 복면인들을 따돌릴 충분한 공력들을 지니고 있는 무불장 고수들이었지만 지금은 마차와 마차에 든 일곱 개의 관을 지켜야 했다.

“망할 놈들, 죽어라고 쫓아오네. 장주, 이쯤에서 한판 붙어

줍시다."

장창을 등 뒤에 얽어매고 달리던 대웅산이 고검에게 말했다. 하지만 고검은 고개를 저었다.

"계속 달린다."

"아니, 뭐가 무서워 계속 달려요? 보아하니 저놈들 모두 해봐야 스무 명밖에 안 돼 보이는데……."

"앞서 상대하던 자들과 다른 자들이야."

"다르다니요?"

그러자 곁에서 몸을 날리고 있던 왕민이 고검 대신 입을 열었다.

"저자들의 경공을 보게. 앞서 우리가 상대하던 자들보다 한 단계 높은 공력을 지닌 자들일세. 그런 자들이 스무 명이야. 물론 상대하지 못할 건 없지만 만약 뒤따르는 자들이 있다면 마차에 실린 관을 지킨다는 보장이 없네."

"아니, 그렇게 대단한 자들이란 말입니까?"

대웅산이 흘깃 뒤를 살피며 새삼스런 눈길로 거리를 좁히고 있는 스무 명의 복면인을 바라봤다.

"그리고 굳이 우리가 저들을 상대할 이유가 없기도 하네."

"그건 또 무슨 말입니까?"

"이 길로 달리면 누굴 만나겠나?"

왕민의 말에 대웅산이 뭔가를 잠깐 생각하다가 이내 탄성을 흘려냈다.

"아하! 바로 서패천의 고수들을 만나겠군요?"

“그렇다네. 아마 서패천의 고수들이 나타나면 저들은 더 이상 추격을 하지 않을 걸세.”

“듣고 보니 정말 그렇네요. 이거야말로 손도 대지 않고 코를 푸는 경우군요. 그런데 서패천이 우릴 어떻게 생각할지 생각해 보셨수, 장주?”

대웅산이 왕민에게서 시선을 돌려 고검을 바라봤다.

“어떻게 생각하다니?”

“그들이 우리가 이 관을 마혼령에서 가지고 나가는 것을 순순히 허락하겠느냐는 말입니다.”

“허락지 않으면?”

“이곳은 그들의 세력권입니다.”

“그들의 세력권이라고 해서 모든 사람들이 그들의 명을 듣고 사는 것은 아닐세. 우린 강호의 청부업자야. 청부업자가 언제 때와 장소를 가려 일을 했는가? 북천무맹이 우리 무불장에 청부를 한 이유는 바로 그 때문이 아니겠는가?”

“물론 그렇긴 하지만…….”

그때 마차에서 추산의 목소리가 들려왔다.

“전방에 누군가가 나타났어요!”

고검이 추산의 말에 가볍게 고개를 끄덕이며 입을 열었다.

“드디어 나타났나 보군. 추산, 마차를 세워라!”

“알았어요, 사형!”

고검의 명에 따라 추산이 재빨리 고삐를 잡아당겼다.

히히힝!

　두 필의 말이 앞다리를 높이 쳐들며 급히 걸음을 멈추었다. 덕분에 마차가 크게 한차례 흔들렸다.

　"워워!"

　흥분한 말들을 진정시키며 추산이 재빨리 앞에서 달려오고 있는 인물들에게 시선을 주었다.

　"음, 저 늙은이들은 바로 서패천의 그자들이군."

　어둠 속에서도 금세 알아볼 수 있을 만큼 사천사호의 생김새는 특이했다. 추산이 훌쩍 마차에서 뛰어내려 마차 뒤쪽으로 뛰어갔다.

　"사형, 서패천의 고수들이 가까이 다가왔어요."

　추산의 말에 고검이 살짝 고개를 끄덕였다. 그의 시선은 뒤쪽을 향해 있었는데, 마차가 멈추는 것과 동시에 그들의 뒤를 쫓던 복면인들도 무불장의 고수들과 이십여 장 떨어진 곳에서 걸음을 멈추고 있었다.

　"흐흐, 과연 저놈들도 더 이상 추격을 하지 않는군요."

　대웅산의 입에서 득의의 목소리가 흘러나왔다.

　추격을 멈춘 복면인들은 서로 무언가 대화를 주고받더니 이내 몸을 돌려 그들이 달려온 길로 되돌아가기 시작했다.

　"과연 예상대로 일이 진행되었구려, 장주. 자, 그럼 이제 서패천의 고수들을 만나볼 시간이구려."

　왕민이 고검을 보며 말하자 고검이 고개를 끄덕였다.

　"일이 끝날 때까지 만나지 않았으면 좋았겠지만 이렇게 돼서야 어쩔 수 없는 일이지요. 한번 만나볼밖에."

고검이 말을 하며 마차를 비껴 앞으로 걸음을 옮겼다.

"설 여협께서는 뒤쪽에 계십시오."

고검이 마부석을 지나치며 말하자 설상지가 고개를 끄덕이고는 일행의 가장 뒤쪽으로 신형을 옮겼다. 다른 사람들은 모르지만 설상지는 북천무맹의 인물. 마혼령에 그녀가 있는 것은 작은 시빗거리가 될 수도 있었다.

무불장 고수들이 마차 앞으로 걸음을 옮기는 사이 어느새 서패천의 고수들도 마차의 십여 장 앞에 다다르고 있었다.

"웬 자들인가?"

서패천 이십여 명 고수 중 다섯 명의 노고수가 앞으로 나오며, 그중 한 명이 입을 열었다.

"낭문의 당호예요."

미심이 고검의 바로 뒤에서 속삭였다. 그러자 고검이 가볍게 고개를 끄덕이고는 앞으로 걸어나가며 포권을 취해 보였다.

"강호의 후배가 사천사호께 인사드립니다. 무불장의 고검이라 합니다."

순간 다섯 노고수의 눈에 기광이 스치고 지나갔다.

"무불장의 고검! 그대가 천검의 제자인 바로 그 고검인가?"

여전히 말을 하는 것은 당호였다. 사천당문이 배출한 일대고수. 절정의 독공을 연마했으며 길고 검은 얼굴을 가지고 있었다. 때문에 그를 한 번이라도 본 사람이라면 어디서건 그를 알아보는 것이 그리 어렵지 않았다.

"그렇습니다. 사천당문의 독수 어른을 뵙게 되어 영광입니다."

고검이 정중한 목소리로 대답했다.

"무불장의 식구들이 이곳에 나타났다는 것은 청부를 받고 왔다는 말이겠지?"

이번에는 당호 옆에 서 있던 노인이 물었다. 그는 남들보다 한 자 이상 큰 키에 호리호리한 몸매를 지니고 있었는데, 그 키에 걸맞는 장도를 등에 메고 있었다.

"천검문의 일도파산 유가호예요."

역시 미심의 작은 목소리가 고검의 귀에 들려왔다.

"그렇습니다. 본 장은 청부를 수행 중입니다, 유 선배님."

"과연 무불장의 고검이군. 젊은 나이에도 불구하고 천검의 명성을 잇고 있다더니 사람 보는 안목이 높을 뿐 아니라 그 기개 또한 대단하군. 우리 사천사호 앞에서도 전혀 기가 죽지 않는 것을 보니 말이야."

이번에는 수염과 머리가 온통 붉은 노인이 입을 열었다.

"여씨세가의 홍안노 여문호예요."

"과찬이십니다, 여 선배님."

"흐흐흐, 우리 생김새가 이런 지경인데 강호의 누군들 우릴 알아보지 못하겠소."

홍안노 여문호의 곁에 있던 자가 실소를 흘려냈다. 그는 얼굴의 반쪽은 푸른빛이고 다른 쪽은 붉은빛을 띠는 인물이었는데, 더 이상 미심의 설명이 없어도 고검은 그가 누군지 쉽게 짐작할 수 있었다. 왜냐하면 이제 사천사호 중 남아 있는 사람은 오직 한 명뿐이었기 때문이다.

"이면객 선배시군요."

고검이 가볍게 고개를 숙여 보였다.

"그렇다네. 내가 바로 강호의 친구들이 놀려대는 이면객 조자호일세. 그런데 한 가지 물어보고 싶은 말이 있는데……."

"하문하십시오."

"이번에 무불장에서는 누구에게 어떤 청부를 받고 이 마혼령에 온 것인가?"

드디어 기다리던 질문이 조자호의 입에서 흘러나왔다. 질문을 던지는 조자호의 안색이 순식간에 변하며 날카로운 안광을 쏟아냈다. 만약 강호의 보통 고수들이 그 눈빛을 대했다면 기가 질려 입을 열지도 못할 만큼 강렬하면서도 괴이한 안광이었다.

'일월장의 음양신공이 강호의 일대 기공으로 이름이 높다더니 과연 이 노인의 공력은 대단하구나.'

고검이 내심으로는 조자호의 공력에 감탄하면서도 겉으로는 감정을 드러내지 않고 천천히 입을 열었다.

"청부자의 신원과 청부받은 일을 밝히지 않는 것이 본시 강호 청부사들의 관례지요."

"그래서 지금 내 물음에 답을 주지 않겠다는 것인가?"

조자호가 여전히 서늘한 표정으로 되물었다. 그러자 고검이 천천히 고개를 저었다.

"하지만 오늘의 일은 이미 강호에 널리 알려져 있고, 또한 지금의 상황이 서패천의 고수 분들께 비밀로 할 필요가 없는 상황이니 말씀드리지요. 이번에 본 무불장은 북천무맹으로부터 마혼령에서 실종된 무맹의 고수들을 찾아봐 달라는 청부를 받았습니다."

고검의 대답에 사천사호와 서패천의 고수들이 가볍게 고개를 끄덕였다. 그들이 예상하고 있던 답을 들었다는 표정들이다.

"음, 역시 예상대로군. 그런데 고 장주는 그 청부를 완성했는가?"

이번에는 조자호가 아닌, 처음 질문을 던졌던 당호가 물었다. 질문을 던지고 있는 그의 시선은 고검이 아닌 추산이 끌고 온 마차에 가 있었다.

"일의 일부는 성공한 듯하나 청부를 완전히 끝내지는 못했습니다."

"실종된 자 중 일부를 찾았다는 말이군."

"그렇습니다. 이 마차에는 실종되었던 북천무맹의 고수들이 들어 있습니다."

그러자 이번에는 일도파산 유가호가 재빨리 질문을 던졌다.

"그들은 모두 살아 있는가?"

"글쎄요. 죽은 것도 산 것도 아닌 상태라고 할 수 있습니다."

"죽은 것도 산 것도 아니라……. 그렇다면……?"

“이미 짐작하고 계시리라 생각합니다만…….”

고검이 말꼬리를 흐렸다. 그들이 오는 도중에 고검 등이 남겨놓은 서패천 고수들이 마령제혼술에 제압된 것을 보았다면 실종된 북천무맹 고수들의 상태를 짐작하지 못할 리 없었기 때문이다.

“역시 마령제혼술인가?”

당호가 중얼거렸다. 순간, 이번에는 고검과 무불장 고수들의 눈에 이채가 서렸다.

‘과연 사천사호군. 마령제혼술을 알아봤다니.’

마령제혼술은 워낙 희귀한 제혼술이기에 강호에 널리 알려진 섭혼술이 아니었다. 무불장의 고수 중에서도 설상지의 상태를 살핀 왕민만이 마령제혼술을 알아봤을 뿐이다. 그런데 서패천의 이 노고수들은 이미 상대가 마령제혼술을 시전했다는 것을 알아채고 있었던 것이다.

“어르신, 어찌할까요?”

당호의 입에서 흘러나온 말에 고검이 내신 적지 않게 놀랐다. 천하의 사천사호가 앞으로의 행보를 누군가에게 조심스레 묻고 있다. 그렇다면 당호에게 질문을 받는 인물은 도대체 누구란 말인가? 고검의 시선이 다섯 명의 노인 중 그 정체를 알 수 없는 노인에게로 자연스럽게 향했다.

그의 체구는 작았다. 하지만 강직해 보이는 인상과 자연스럽게 흘러내린 백발, 그리고 가는 눈 속에서 빛나고 있는 안광은 작은 체구에도 불구하고 그의 모습을 거대해 보이게 만들고 있었다.

'한 올의 기세도 밖으로 드러나지 않지만 그냥 있다는 것 자체로 장내를 가득 채울 수 있는 존재……. 이런 분위기는 마치 사부를 뵙는 것 같군.'

고검이 작은 체구의 노인을 보며 생각했다. 강호에서 천검 능운백은 천하팔대고수에 속하는 거인이다. 그런 천검과 견줄 수 있는 기운을 뿜어내는 노인. 그러면서도 그 정체를 짐작할 수가 없다.

'누군가?'

고검의 마음속에 불쑥 노인에 대한 맹렬한 호기심이 솟구쳤다. 하지만 지금은 상대의 정체를 묻고 있을 분위기가 아니었다.

"그들을 볼 수 있겠는가?"

그리고 드디어 노인의 입이 열렸다. 질문의 상대는 고검이었다. 그리고 그 물음은 고검에게 노인의 정체를 물을 수 있는 기회를 줬다.

"노선배의 존성대명을 알 수 있겠습니까?"

"흠, 내 이름 석 자 아는 것과 마차 안의 사람들을 보여주는 게 관계가 있는가?"

"그렇지는 않습니다만, 강호의 노선배를 만나뵙고도 인사를 드리지 못하게 될까 그것이 두렵습니다."

"껄껄, 내 듣기로 천검의 제자이자 무불장의 주인인 고검은 몹시 고고한 성격을 가지고 있다고 하던데 이제 보니 그것도 아닌 모양이군. 강호의 예의를 다 거론하고 말일세."

"고고해 보았자 강호의 황금충일 뿐이지요."

"알겠네. 내 이름 석 자 말해주는 게 뭐가 어렵겠나. 그러니 자네는 스스로를 너무 비하하지 말게나. 난 곽성통이란 사람일세."

순간 자신의 감정을 절제하는 데 능숙한 고검조차도 두 눈을 크게 뜨고 다시 한 번 노인을 바라봤다. 그리고 그 놀람은 고검에게 국한된 것이 아니었다. 무불장의 고수들 모두 경악스런 시선으로 노인을 응시하는 것이었다.

곽성통. 이 이름을 강호에서 모르는 자는 흔치 않았다. 하지만 그의 얼굴을 아는 자는 그리 많지 않았다. 서패천의 일곱 기둥, 서패천 칠대종가 중 백옥당의 주인이 바로 그였던 것이다. 칠대종가의 주인들은 강호에 명성이 드높지만 그들이 강호사에 직접 참여하는 일은 극히 드물었으므로 사람들이 그들의 얼굴을 볼 기회는 많지 않았다. 그중에서도 이 백옥당의 주인 곽성통은 특히 그 얼굴을 드러내지 않는 인물로 유명했던 것이다.

'칠대종가의 주인이 나섰다……. 도대체 그가 왜 이 마혼령에 왔다는 말인가? 마혼령의 일에 내가 짐작하지 못하는 큰 의미가 내포되어 있었던가?

고검은 짙은 의혹에 휩싸였다. 아무리 생각해도 마혼령의 일은 칠대종가의 주인이 나설 만큼의 일은 아니었던 것이다.

'사패의 싸움이 아니면 밖으로 나서지 않는 자들인데…….'

고검이 의혹에 휩싸여 있을 때 곽성통이 다시 입을 열었다.

"어떤가? 이제 저 마차를 볼 수 있겠나?"

그러자 고검이 표정을 바로잡으며 대답했다.

"물론입니다. 백옥당의 문주께서 부탁하신 일을 어찌 거절하겠습니까. 추산, 마차의 문을 열어라!"

"알았어요, 사형!"

그러자 뒤쪽에 처져 있던 추산이 훌쩍 뛰어나와 자신이 몰던 마차 문을 활짝 열었다.

"보시지요."

고검이 곽성통에게 말하자 곽성통이 고개를 끄덕이고는 마차 곁으로 다가갔다. 그리고 막 마차에 오르려던 곽성통이 마차의 문을 잡고 있는 추산을 보고는 고개를 갸웃거리며 물었다.

"방금 전 무불장주를 사형이라고 불렀는가?"

그러자 추산이 고개를 끄덕였다.

"그런데요?"

추산의 대답은 다분히 건방져 보여 서패천 고수들의 얼굴에 일순 분노가 일렁였지만 곽성통은 개의치 않는 표정이었다.

"천검에게 또 다른 제자가 있었던가?"

"뭐, 이제 겨우 하산했으니 모르시는 것도 당연한 일입니다."

추산이 퉁명스럽게 대답했다. 추산으로서는 이 노인이 비록 서패천 칠대종가의 주인 중 한 명이라지만 무림에서 곽성통의 위치를 실감하지 못하고 있기에 보일 수 있는 행동이었다.

그리고 설혹 그가 곽성통의 무게를 정확히 알고 있는 상황이었더라도 그의 행동은 바뀌지 않았을 것이다. 추산은 본시 자신의 감정을 숨기거나 누군가와 심기를 주고받는 데 있어서는 고검보다 능수능란했기 때문이다.

"그렇군. 천검께서 늘그막에 또 한 명의 제자를 두었나 보군."

곽성통이 고개를 끄덕이며 추산의 아래위를 쓸어보았다.

'이 늙은이가, 기분 나쁘게!'

추산이 상대의 행동에 마음이 상했는지 살짝 인상을 찡그렸다.

"역시 천검이군. 무불장주 같은 인재를 키워내더니 너의 재질도 무불장주에 못지않구나. 천검은 운이 좋은 사람이다. 그대들과 같은 인재들을 후인으로 두었으니……. 으흠!"

곽성통이 가볍게 한숨을 내쉬고는 마차 안으로 들어갔다.

'물론 나와 사형은 보통 사람들이 아니지. 하지만 늙은이, 부러워도 어쩔 수 없다고. 본시 좋은 물건은 먼저 갖는 사람이 임자거든.'

추산이 내심 득의의 표정을 지으며 마차 안으로 들어간 곽성통을 바라봤다.

곽성통은 마차 안에 들어서자 일곱 개의 관을 하나하나 열어 관 안에 든 사람들을 살피기 시작했다. 그는 무척 꼼꼼하게 관 안에 든 사람들을 살폈는데, 그래서인지 그가 마차 밖으로 나왔을 때는 일각여의 시간이 흐른 뒤였다.

"어찌 되었습니까?"

밖에서 기다리고 있던 사천사호 중 당호가 마차 밖으로 나온 곽성통을 보며 물었다.

"역시 마령제혼술이오."

"양 소협은?"

"없었소."

곽성통이 짧게 대답했다.

"그렇다면 추격을 서둘러야겠군요."

당호의 말에 곽성통이 고개를 끄덕였다. 그리고는 고검을 보며 입을 열었다.

"이곳이 서패천의 지역임을 알고 있나?"

고검이 지체없이 대답했다.

"알고 있습니다. 해서 북천무맹에서 본 장에 일을 맡긴 것이지요."

"흠… 그렇다면 만약… 서패천에서 지역의 패자임을 앞세워 저자들을 요구하면 어떻게 할 것인가?"

곽성통이 손을 들어 마차 안의 관들을 가리켰다. 그러자 고검이 살짝 미소를 머금었다.

"그러지 않으시리라 생각합니다."

"어째서?"

"그 순간 서패천과 북천무맹은 전쟁을 시작해야 할 테니 말입니다. 또한 사부께서도 강호에 다시 발을 들여놓으시겠지요. 그리되면 천하의 청부업자들이 사부의 뒤를 따를 겁니다."

"천검의 이름으로 본 천을 겁박하는 것인가?"

"서패천에서 저 마차를 갈취하는 순간 벌어질 일을 말했을 뿐입니다."

고검의 말에 곽성통이 감정이 실리지 않은 눈으로 고검을 바라보다 가볍게 한숨을 내쉬었다.

"휴, 자네 말이 맞네. 비록 이곳이 서패천의 지역이기는 하나 이미 무불장의 손에 들어간 물건을 욕심낼 수는 없겠지. 더군다나 그 물건이 북천무맹의 실종된 고수들이라면 말일세. 하지만 이 상황에서 나 곽성통에게 고 장주와 같이 대담하게 그 사실을 말할 수 있는 사람은 찾기 어려울 걸세. 역시 천검은 좋은 제자를 두었어."

곽성통이 뭔가 허탈한 표정으로 대답을 하고는 당호에게 시선을 돌렸다.

"이보시오, 당 노협."

"말씀하시지요."

"천검에 비하면 우리의 처지가 얼마나 곤궁하냔 말이오. 이 나이에 집 나간 놈들을 찾아 헤매고 있다니 말이오."

곽성통의 말에 당호가 씁쓸한 미소를 지었다.

"그러게 말입니다. 하지만 녀석들의 시체라도 찾으려면 서둘러야 하지 않겠습니까?"

"그러게 말이오. 자, 모두 다시 놈들을 추격합시다. 얼마나 대담한 놈들이기에 감히 서패천의 식솔들을 건드렸는지 그 면상을 확인해 봐야 하지 않겠소? 이보시게, 고 장주.”

곽성통이 부르자 고검이 곽성통을 바라봤다.

“무불장은 어떻게 할 생각인가? 이곳에서 청부를 끝낼 생각인가?”

그러자 고검이 고개를 저었다.

“아직 청부가 완료되지 않았습니다.”

“그럼 다시 그들의 뒤를 쫓겠군.”

고검이 고개를 끄덕였다.

“함께 갈 텐가?”

곽성통이 묻자 고검이 뭔가를 생각하다 고개를 끄덕였다.

“허락하신다면 그리하겠습니다.”

“허락하고 말고가 있겠는가? 무불장의 고수들이 합류한다면 우리에게 큰 도움이 될 터인데…….”

“미리 한 가지 부탁을 드리겠습니다.”

그러자 곽성통이 먼저 입을 열었다.

“북천무맹의 고수들을 찾으면 자네들에게 넘겨달라는 말이겠지?”

“그렇습니다.”

“알겠네. 그리하세. 하지만 그들 이외의 것에는 욕심을 부리지 마시게.”

곽성통이 의미심장한 눈빛으로 말했다.

“그리하지요. 저희는 청부만 완성하면 족합니다.”

“좋네. 그럼 함께 가세.”

곽성통이 고개를 끄덕이자 고검이 무불장의 고수들을 보며 재빨리 입을 열었다.

“왕 선생과 미 부인께서는 추산, 설 여협과 함께 마차를 무맹의 사람들에게 가져다주십시오. 조 노사께서는 웅산과 더불어 저와 함께 움직이도록 하지요.”

“알겠소이다, 장주!”

“알았어요, 사형!”

무불장의 고수들이 고검의 말에 일제히 대답했다.

“자, 그럼!”

고검이 곽성통을 보자 곽성통이 고개를 끄덕였다. 그리고는 서패천의 고수들을 보며 명을 내렸다.

“다시 추격에 나선다. 각처에 기별을 넣어 전라지망을 좁히도록 하라. 가자!”

순간 서패천의 고수 중 일부가 어둠 속으로 사라졌다. 그리고 잠시 후, 곽성통이 남은 시패천의 무리들을 이끌고 다시 추격에 나서기 시작했다. 고검이 추산을 한차례 바라보고는 이내 대웅산, 조오현과 함께 서패천 고수들의 뒤를 따르기 시작했다.

*   *   *

서안에서 북쪽으로 이백여 리, 폭 이십여 장 넓이의 강물이

굽이쳐 흐르는 곳에 아담한 마을이 자리 잡고 있었다. 북쪽을 향해 활처럼 굽은 지형에 형성된 마을은 산속으로 움푹 들어가 있었지만 남쪽은 강을 연해 터져 있었으므로 어둡지 않았다.

강줄기를 따라 이어진 산을 연해 일궈진 밭, 북방의 찬바람을 막아주며 병풍처럼 서 있는 고산들. 한 폭의 산수화 같은 마을은 평화로웠다. 사람들은 이 마을을 양화촌이라 불렀다.

그런데 하루 전, 이 조용한 산골 마을 양화촌에 작은 소란이 일었다. 평소 좀체 보기 힘든 불청객들이 마을을 찾아들었기 때문이다. 허리와 등에 도검을 패용한 자들. 무림인들이었다.

덕분에 부지런한 산골 마을 주민들은 늦은 아침이 되어서도 집 밖으로 나다니는 것을 삼갔다. 도검을 든 자들은 그 심성도 거칠어 언제 어느 때 칼을 뽑아 살상을 저지를지 모르기 때문이었다.

양화촌 서쪽으로는 마혼령을 지나 사천으로 넘어가는 산길이 이어져 있었다. 길은 험했지만 그나마 마차를 이동시킬 만한 너비였기에 간혹 이 길을 알고 있는 상인들이 이용하기도 하는 험로였다.

그 길의 어귀. 장사치들을 상대하는 자그마한 주막에 북천무맹의 이십여 명 고수가 들어 있었다. 주막을 지키는 주모는 북천무맹의 고수들이 들이닥친 순간 주막을 그들에게 내어주고 마을로 쫓겨났다. 하지만 주모로서는 그리 아쉬울 것이 없는 추방이었다. 왜냐하면 북천무맹의 고수들은 주모가 한 달

장사를 해도 남기기 어려운 금전을 주막을 빌리는 대가로 지불했기 때문이다.

북천무맹의 고수들이 주막에 든 지 하루가 지나면서부터 늦가을 비가 내리기 시작했다. 아마도 이 비는 이 가을의 마지막 비가 될 터이다. 비가 그치고 나면 겨울이 시작될 것이다. 그래서인지 스산한 기운이 몰려드는 주막의 입구. 언제부터인가 세 명의 인영이 그곳에서 마혼령으로 이어지는 험로를 주시하고 있었다.

"비가 내려 길이 더 험하겠군요."

처량하게 내리는 비를 바라보며 입을 연 사람은 두산산이었다. 그녀의 표정은 추레한 날씨처럼 어두웠다.

"그래도 오늘 안에는 도착할 거외다. 무불장에서 보낸 전갈을 받은 것이 닷새 전이니 말이오. 그들이 전서를 보낸 곳과 이 양화촌과의 거리는 빨리 달리면 삼 일이면 닿을 수 있는 거리가 아니오이까?"

팽업이 대답했다. 그의 표정 역시 그리 밝지만은 않았다.

"이곳이 마혼령에 다가갈 수 있는 마지막 마을이란 것이 아쉽군요."

"어쩔 수 없는 일이 아니겠소? 지금 마혼령에는 서패천의 천라지망이 펼쳐져 있소이다. 우리가 마혼령으로 들어간다면 자칫 큰 사단이 벌어질 수도 있는 상황이오."

"서패천의 고수들도 실종당했다는 사실은 확실히 의외였어요."

"그러게 말입니다. 왜 그 사실을 무맹에서 놓쳤는지 의문이오."

그러자 말없이 서 있던 천검성이 입을 열었다.

"서패천 지역의 본 맹 세력은 그간 무척 약해졌소이다. 덕분에 지난 몇 년간 서패천에서 일어나는 일을 전해 듣기가 어려웠던 것이오. 그래서 이번에 묵천성과 고수들을 파견해 본 맹의 세력을 재구축하려고 했던 것이 아니오이까?"

"그렇긴 하지만 서패천의 고수들이 수십 명씩이나 실종된 사실을 몰랐다는 것은 정말 충격적인 일입니다. 반면에 서패천에서는 본 맹의 고수들이 실종된 것과 우리들이 무맹을 출발해 서안에 온 것을 이미 알고 있었지요. 상대를 살피는 데에 있어서 본 맹이 서패천에 뒤지고 있었다는 사실이 여실히 증명된 것이외다."

"아마 무맹의 웃어른들도 이번 일을 예의 주시하고 있을 거외다. 이번 일이 끝나면 어떤 대책을 세울 것이오."

"그래야 할 겁니다. 그렇지 않다면 본 맹이 사패의 경쟁에서 뒤처질 게 분명합니다. 그동안 너무 안일했어요."

그러자 두산산이 팽업의 말에 대답했다.

"사실 세력으로 보자면 본 맹이 천하사패 중 제일이라는 자만심이 없었던 것도 아니지요."

"그 자만이 무맹을 허약하게 만들고 있다는 사실이 이번에 드러난 것이지요. 어찌 보면 이번 일이 무맹에게는 좋은 영향을 미칠 수도 있겠습니다. 큰 자극제가 될 테니까 말입니다."

“휴… 하지만 역시 실종된 사람들을 걱정하지 않을 수 없군요.”

두산산이 살짝 천검성을 보며 탄식했다.

“살아 있다면 반드시 찾을 것이오. 죽었다면 시체라도……”

이미 무불장 고수들이 발견한 사람들의 이름은 북천무맹에 전해져 있었다. 죽지 않고 저들에게 납치된 것으로 알려진 십여 명의 사람 중 아직 발견되지 않을 사람은 요 노인과 천검성의 동생인 천도성 단 두 명뿐이었다.

“천 소협은 분명 살아 있을 거외다. 그가 누굽니까? 천 대협의 동생이자 무제(武帝) 어른의 아드님입니다.”

팽업이 위로하듯 말했다.

“하지만 사람의 명이란 오직 하늘만이 정하는 것이지요.”

천검성이 고개를 늘어 빗줄기를 쏟아내는 하늘을 바라봤다.

마차는 위태롭게 흔들리며 산길을 달리고 있었다. 하지만 비에 흠뻑 젖은 산길에서 제대로 속도가 날 리 없었다.

“이런 제길! 하필이면 이때 비가 오고 난리야!”

추산이 마부석에 앉아 마차를 몰며 투덜거렸다.

“이제 거의 다 왔어요.”

설상지가 위로하듯 말했다.

“이놈의 비만 아니었어도 이미 하루 전에 도착했을 텐데 망할 놈의 비 때문에 하루를 더 고생하는군요. 이랏! 이놈들아,

힘들어도 조금만 더 가자! 이제 거의 끝나간다!"

추산이 고삐를 흔들어 달리는 말의 등을 때렸다. 마차는 다시 하나의 산등성이를 돌고 있었다. 좌우로 펼쳐진 무성한 숲과 아침부터 내리기 시작한 비 때문에 길은 밤처럼 어두웠다. 그렇게 깊은 계곡을 빠져나가는 순간 갑자기 사위가 환해졌다.

"드디어 이 지겨운 계곡을 벗어났군."

추산이 중얼거렸다. 멀리 수일간 내린 비로 인해 탁해진 강물이 눈에 들어왔다. 그리고 그 강줄기가 크게 한 번 휘어지는 지점에 흐릿하게나마 마을의 형태가 눈에 들어왔다.

"정말 다 왔군요. 정말 힘든 길이었어요."

설상지가 안도감이 섞인 말투로 말했다.

"그러게 말이에요. 끝나지 않을 것 같던 길도 결국 끝이 나는군요. 어르신들, 목적지에 다 온 듯합니다!"

추산이 마차 안쪽을 향해 소리쳤다. 그러자 마부석 쪽으로 난 작은 창이 열리며 왕민이 고개를 내밀었다.

"저곳이 양화촌인가?"

"이 길 끝에 나오는 첫 번째 마을이라 했으니 분명 저곳이 양화촌일 겁니다."

추산이 대답했다.

"이제야 다 왔군. 추 소협, 정말 고생 많았네."

"제길, 이놈의 비 때문에 고생을 좀 하긴 했죠."

추산이 인상을 그리며 슬쩍 눈을 들어 하늘을 쳐다봤다.

"하하하, 마을에 도착하면 이 왕민이 따끈한 술 한잔 사도록 하지."

"에… 전 아직 술을 못 마시는데요?"

"아니, 그게 정말인가? 이것참, 의외군. 강호의 영웅이란 본시 술을 즐기게 마련인데 추 소협은 아직 술을 마셔보지 못했단 말인가?"

"사부께서 워낙 고지식하셔야죠."

그러자 왕민이 고개를 끄덕였다.

"아아, 내가 잠시 천검 어른의 성정을 잊었군. 천검께서도 술을 가히 좋아하지 않으시지."

"대신 떫은 차를 즐기시지요."

"하하하, 알겠네. 그럼 내가 좋은 차를 대접하도록 하겠네."

"뭐, 굳이 술을 차로 바꾸실 필요는 없어요. 이 기회에 술을 배워두는 것도 나쁘지는 않겠죠. 앞으로 사업을 하려면 술 먹을 기회가 많을 테니까요."

"사업?"

"아, 뭐, 그런 것이 있습니다."

추산이 말꼬리를 흐릴 때 설상지가 손으로 앞을 가리키며 외쳤다.

"저기, 사람들이 나와 있어요."

그러자 추산이 설상지가 가리킨 곳으로 시선을 돌렸다. 그러자 저 멀리 주(酒) 자가 크게 새겨진 낡은 깃발이 보였고, 그 아래 서 있는 삼 인의 모습이 눈에 들어왔다.

"오! 마침 술 파는 곳에서 기다리고 있군요."

그러자 왕민이 빙그레 웃음을 지었다.

"과연 오늘은 추 소협이 술을 배울 운세인가 보군."

목적지를 눈으로 확인한 마차의 속도가 좀 더 빨라졌다. 마을로 다가갈수록 거칠던 길도 좀 더 평탄해지고 있었다.

추산 등이 주막 아래 사람들을 발견한 지 얼마 후, 주막 아래서 마차를 기다리던 천검성 등도 마을을 향해 달려오는 추산의 마차를 발견했다. 그러자 그들은 쏟아지는 비에도 아랑곳하지 않고 마차를 향해 달려나오기 시작했다.

장대처럼 비가 내리고 있었지만, 그들의 신법은 워낙 신묘해서 신발의 밑 부분만 조금 물에 젖을 뿐이었고, 공력을 일으킨 덕에 빗줄기는 그들의 몸에 닿기도 전에 사방으로 튕겨져 나갔다.

그렇게 마차를 향해 달려나온 세 고수는 순식간에 마차 앞에 다가섰다.

"워워!"

추산이 급히 마차를 세웠다. 그러자 오 일간 쉬지 않고 산길을 달려온 말들이 거친 숨을 몰아쉬며 걸음을 멈췄다.

"추 소협, 수고하셨소이다."

천검성이 앞으로 나서며 추산에게 말을 건넸다. 나이 차이가 적지 않게 나는 두 사람이었지만 천검성의 말속에는 진심이 서려 있었다.

"아이구, 뭔 놈의 비가 이렇게 쏟아지는지…… . 겨우 죽지 않고 살아왔습니다."

추산이 너스레를 떨며 천검성을 바라봤다. 그러자 천검성이 빙그레 미소를 지으며 대답했다.

"그러게 말이외다. 추 소협이 아니었다면 어찌 이 빗속에서 무사히 마혼령을 벗어날 수 있었겠소이까? 정말 수고 많으셨소이다."

"아, 뭐… 나 혼자 한 일도 아니고……."

추산이 말꼬리를 흐릴 때 마차 안에서 왕민과 미심이 모습을 드러냈다.

"두 분, 다시 뵙게 되어 반갑습니다."

천검성이 재빨리 포권을 하며 두 사람을 맞이했다.

"우리도 이렇게 무사히 천 대협을 만나게 되어 기쁩니다. 그런데 고 단주께서는……?"

"주막에 계십니다. 저희들은 마음이 급해 미리 나와 있었지요. 아! 마침 저기 단주께서 나오시는군요."

천검성이 고개를 돌려 주막 쪽을 바라보며 말했다. 추산 등이 천검성의 말에 고개를 돌리니 과연 주막의 입구에 고화룡을 비롯해 십여 명의 북천무맹 고수들이 모습을 드러내고 있었다.

때 아닌 한기가 주막에 감돌았다. 평소에는 지나가는 나그네와 장사치들이 한잔 술에 시름을 덜던 주막. 그 중앙에 설치된 커다란 천막 아래 지금 수십 명의 사람들이 침통한 표정으로 하나하나 내려지는 관을 바라보고 있었다.

나무로 얼기설기 만든 평상에 내려진 일곱 개의 관. 추산이 마지막 관을 평상에 내려놓고는 흘깃 고화룡을 보며 말했다.

"이게 끝이에요. 실종된 사람 중 일곱 사람이 이 안에 들어 있습니다. 확인해 보세요."

마치 장사치가 주문받은 물건을 넘기는 듯한 말투. 하지만 고화룡을 비롯해 북천무맹의 고수 중 누구도 추산의 말투에 관심을 기울이지 않았다. 그들은 뚫어지게 일곱 개의 관을 바라보고 있을 뿐이었다.

"단주님……."

천검성이 고화룡을 부르고 나서야 고화룡이 관에 손을 댔다. 그는 하나하나 차례로 관 뚜껑을 열기 시작했다.

"음……."

그러자 사람들 사이에서 작은 신음성이 흘러나오기 시작했다. 특히 팽업과 두산산의 반응은 다른 사람에 비해 격렬했다.

"산아!"

"사제……."

두 사람이 각각 하나씩의 관 앞으로 다가서며 침통한 목소리를 흘려냈다. 검은 관 속에 누워 있는 두 사람 모두 삼십 세 안쪽의 사내들로, 한눈에 보아도 명문의 자제들임이 드러나는 호남형의 인물들이었다. 두 사람의 이름은 팽산과 이하륜. 각각 북천무맹 십이룡에 속하는 하북팽가와 은하장의 후기지수들이었다.

팽산은 하북팽가의 가주 팽도산의 둘째 아들로 팽업의 동생
이었고, 이하륜은 은하장주 두온의 삼제자로서 대제자이자 은
하장주의 유일한 혈육인 두산산의 사제이기도 했다.

이 두 사내의 이름이 강호에서 지니는 무게는 그들의 이름
뒤에 따라붙는 하북팽가와 은하장의 명성으로 인해 보통 그들
또래의 무림고수들보다 몇 배는 무거웠다. 그런 두 사람이 지
금 이지를 상실하고 관 속에 누워 있는 것이었다.

"이들은 지금 어떤 상태요?"

고화룡이 관 속에 누워 있는 북천무맹의 고수들을 처연한
시선으로 바라보며 왕민에게 물었다. 지금 이 자리에서 마령
제혼술에 당한 실종자들의 상태를 살필 수 있는 사람은 왕민
이 유일했다.

"정확히 말하자면 가사 상태에 있다고 보시면 됩니다. 마령
제혼술을 시전하기 위해 마혈을 제압했고, 다른 곳으로 이동
시키기 위해 뇌를 일시 정지시킨 상태지요."

"살아 있기는 한 겁니까?"

팽업이 다급한 목소리로 물었다.

"분명 살아 있기는 합니다."

왕민이 대답했다.

"하면 이들을 깨어나게 하려면 어찌해야 하는 것이오?"

고화룡이 재차 물었다. 그러자 왕민이 곤혹스런 표정으로
대답했다.

"그것은 저로서도 말씀드리기 어렵군요. 마령제혼술이 워

낙 특이한 술법인지라……."

"하지만 설 여협의 이지는 되살리지 않았소이까?"

"설 여협의 경우는 조금 다르지요. 설 여협은 비록 마령제혼술이 시전되기는 했으나 스스로의 의지가 남아 있는 상태였습니다. 그들로부터 탈출할 정도의 의지가 있었으므로 제 부족한 의술로도 이지를 되살릴 수 있었던 것입니다. 하지만 이들은 이미 마령제혼술에 깊이 빠져들어 있어 제가 깨워낼 수 있는 단계가 지난 상태입니다."

"그렇다면 전혀 방법이 없단 말인가요?"

두산산이 답답한 듯 물었다. 그러자 왕민이 고개를 저었다.

"분명 이들의 정신을 되돌릴 방법은 있을 겁니다. 제가 알기로 마령제혼술은 평소 정신을 고스란히 간직한 채 살아가다 때가 되면 시전자의 명을 수행하는 섭혼술입니다. 이들이 지금과 같은 상태로 있는 것은 아직 마령제혼술이 완성되지 않았다는 것이지요. 분명 이들을 예전의 상태로 되돌릴 방법이 있을 겁니다. 하지만 지금 그 방법을 찾을 능력이 없습니다. 그리고… 그 일은 아무래도 저보다는 무맹에서 고절한 의술을 지닌 고수들이 모여 궁리를 해봐야 할 겁니다."

"그때까지 살아 있겠소?"

"사람들의 상태로 볼 때 그들은 마령제혼술을 시전하기에 앞서 일종의 영약을 이들에게 복용시킨 듯합니다. 아마도 마령제혼술이 꽤나 오랜 시간을 필요로 하는 술법이던지… 아니면 알려진 대로 미완성의 섭혼술이기에 만약을 대비한 때

문이겠지요. 적어도 한 달 이상은 이 상태를 유지할 수 있을
겁니다.”
　“한 달이라……. 무맹에서 사람이 오는 거리를 생각하면 긴
시간도 아니구려.”
　“이쪽에서 가고 저쪽에서 오면 시간을 반으로 줄일 수 있겠
지요.”
　고화룡이 고개를 끄덕였다.
　“알겠소이다. 이제부터 이들을 깨우는 일은 우리 무맹에서
맡겠소이다. 어차피 무불장에 청부한 것은 이들을 찾는 것까
지였으니 이후의 일은 본 맹이 책임을 지는 것이 합당할 것이
오. 그나저나 고 장주에게서는 연락이 없었소이까?”
　“마혼령에서 갈라진 후론 전갈을 받지 못했습니다만…….”
　“음, 요 노사와 천 소협의 행방이 가장 중요한데…….”
　고화룡이 말꼬리를 흐렸다.
　“서패천에서 음모자들을 제압하지 못했다면 아직 물건들은
안전할 겁니다, 단주.”
　천검성이 말했다.
　“서패천이 마혼령에 천라지망을 펼쳤다고 들었네. 아무리
암중의 음모자들이 귀계에 능하다 하더라도 서패천의 천라지
망을 빠져나가긴 쉽지 않을 걸세.”
　“고 장주도 있고… 또 요 노사의 행방은 아직도 묘연하니 실
망할 때는 아닌 듯합니다만…….”
　“그게 더 문제라네. 도대체 요 노인은 어디에 있는 것인가?

그들에게 제압당한 것이 아니라면 하늘로 솟은 것인가, 땅으로 꺼진 것인가?"
고화룡이 한탄하듯 중얼거렸다.
주막 한가운데에 일곱 개의 관이 놓여져 있었고, 어느새 비가 잦아들고 있었다.

第七章

이패북벌(二霸北伐)과 묘신문(猫神門)

"꼬리를 놓치다니 말이 되는가!"

곽성통이 노성을 터뜨렸다. 서패천 칠대종가의 주인인 그가 이렇게 직설적으로 감정을 드러내는 일은 흔치 않았다. 그만큼 그의 분노가 크다는 것을 의미했다. 그의 앞에 부복한 시패천 고수들은 곽성통의 노기에 고개조차 들지 못했다. 척후에서 복면인들의 뒤를 추적하던 고수들이었다.

"배를 타고 밤을 도와 도주했으니 이들을 나무랄 수만은 없는 일인 듯합니다."

당문의 독수 당호가 조심스럽게 말했다. 사천사호의 일인인 그조차도 곽성통의 분노에 쉽게 말을 꺼낼 수 없는 상황. 당호의 말에 노기가 충천하던 곽성통의 안광이 차차 차갑게 가라앉았다.

"수로 역시 황룡문에 나가 있던 고수들에 의해 감시되고 있지 않았소이까?"

그러자 부복해 있던 고수 중 한 명이 고개를 들었다.

"황룡문을 출발한 본 천의 고수들이 조금 늦은 듯합니다. 아마도 놈들이 준비한 배가 보통 배가 아닌 듯, 황룡문의 전선들이 놈들을 발견했을 때는 이미 그들이 천라지망의 경계를 벗어난 이후였습니다."

그러자 곽성통의 볼이 씰룩였다.

"추격이 불가능했느냐?"

"황룡문의 전선으로는 도저히 추격이 불가능했다고 합니다."

"본 천의 수치다! 천라지망을 펼치고도 쥐새끼들을 놓치다니……."

그러자 당호가 다시 입을 열었다.

"지금이라도 추격에 나서야 하지 않겠습니까?"

"당연히 그래야 할 것이오. 하지만 황룡문의 권역을 벗어났다면 결국 본 서패천의 영역을 벗어난 것. 추격이 쉽지만은 않을 것이오."

"저희가 발 빠른 자들을 뽑아 추격대를 구성하겠습니다. 그동안 문주께서는 잠시 휴식을 취하십시오. 다행히 이번 마혼령에 온 자들 중에는 추격에 능한 자들이 꽤 있습니다. 그들이 비록 본 천의 영역을 벗어났다고는 해도 배를 타고 언제까지 사람들의 이목을 피할 수는 없을 겁니다.”

“내가 화가 나는 것은 그들을 잡지 못했기 때문이 아니오. 놈들이 아무리 대단한 실력을 지닌 자들이라 할지라도 일단 본 천과 북천무맹의 추격을 받으면 강호무림 어디에도 숨을 곳이 없을 거요. 단지 내가 걱정하는 것은 본 천의 천라지망이 어이없게 뚫린 사실을 강호무림에서 어떻게 생각할까 하는 것이외다.”

“이미 벌어진 일, 어쩔 수 없는 일이지요.”

당호가 달래듯 말했다.

“후, 알겠소. 그럼 잠시 휴식을 취한 후 다시 추격에 나서기로 합시다. 추격대를 구성하는 일은 사호께서 맡아주시구려.”

“알겠습니다, 문주.”

당호가 가볍게 고개를 숙여 보이고는 이내 서패천의 고수들이 모여 있는 쪽으로 걸음을 옮기기 시작했다. 그 모습을 보고 있던 곽성통이 살짝 고개를 젓다가 문득 시선을 고검에게 주었다.

그때 고검의 시선은 어둠 속에 유유히 흐르고 있는 검은 강물에 가 있었다. 마치 세상의 모든 것으로부터 관심이 멀어진 사람처럼 무슨 생각을 하고 있는지 도저히 짐작할 수 없는 표정으로 고검은 서 있었다. 그 모습을 보는 곽성통의 눈빛이 깊어졌다.

“고 장주.”

분노로 가득하던 곽성통이 부드러운 목소리로 고검을 불렀다. 고검의 시선이 강으로부터 곽성통에게로 이동했다.

"하실 말씀이라도……?"

"무슨 생각을 그리 골똘히 하고 있는가?"

"그저 강물을 바라보고 있었을 뿐입니다."

"모든 이야기들을 들었으리라 생각되네만……."

"귀는 열어두었습니다."

고검이 부인하지 않았다.

"허허, 이거 강호의 후배에게 못난 꼴을 보여주고 말았구면."

하지만 곽성통의 표정에는 전혀 부끄러운 기색이 깃들어 있지 않았다.

"처음부터 그들이 수로를 이용해 도주할 준비를 해왔다면 서패천으로서도 어쩔 수 없는 일이었을 겁니다."

그러자 곽성통이 고개를 끄덕였다.

"이번 마혼령의 천라지망은 시일이 촉박해 급조하다시피 발동된 것이라고 할 수 있지. 당연히 오랜 시간 준비를 한 자들을 가두어두기에는 허점이 많았을 것일세. 하지만 강호의 형제들은 그런 사정을 살피지 않을 것이야. 오로지 서패천의 천라지망이 뚫렸다는 사실에만 관심이 있겠지. 허허허! 이거, 이 곽성통이 이번에 톡톡히 망신을 당하게 생겼어."

"지각이 있는 자라면 결코 서패천을 비웃지 못할 것입니다."

"후후, 강호의 모든 인물이 고 장주처럼 사려 깊은 것은 아니지. 뭐, 하룻밤 비웃음거리가 되는 것이야 겁낼 것은 아니고, 그래, 이제 어떻게 할 것인가?”

곽성통이 진지한 눈빛으로 물었다.

“아직 청부가 끝나지 않았습니다.”

고검 역시 무거운 음성으로 대답했다. 요 노인과 천도성을 찾는 일이 끝나야 이번 청부는 완수되는 것이다.

“그럼 추격에 나서겠군.”

“그래야겠지요.”

“우리와 함께 갈 것인가, 아니면…….”

곽성통이 말꼬리를 흐렸다.

“무맹에 기별을 넣었습니다. 아마도 강 하류로 내려가다가 중간쯤에서 만나게 될 듯합니다.”

“무맹에선 누가 나와 있나?”

그러자 고검이 잠시 말을 끊었다. 하지만 이내 작은 미소를 지었다. 서패천의 정보력이라면 서안에 나와 있던 무맹의 인사들을 모를 리 없었다.

“묵천성의 고 단주께서 나와 계십니다.”

“묵천성의 고 단주라……. 과연 대단한 인사가 움직였군.”

“서패천에서도 문주께서 나와 계시지 않습니까?”

“껄껄… 그렇긴 하네. 이보시게, 고 장주.”

곽성통이 은근한 목소리로 고검을 불렀다.

“말씀하십시오.”

“물론 고 장주는 현명한 사람이니 이번 마혼령의 일이 생각

보다 복잡한 결과를 낳을 수 있다는 것을 알고 있겠지?'

부드러운 목소리로 말했으나 곽성통이 한 말의 의미는 간단치 않았다. 그 여러 가지 결과 중에는 북천무맹과 서패천의 정면 충돌까지 포함되어 있었다.

"변수가 많은 일이지요."

"그렇네. 참으로 변수가 많은 일이야. 그러나 난 최대한 그 변수들이 발생하지 않기를 원하네."

'역시 아직 연판장에 대한 것을 모르고 있군. 서패천에서는 북천무맹과의 충돌을 원치 않고 있어. 그렇다면 일은 생각보다 쉬워질 수도 있겠군.'

고검이 내심 안도의 한숨을 내쉬며 대답했다.

"문주께서 그런 생각을 가지고 계시다면 일의 결과를 걱정할 필요는 없을 겁니다."

"나도 마혼령이라면 그리 생각했을 걸세. 그런데 문제는 놈들이 마혼령을 벗어났다는 것이야. 과연 북천무맹에서 그들이 마혼령에 있을 때처럼 무맹의 실종된 세력들만 원할 것인가가 의문일세."

"그 말씀은……?"

"무맹에서 놈들을 원한다면 서패천 또한 양보하기 쉽지 않네. 놈들은 본 천의 영역에서 일을 꾸몄어. 실종된 사람은 무맹의 고수들만이 아니고 본 천의 고수들도 지난 일 년여의 시간 동안 꾸준히 실종됐네. 그리고… 그중에는 나의 핏줄도 포함되어 있지."

곽성통의 외손자 양상운이 실종된 것은 암전의 무리를 추적하면서 이미 고검도 들어 알고 있는 사실이었다.

"찾으시게 될 겁니다."

그러자 곽성통의 안광이 한순간 번쩍였다.

"물론 반드시 찾을 걸세. 비록 망나니 같은 놈이었으나 이 곽성통의 피를 받은 놈일세. 시체가 되었더라도 찾아낼 걸세. 그런데 난 그것으론 만족할 수가 없어. 감히 누가 이 곽성통의 혈육에게 손을 대었는지 반드시 내 손으로 놈들에게 대가를 치러주고 싶거든. 그래서 놈들을 잡게 되면 난 놈들을 누구에게도 양보할 생각이 없네."

곽성통의 의도는 분명했다. 암전의 인물들을 북천무맹에 넘겨줄 수 없다는 말이었다. 하지만 곽성통의 생각에 고검이 해줄 말은 없었다. 그 대답은 북천무맹의 고화룡만이 할 수 있었다.

"전 청부된 사람들만 찾으면 그뿐입니다. 하지만……."

고검이 말꼬리를 흐렸다.

"알겠네. 자네가 대답할 수 있는 질문이 아니지."

"고 단주는 현명한 분입니다. 분명 북천무맹과 서패천 모두에게 만족할 만한 결정을 하실 겁니다."

"묵천성의 고화룡이라……. 현명한 사람이지. 그러나 무서운 인물이기도 하다네."

곽성통이 눈을 가늘게 뜨며 중얼거렸다. 그때 서패천의 고수들을 모아 세워놓았던 당호가 다시 곽성통과 고검이 있는 쪽으로 다가왔다.

"추격대 구성을 마쳤습니다. 출발하시지요."

"수고하셨소. 그럼 한 번 움직여 봅시다."

곽성통이 자리에서 일어났다. 고검이 보기에 곽성통은 조금 지쳐 보였다.

'천하의 백옥당 문주도 나이 앞에서는 어쩔 수 없는 것인 가?'

고검이 쓸쓸한 미소를 지으며 뒤쪽에 서 있는 대웅산과 조오현에게로 몸을 돌렸다.

"다시 가는 거유?"

대웅산이 물었다.

"움직일 시간이다."

"에휴, 이번 청부는 참 길기도 하군."

대웅산이 장창으로 땅을 짚으며 자리에서 일어났다. 장검을 품에 안고 있던 조오현도 말없이 일어나 천천히 걸음을 옮겼다.

*   *   *

두 마리의 전서구가 한 사람의 손에 들어갔다. 전서구의 발목에서 전서를 풀어내는 손이 눈처럼 하얗다. 무불장의 유일한 여고수 미심이었다. 그런데 전서를 풀어 안의 내용을 확인하던 미심의 표정이 어려운 난제를 앞에 둔 사람처럼 어두워졌다.

"무슨 내용인데 그러시오?"

곁에서 미심을 바라보고 있던 왕민이 물었다. 추산 또한 미심의 표정이 심상치 않음을 확인하고는 눈을 동그랗게 뜨고 미심을 바라봤다.

"하나는 장주에게서 온 것이고, 다른 하나는 그 암전이라는 단어의 의미를 알아본 것이에요."

"사형은 지금 어디 있대요? 놈들은 잡았대요?"

추산이 급히 물었다. 그러자 미심이 고개를 저었다.

"오히려 그자들의 종적을 놓쳤다는군요."

"어, 정말요? 아니, 서패천이 천라지망을 펼쳤는데 놓쳤단 말이에요?"

"그렇다는군요. 그들은 서패천의 천라지망을 뚫고 사라졌다는군요. 그들이 사라진 곳은 마혼령 동북쪽으로, 서패천의 영역을 벗어난 지역이지요. 그래서 장주는 무맹의 고수들을 그들이 도주한 방향으로 데리고 오길 바란답니다."

"하, 이거 또 험한 길을 가야 하는 건가?"

추산이 탄식하듯 말했다. 그러자 왕민이 고개를 저으며 말했다.

"이번 길은 그리 험하지 않을 걸세. 그들이 동북쪽으로 뱃길을 따라 도주했다면 결국 황하로 접어들게 될 걸세. 그렇다면 다시 마혼령으로 들어갈 필요도 없고, 장주와 만날 곳으로 이동하기에 편한 길이 있을 걸세."

"아, 그런가요? 그런데 참 이상하군요. 왜 놈들은 깊은 산중을 벗어나 평지로 나온 것일까요? 숨기에는 산속이 더 좋을 텐데……."

"아무리 산속에 몸을 숨길 곳이 많다고 해도 그 많은 인원이 서패천의 영역에서 움직이기는 쉽지 않았을 걸세. 그들로서는 일단 서패천의 천라지망을 뚫는 것이 중요했겠지. 그리고 어쩌면 이미 다른 곳에 제이의 본거지를 마련해 놓았을 수도 있고."

"그렇군요. 어쨌든 다시 움직여야 한다는 말씀이죠? 그건 그렇고, 그 암전(暗箭)이라는 말이 가지고 있는 의미는 알게 되었나요?"

추산이 궁금한 듯 미심을 보며 물었다. 그러자 미심이 고개를 갸웃하며 대답했다.

"글쎄요. 이게 과연 그들과 관련이 있는 일인지 모르겠군요."

"무슨 내용인데요?"

"최근의 무림사에서 암전이라는 단어가 등장한 것은 백 년 내 오직 한 번뿐이라는군요."

"언제인데요?"

"삼십여 년 전 이패북벌의 시기에 잠시 언급되었던 말이라네요."

"또다시 이패북벌인가?"

왕민이 고개를 갸웃거리며 중얼거렸다.

"그 마령제혼술도 이패북벌의 시기에 나타났다고 하지 않았나요?"

추산이 물었다.

"그렇다네, 추 소협."

"둘 모두 이패북벌의 시기와 관련이 있군요. 우연의 일치일까요, 아니면……."

"그걸 알면 이 일의 수수께끼가 풀릴 걸세."

왕민이 의미심장한 표정으로 말했다.

"그런데 이패북벌은 정확하게 어떤 사건을 말하는 거죠? 제가 알기론 서패천과 북천무맹 성립과 깊은 연관이 있다는 것 같던데……."

추산이 왕민을 보며 묻자 왕민이 고개를 끄덕였다.

"그렇다네. 이미 삼십 년이 지난 일이라 강호에서 이패북벌을 기억하는 사람이 그리 많지는 않지. 하지만 이패북벌이야말로 장강 이북의 패권을 북천무맹과 서패천이 장악하게 된 결정적인 계기가 된 사건일세. 이패북벌과 태호대전, 이 두 사건이 현재의 강호를 만들었다고 해도 과언이 아니지."

"헤헤… 태호대전에 대해서는 저도 좀 알고 있지요."

"그런가? 태호대전도 상당히 오래전에 일어난 일인데……?"

"제 첫째 사부가 태호대전에 관여하셨다고 하더군요."

"추 소협의 첫째 사부?"

왕민이 고개를 갸웃거렸다. 추산에게 천검 능운백 말고 다른 사부가 있다는 소리를 들은 기억이 없기 때문이었다.

"아, 모르시는군요? 난 또 사형이 말한 줄 알았지요. 뭐, 아무튼 그런 분이 계세요. 그건 그렇고, 이패북벌에 대한 이야기나 계속 해주세요."

"알겠네. 이패북벌의 시대 이전에는 서패천이나 북천무맹이나 강호의 여러 세력 중 하나에 지나지 않았다네. 당시 중원 이북의 무림은 여러 세력이 난립하는 군웅할거의 시대였지. 그런데 북천무맹의 십이룡과 서패천의 칠대종가가 의기투합하여 중원 이북에 난립하던 제문파들을 제압하기 시작했네. 그것을 강호에서는 이패북벌이라고 부른다네. 당시 강북무림에서 명성을 날리던 열두 개 문파가 이패의 공격을 받고 멸문하거나 이패의 수중에 떨어졌는데 죽은 자만 해도 일천에 이르는 대단한 전쟁이었다네. 이패북벌의 성공 이후 강북무림은 온전히 서패천과 북천무맹의 손에 들어갔고, 그때 주도적인 역할을 했던 북천십이룡과 서패천 칠대종가는 무림의 지배자가 된 것이지."

"그게 바로 이패북벌이었군요. 그런데 마령제혼술과 암전이란 말은 어떻게 강호에 나타나게 된 것이죠?"

추산의 물음에 이번에는 미심이 입을 열었다.

"이패북벌의 시대에 이패에 저항했던 북방 열두 개 문파 중 가장 강력한 문파는 묘신문이라는 곳이었어요."

"묘신문이요?"

"그래요. 고양이를 숭상하는 곳으로, 무림에서는 사파(邪派)의 종주라고까지 칭해지던 곳이었죠."

"벌써 이름에서 느껴지는 기운이 딱 사파네요."

추산이 고개를 끄덕였다.

"그들이 사파로 분류된 것은 그들이 고양이를 신성시하는 것이나 또는 강호에서 혈겁을 일으켰기 때문은 아니에요. 오히려 그들은 무척 공명정대한 행보로 유명했지요."

"어, 그런데 왜 사파로 몰렸지요?"

"그건 바로 그들의 무공 때문이었어요."

"무공이요?"

"그래요. 묘신문은 기이한 술법과 강시술, 그리고 독과 암기로 유명했지요. 이패가 북벌에 나섰을 때 묘신문의 기이한 술법에 휘말려 여간 고전한 것이 아니었어요. 마령제혼술이니 암전 같은 말은 바로 이 묘신문으로부터 유래한 것이에요."

미심이 잠시 말하기를 멈추자 이번에는 왕민이 말을 이었다.

"마령제혼술의 경우, 묘신문이 멸망한 이후 그들의 서고에서 나온 한 책자에 적혀 있던 섭혼술이었지."

"묘신문에서 마령제혼술을 사용하지는 않았다는 건가요?"

"당시에 발견된 마령제혼술은 미완성의 비결이었다네. 묘신문에서 마령제혼술을 사용하지 않은 이유가 미완성의 비결이었기 때문이었는지 미처 사용할 기회가 없었기 때문인지는 모르겠으나 어쨌든 그들은 이패에게 공격을 당하는 와중에도 그것을 사용치 않았다네. 만약 그들이 마령제혼술을 사용했다

면 무림의 판도가 어떻게 변했을지는 아무도 장담하지 못했을
걸세."

"그 마령제혼술이 적힌 비급은 누구 손에 들어갔죠?"

"그게 바로 이 일의 난제일세. 분명 묘신문이 항복을 한 이
후 마령제혼술의 비결을 눈으로 확인한 이패의 고수는 많았는
데, 이후 그 비결이 감쪽같이 사라졌다는 말일세. 이패에서 눈
에 불을 켜고 그 비결을 찾으려고 했지만 결국 실패하고 말았
지. 그래서 마령제혼술은 이번에 마혼령에서 그 모습을 드러
내기 전까지 실전된 비전으로 남아 있었던 것일세. 덕분에 마
령제혼술이란 섭혼술 자체도 사람들의 기억 속에서 사라져 갔
고."

"결국 그 비결이 완전히 사라진 것이 아니었군요? 누군가
그 비결을 손에 넣은 것이 분명하고, 그자가 이번 일을 꾸민 주
인공이겠군요?"

"어쩌면… 아니, 아마도 그럴 걸세."

왕민이 고개를 끄덕였다.

"그럼 암전은 뭐죠?"

추산이 미심을 보며 물었다.

"전서에 적힌 바로는 암전이란 이패북벌에 대항하던 북방
열두 문파의 비밀 전령들을 가리키는 말이었다고 하는군요."

"그러니까 결국 연락병이었단 말이군요?"

"그래요. 강호에 그 암전이란 조직이 잘 알려지지 않은 것도
그들이 겨우 연락병에 불과한 사람들이었기 때문인 것 같아

요. 전세에 영향을 미칠 만한 고수들은 아니었단 것이죠."

미심이 고개를 끄덕였다.

"하지만 어쨌든 암전이 그들과 관계가 있다면 그 열두 문파의 후예들이 이번 일을 꾸몄다는 말이 되나요?"

그러자 왕민이 고개를 저었다.

"그게 참 어려운 문제일세."

"어렵다뇨?"

"당시 패망한 열두 문파의 경우, 대부분 이패에 흡수되었기 때문일세. 완전히 멸문한 문파는 오직 묘신문 하나였다네. 나머지 열한 개 문파는 지금 이패에 속해 나름대로 성세를 누리고 있지. 그러니 누가 이패에 반기를 들기 위해 이런 일을 꾸몄겠는가?"

"살아남은 묘신문의 후예는 없었나요?"

"묘신문의 문도들은 거의 전멸했다네. 다만 이패는 묘신문의 기이한 능력을 자신들의 것으로 만들기 위해 각자 극소수의 묘신문 후인들을 자파로 데려갔다는 소문이 있었지. 그중 묘신문의 정통 후예랄 수 있는 사람이 두 명 있는데, 묘신문주의 손녀 묘음화와 묘신문의 신장이던 모도수가 바로 그들이네. 묘음화와 그 수족들은 북천무맹으로, 모도수와 그를 따르던 신장들은 서패천으로 끌려갔다는 것이 당시의 소문이었다네."

"그들은 어떻게 되었죠?"

"글쎄, 그것까지는 모르겠네. 이패에 끌려간 묘신문 후인들의 소식은 그 이후 강호에 전해지지 않았다네."

왕민의 대답을 끝으로 이패북벌에 대한 이야기는 끝이 났다. 하지만 추산의 눈은 어느 때보다도 영롱하게 반짝이고 있었다.

"이건 예감이지만 이번 일은 분명 그 묘신문의 후인들과 관계가 있을 거예요."

"하지만 그들은 거의 멸절했을 뿐 아니라 극소수의 생존자들도 이패에 의해 철저히 감시를 당하는 신세였네. 그리고 삼십 년이 지난 지금에 와서는 그 후인들이 살아 있을 거란 생각이 들지 않는군. 무림은 무서운 곳이야. 화근의 싹을 남기지 않는 곳이란 말일세."

"이패가 그들을 죽였을 거란 말인가요?"

"필요한 것을 모두 얻었다면 그리했을 걸세. 그리고 삼십 년은 그들에게서 필요한 것을 얻어내기엔 충분한 시간이지."

"맞는 말씀이에요. 삼십 년이면 내가 태어나기도 전의 일이지요. 하지만 어쨌든 전 세상에 우연은 없다고 생각해요. 마령제혼술과 암전 이 두 단어가 한곳에서 만났다면 그건 바로 묘신문과 연결될 수밖에 없어요."

"그렇다면 추 소협은 누군가 묘신문의 후인이 살아 있다는 것이군."

"분명히 그럴 거예요. 그리고 그 묘신문이 사파로 분류될 정도로 기이한 술법에 능했다고 하니 몇 명쯤 미리 후인을 숨겨놓을 능력은 있었을지도 모르지요."

"음, 추 소협의 말대로라면 이번 일의 파장은 몹시 클 걸세. 묘신문의 후인이라……."

"그래 봐야 이제 와서 그들이 서패천과 북천무맹을 상대할 수 있겠어요? 결국 또다시 멸절당하고 말걸요?"

추산이 말하자 왕민이 고개를 저었다.

"물론 그들이 무맹과 서패천에 큰 타격을 주긴 어렵겠지. 하지만 이 소식이 강호로 흘러나가면 사람들은 묘신문의 후인들을 주목할 걸세. 왜냐하면 그들에게는 강호의 모든 세력이 탐내는 기이한 술법이 있으니까 말일세."

"아, 그렇군요. 그들은 다른 세력과 거래할 물건을 가지고 있군요."

"그렇지."

"그럼 무맹과 서패천으로서는 결국 다른 날파리들이 꼬여들기 전에 일을 매듭지으려 하겠군요?"

"그들이 묘신문과 관련이 있다는 것을 안다면 그렇겠지."

"말하지 않을 건가요?"

추산이 눈을 동그랗게 뜨며 왕민에게 물었다.

"지금까지 나눈 대화는 모두 우리의 추측에 불과한 것일세. 이 사실을 서패천과 북천무맹에 이야기하고 안 하고는 장주가 결정할 걸세."

"헤헤, 그럼 사형을 빨리 만나야겠네요."

"내일이라도 이곳을 떠나야겠지. 아마 북천무맹의 사람들도 그자들이 서패천의 영역을 벗어난 것을 알면 즉시 움직일 걸세."

"야, 이거, 일이 생각보다 흥미진진해지는걸요?"

추산이 가득 호기심을 담은 눈으로 말했다.

"하하하, 그건 나도 마찬가질세."

왕민이 호탕한 웃음을 터뜨렸다.

고화룡은 왕민으로부터 고검의 전갈을 전해 듣자마자 무맹의 고수들을 움직였다. 암중의 인물들이 마혼령을 벗어났다면, 더군다나 그들이 향한 곳이 서패천 영역 밖이라면 타인에게 무맹의 일을 맡겨놓을 이유가 없었다.

주막에 들어앉아 고검에게서 오는 소식만을 기다리던 무맹 고수들이 고화룡의 성화에 밀려 순식간에 사방으로 떠나갔다. 그리고 고화룡이 직접 인솔하는 열 명의 고수가 고검을 만나기 위해 북쪽으로 길을 잡았다.

*　　*　　*

미심이 날려 보낸 전서구가 이틀 밤낮을 날아 유유히 흐르는 강물 위에 이르렀다. 전서구는 강에 다다르자 크게 원을 그리며 검은 강물을 한 바퀴 돈 후 자신이 내려앉아야 할 곳을 찾은 듯 무서운 속도로 하강을 시작했다.

고검은 새벽 차가운 안개 속에서 멈춘 듯 흐르고 있는 수면에 시선을 고정시키고 있었다. 아니, 어쩌면 강물이 아니라 그

위의 안개, 혹은 그 위의 아직 밝지 않은 하늘을 보고 있는지도 몰랐다. 그의 시선은 초점이 없었고, 그저 고요할 뿐이었다.

그렇다고 운기에 들어간 것도 아니어서 한 발을 강변의 작은 바위에 올려놓은 채였다. 멀리 그의 등 뒤쪽으로 간밤 노숙을 한 천막이 눈에 들어왔고, 불꽃이 사그라든 모닥불의 잔재도 가끔 아침 바람에 반짝였다.

그렇게 굳은 듯 서 있는 그의 어깨 위로 한 마리 비둘기가 내려앉았다. 미심의 손을 떠난 전서구였다.

"왔느냐?"

무표정하던 고검의 얼굴에 표정이 드러났다. 고검은 비둘기의 다리에 매달린 전서구를 끌러내는 대신 가볍게 새의 머리를 쓰다듬었다.

꾸르륵꾸르륵.

새가 주인의 따뜻한 손길에 작은 울음소리를 냈다.

"쉬지 않고 날아왔겠구나. 그래, 사제는 잘 있더냐?"

고검이 여전히 새의 머리를 쓰다듬으며 물었다.

꾸르륵!

그러자 마치 새가 고검의 말을 알아들은 것처럼 다시 울음소리를 냈다. 하지만 어찌 새가 사람의 말을 알아들을 수 있을 것인가. 그의 질문에 대한 대답은 아마도 전서구에 들어 있을 것이다.

고검이 드디어 새의 다리에서 전서를 풀어냈다. 그리고는 천천히 말린 종이를 폈다. 그리고 그는 한동안 종이에서 눈을

떼지 않았다. 그렇게 얼마의 시간이 흘렀을까. 고검이 종이를
든 손을 내려뜨리며 다시 시선을 강물 쪽으로 향했다.

'이패북벌과 묘신문이라……. 역시 강호의 은원으로 인해
벌어진 일이던가?'

고검의 눈이 깊게 침잠했다. 강호의 은원을 이야기하자면
그 또한 누구보다도 처절한 기억을 가지고 있었다. 그가 지금
이 자리에 서 있는 것 자체가 그 강호의 혈원에 의한 일이었
다.

칠마의 난이 없었다면, 아니, 칠마가 그의 가문인 고가장을
그냥 지나쳤다면 그가 천검 능운백을 찾았을 리 없을 테고, 천
검 능운백을 찾지 않았다면 강호의 황금충으로 살아가는 지금
의 인생도 없었을 것이다.

"세상에 태어난 모든 것은 보이지 않는 은원으로 연결되어
있다고 사부께서 말씀하셨지."

고검이 조용히 뇌까렸다.

"장주, 무슨 원수진 놈이라도 발견했수?"

갑자기 뒤에서 걸쭉한 목소리가 들려왔다. 대웅산이었다.
아마도 고검이 은원 운운하는 걸 들은 모양이었다.

"깨었는가?"

고검이 고개를 돌려 대웅산을 바라봤다. 노숙이라도 하룻밤
늘어지게 잤기 때문일까? 쉬지 않는 추격전 속에 지쳐 있던 대
웅산의 표정이 한결 밝아 보였다.

"막 일어나는 길이우. 그런데 그건 추 소협 쪽에서 온 전서

굽니까?"

대웅산이 고검의 어깨 위에 올라 앉아 있는 비둘기를 보며 물었다.

"그렇다네. 지금 막 그들의 전서를 받았다네."

"무슨 내용이 적혀 있습니까?"

대웅산이 궁금한 표정으로 물었다. 그러자 고검이 대웅산에게 들고 있던 전서를 건넸다.

잠시 후, 고검에게서 건네받은 전서를 읽어 내려가던 대웅산의 표정이 살짝 변했다. 그리고는 고개를 들어 고검을 보며 물었다.

"그렇다면 역시 묘신문의 후예들이 이 일의 원흉일까요?"

"확신할 수는 없지만 아마도 그럴 가능성이 많겠지."

"이패북벌에 대해서는 제법 많이 듣기는 했지만, 그때는 내가 태어나지도 않았을 때라 영 실감이 나지 않았는데 이렇게 이패북벌에 얽힌 일이 눈앞에서 일어나니 새삼스럽군요."

"강호의 은원은 시간이 흐른다고 사라지는 것이 아니지."

"하지만 삼십 년이 훨씬 지난 뒤에 일을 꾸미다니 만약 묘신문의 후인들이 꾸민 일이라면 정말 대단한 인내심이군요."

"듣기로는 애초에 묘신문이란 문파가 사람들이 생각하는 일반적인 무림문파하고는 상당히 달랐다고 하더군. 기이한 술법과 암기술, 그리고 독과 섭혼, 강시술까지, 그야말로 강호의 일대 괴문(怪門)이었다지?"

"듣기로는 사파의 종주였다고 하는 사람도 있더군요."

"글쎄, 그들의 술법이나 무공으로 보자면 그렇게 말할 수도 있지만, 이패북벌 이전에 그들은 강호에 어떤 해악도 끼친 적이 없다고 알려졌다네. 인간사의 역사는 언제나 승리자에 의해 기록되어지는 것. 묘신문에 대한 평가 또한 이패북벌을 정당화하는 쪽으로 쓰여졌겠지."

"하긴 무림만큼 승자가 모든 것을 차지하는 곳도 드물죠. 어쨌든 삼십 년 만의 복수행이라……. 이거 재밌어지는데요?"

"아직은 그들이라 확신할 수 없네. 누군가가 그들의 흉내를 내며 벌이는 일일 수도 있으니……."

고검이 신중하게 말했다.

"어쨌든 그놈들을 잡으면 모든 일의 전모를 알 수 있겠지요."

"그나마 서패천에서 그들의 종적을 놓치지 않았다는 것이 다행일세."

그러자 대웅산이 정색을 한 표정으로 말했다.

"사실 전 이번에 천하사패의 저력에 감탄하고 말았습니다, 장주."

"그건 또 무슨 말인가?"

"전 솔직히 그들이 서패천의 천라지망을 뚫고 사라졌을 때 서패천도 별것 아니구나 하고 생각했었지요. 아, 그런데 서패천에서 그들의 흔적을 이틀 만에 다시 찾아낼 줄이야 누가 알았겠수?"

"괜히 천하사패겠는가?"

"하지만 놈들은 서패천의 영역을 벗어났지 않았수? 그런데 서패천의 눈이 그들의 영역 밖에서도 이렇게 밝을 줄이야…… . 허허, 강호에 천하사패의 그늘이 아닌 곳이 없다더니……."

"이곳은 서안과 그리 멀지 않은 곳일세. 서안은 무림에서 천하사패가 서로 공존하고 있는 몇 개 되지 않는 도읍 중 하나일세. 그중에서도 대도라 불리는 곳이지. 천하사패의 고수들이 곳곳에서 활동하고 있는 것이야 당연한 일일세."

"그러게 말입니다. 이제 곧 북천무맹의 고수들을 만나게 된다면 놈들이 숨을 곳은 없겠지요? 서패천과 북천무맹 두 절대세력의 추격을 피할 자들이 얼마나 되겠수?"

"모르지. 또 어떤 변수가 기다리고 있을지."

"그들이 양 세력을 따돌릴 수도 있다는 말이우?"

"그럴 수도 있지 않겠나? 몇십 년을 준비한 자들이라면 말이야. 하지만 그래서는 안 되지. 그리되면 우리도 청부를 완수할 수 없지 않겠나?"

"하하… 그렇군요. 아직 그 천도성이라는 작자와 요 노인이라는 늙은이를 찾지 못했으니 말이우."

대웅산이 고개를 끄덕였다. 그러자 고검이 살짝 고개를 들어 두 사람의 머리 위에 무성한 가지를 뻗고 있는 아름드리나무를 보며 조용한 음성으로 말했다.

"두 사람에게 할 말이 있습니다."

순간 갑자기 무성한 나뭇잎 사이에서 불쑥 한 사람의 신형이 아래로 떨어져 내렸다.

"이크!"

대웅산이 기겁을 하며 순식간에 대여섯 걸음 뒤로 물러났다. 그리고 그 자리에 어느 틈에 나타난 조오현이 조용히 서 있었다.

"조 노사셨군요?"

대웅산이 가슴을 쓸어내리며 말했다. 하지만 조오현은 그저 대웅산을 한 번 바라볼 뿐 대답이 없었다.

"언제부터 거기 계셨습니까? 전 아직 천막에서 주무시고 계시는 줄 알았는데……."

대답이 없는 조오현을 향해 대웅산이 재차 물었다. 본시 조오현은 무불장의 고수 중 고검보다도 말이 없는 인물이었다. 그래서 그의 대답이 없다손 치더라도 대웅산은 크게 개의치 않았다.

"장주가 천막을 나설 때부터."

그제야 조오현이 입을 열었다. 그러자 대웅산이 목덜미를 만지며 말했다.

"이런, 결국 오늘도 내가 제일 늦게 일어난 것이군. 두 분은 왜 그렇게 잠이 없수?"

"나와 조 노사께서 잠이 없는 게 아니라 자네가 잠이 많은 것일세. 사실 서패천의 고수들도 대부분 깨어 있다네."

고검의 말에 대웅산이 급히 고개를 돌려 십여 장 떨어져 있는 서패천 고수들의 숙영지를 바라봤다. 그러자 언뜻언뜻 새벽 어둠 속에서 사람들이 움직이고 있는 것이 눈에 들어왔다.

"정말 그렇군요. 그들도 이미 깨어나 있었군요."

"아마도 나에게 전서구가 왔다는 것도 알고 있을 걸세."

고검이 말하자 조오현이 가볍게 말을 더했다.

"그들 중 두 명이 전서구의 행방을 확인했소, 장주."

"정말 어지간들 하십니다. 이미 그들의 행동을 모두 읽고 계셨군요?"

대웅산이 혀를 내두르며 말했다. 그러자 고검이 정색을 한 표정으로 말했다.

"그들을 살피지 않을 수 없는 상황일세."

"아니, 그들이 우릴 죽이기라도 한단 말입니까?"

"꼭 그런 것은 아니지만… 내가 지금부터 말하려는 것도 바로 이런 문제일세. 사실 암전의 무리들이 마혼령을 벗어나 사패의 중립 지대로 숨어드는 순간부터 일은 좀 더 복잡해졌다고 볼 수 있네. 서패천과 북천무맹 양 세력이 암전 추격에 동시에 나설 것이기 때문이네."

"그건 우리에게 좋은 일 아니우? 두 세력이 놈들을 추격하면 우린 좀 더 손쉽게 청부를 완성할 수 있지 않겠수?"

"물론 청부를 완성한다는 측면에서는 그렇지. 그런데 일은 생각처럼 단순하지 않을 수도 있네. 두 세력이 조우한다면 어떤 일이 발생할지 아무도 예측할 수 없다는 것이지. 특히 우린 지금 서패천의 고수들과 함께 있지만 청부는 북천무맹으로부터 받은 것일세. 경우에 따라서는 서패천에서 우릴 북천무맹에 속한 사람들로 생각할 수도 있다는 말일세."

"그래서 저자들이 우릴 감시하는 것일까요?"

"아마도……. 저들도 우리가 북천무맹의 고수들과 연락을 주고받고 있다는 것은 알고 있을 테니……. 그들은 북천무맹 고수들의 움직임을 모르는데 북천무맹의 고수들은 우릴 통해 자신들의 움직임을 속속들이 알고 있다고 생각한다면 우리의 존재가 부담스러워질 수도 있다네. 특히 만약 암전의 무리가 정말 묘신문의 후예라면 일은 생각보다 복잡해질 수도 있다네. 묘신문이라면 이패의 입장에서도 적지 않은 은원이 얽혀 있을 뿐 아니라, 암전의 무리가 묘신문의 진전을 고스란히 지니고 있다면 이패 누구도 그들을 서로에게 양보하려 들지 않을 걸세."

"최악의 경우엔 이패가 충돌할 수도 있겠군요."

대웅산의 말에 고검이 고개를 끄덕였다.

"그럴 수도 있다네. 해서 하는 말인데, 우린 가급적 앞으로 나서지 말아야 할 걸세. 이패 뒤에서 움직이다 청부된 사람들만 찾으면 그 즉시 암전을 추격하는 일에서 벗어나도록 해야 할 걸세. 알고 있겠지만 무불장은 사패의 대립에 관여치 않는 것이 전통이니까."

"장주의 말은 잘 알겠수. 뭐, 괜히 강호의 분란에 끼어들 필요는 없지요."

"장주의 말, 잘 알겠소."

대웅산과 조오현이 고개를 끄덕이며 대답했다.

　무불장의 고수들과 서패천의 고수들은 해가 뜨기 전에 노숙지를 출발했다. 강을 따라 하류로 내려가는 동안 서패천의 고수들은 수시로 사방으로 떠났다가 돌아오곤 했다. 그때마다 곽성통과 사천사호는 진로를 확인하고 길을 바꿔 잡았다. 하지만 대체적으로 강의 하류로 이동하는 것은 크게 달라지지 않고 있었다.

　고검과 무불장의 두 고수는 숙영지를 떠나면서부터 서패천의 고수들과 일정한 거리를 유지하고 있었다. 북천무맹의 고수들 쪽과 연락이 닿고 있다는 것을 알고 있으면서도 서패천의 곽성통은 굳이 고검에게 전서구의 내용을 묻지 않았다. 어쩌면 그들은 이미 북천무맹 고수들의 움직임을 알고 있기 때문인지도 몰랐다.

　그렇게 강을 따라 내려간 지 다시 이틀. 또 한 마리의 전서구가 고검의 손에 들어왔다. 전서구는 밝은 대낮에 날아들었으므로 서패천의 고수들도 고검이 진시구에서 전서를 빼내어 읽는 것을 모두 주시하고 있었다.

　"무맹의 고수들이 반나절 거리에 있다는군요."

　고검이 멀리 떨어져 있는 곽성통을 향해 말했다. 그의 목소리는 비록 낮았지만 장내에 있는 고수들은 또렷하게 고검의 말을 들을 수 있었다. 고검의 말을 들은 곽성통이 가볍게 고개를 끄덕였다. 그리고는 다시 고수들을 재촉해 길을 떠나기 시작했다.

"만나볼 모양인데요?"

대웅산이 조심스럽게 말했다.

"물론 이 상황에서 두 세력이 서로를 피할 수는 없을 걸세. 암전의 무리를 잡을 때까지 일단 두 세력은 서로의 힘을 이용하겠지. 문제는 암전의 무리가 손아귀에 들어왔을 때 벌어질 걸세."

조오현이 가는 눈으로 서패천의 고수들을 보며 말했다.

"흐흐, 비록 일은 복잡해져 가지만 또한 무척 재미있어지는군요. 사실 난 천하사패가 직접 격돌하는 것을 한 번도 보지 못했거든요. 어쩌면 이번에 제대로 구경할 수 있을지도 모르겠네요."

대웅산이 한껏 기대감을 담은 목소리로 말했다.

"천하사패가 격돌하면 그 즉시 강호의 혈풍은 시작된다네. 그러니 그런 말일랑 하지 마시게."

고검이 나무라듯 말했다.

"헤헤, 하지만 강호에 풍파가 없다면 심심해서 어찌 살겠소. 그리고 언제 강호에 혈풍이 불지 않은 적이 있었수?"

대웅산의 말에 고검이 가볍게 한숨을 내쉬며 고개를 끄덕였다. 그 또한 대웅산의 말이 틀리지 않다는 것을 인정할 수밖에 없었다.

'강호에 혈풍이 없는 시절이 언제 있었던가? 더군다나 우리 무불장의 식솔들은 그 혈풍 속에서 일을 찾는 황금충이 아니던가!'

고검이 문득 찾아든 감상에 빠져들려고 할 때 대웅산이 재차 입을 열었다.

"어쨌든 무맹의 고수들이 왔다면 추 아우와 다른 두 분도 왔을 겁니다. 아, 며칠 보지 않았더니 그새 그 양반들이 제법 그립네요."

대웅산의 말에 고검도 금세 흐린 기분에서 빠져나왔다.

'녀석, 생각보다 훨씬 일을 잘 처리했군.'

추산에 대한 생각이었다. 북천무맹의 실종된 고수 일곱이 담긴 관을 무사히 무맹의 고수들에게 전한 게 여간 대견할 수가 없었던 것이다. 비록 왕민과 미심이 동행했다고는 하나 강호 초행인 추산을 걱정하지 않을 수 없었던 고검이다. 고검의 입가에 자신도 모르게 빙그레 미소가 드리워졌다.

강은 사천을 벗어나 감숙의 경내로 들어선 후, 다시 섬서로 접어들고 있었다. 서안을 거쳐 흐르며 황하로 흘러드는 물길이었다. 강 폭이 넓어지자 곳곳에 사람 사는 마을이 하나둘 모습을 드러내기 시작했다.

그리고 얼마가 지나지 않아 앞서 길을 헤쳐 나가고 있던 서패천 고수들의 발걸음이 눈에 띄게 느려졌다. 사람들의 이목을 두려워해서는 아니었다. 서패천은 천하사패의 한곳. 천하에 그들이 두려워할 것은 그리 많지 않았다.

"왜 갑자기 걸음이 느려진 걸까요?"

대웅산이 의아한 눈빛으로 물었다. 하지만 그 이유는 고검

또한 알 수 없는 일이었다. 고검의 시선이 서패천 고수들에게
로 향했다. 곽성통과 사천사호의 얼굴이 심각하게 굳어져 있
었다. 자연스럽게 느려진 서패천의 고수들과 고검 일행의 거
리가 좁혀졌다.

그리고 고검이 서패천 무리 사이로 들어섰을 때 곽성통이
침통한 목소리로 입을 열었다.

"고 장주, 곤란하게 되었군."

곽성통의 말에 고검이 의문 어린 눈으로 그를 바라봤다.

"우린 또다시 그들을 놓치고 말았네."

고검의 눈이 흔들렸다. 그야말로 생각지도 못한 일이 벌어
진 것이다. 암전의 무리에 대한 추격이 거의 끝나가고 있다고
생각하는 순간에 그들은 또다시 증발하듯 사라져 버린 것이
다.

第八章

말후(末后)의 장원(莊園)

천하의 서패천이 암전의 꼬리를 놓친 그날, 공교롭게도 북천무맹의 고수들이 고검과 서패천의 고수들 앞에 모습을 드러냈다. 강물이 제법 큰 성시로 접어드는 어귀에서 천하사패 중 두 곳의 고수늘이 조우한 섯이나.

"사형!"

이십여 장의 거리를 두고 북천무맹과 서패천 고수들 사이에 어색한 기운이 흐르는 와중에 추산이 북천무맹의 무리를 벗어나 고검을 향해 달려왔다. 그 뒤를 왕빈과 미심이 전전히 따르고 있었다.

"왔구나. 수고했다."

평소 과묵한 고검이지만 유일한 사제인 추산에게만은 미소를 아끼지 않는 그가 활짝 웃음을 지어 보였다. 어쩌면 가문이 멸문한 그로서는 추산에게서 혈육의 정을 느끼고 싶은지도 몰랐다.

"뭐 수고랄 게 있나요? 길을 막는 자들도 없고… 단지 비가 와서 그게 좀 성가셨죠."

말은 그렇게 하면서도 추산의 얼굴은 의기양양했다.

"장주!"

"장주, 무사히 뵙게 되는군요."

뒤늦게 다가온 왕민과 미심이 고검을 보며 인사를 건네자 고검이 두 사람을 맞이했다.

"두 분 덕분에 일이 잘 끝났습니다."

"그게 어디 우리 때문인가요? 마혼령에서 북천무맹의 고수들이 있는 곳까지 내내 마차를 몰고 간 것은 추 소협이지요."

미심이 미소를 지으며 말했다.

"두 분께서 뒤에 계시니 사제가 마음 놓고 말을 몰 수 있었을 겁니다."

"그건 사형의 말이 맞아요. 왕 선생님과 미 부인께서 계시니 겁나는 게 없더라구요."

추산이 고검의 말에 맞장구를 쳤다.

"그런데 이곳 상황이 좋지 않은가 보군요?"

왕민이 서패천의 고수들을 보며 물었다.

"썩 좋지 않습니다. 추격대가 이곳에서 그들의 흔적을 놓쳤답니다."

그러자 왕민이 놀란 기색으로 되물었다.

“서패천의 추격대가요?”

고검이 가볍게 고개를 끄덕였다.

“허, 만약 그 말이 사실이라면 서패천은 이번 암전의 일로 두 번이나 망신을 당하는군요. 천라지망이 뚫리고 추격에 실패하고… 서패천의 체면이 말이 아니겠습니다.”

“덕분에 그들의 신경이 몹시 날카로워져 있습니다. 혹여 무슨 분란이라도 생기는 것이 아닐지…….”

고검이 걱정스런 눈빛으로 서패천과 북천무맹 고수들을 바라봤다. 고검이 양측의 고수들에게 눈길을 주었을 때, 서패천의 곽성통과 북천무맹의 고화룡이 드디어 양측의 중간 지점에서 조우하고 있었다.

두 사람은 무언가 나직하게 대화를 주고받더니 고개를 돌려 고검을 불렀다.

“고 장주, 이리로 와주시겠소?”

고화룡이 고검을 불렀다. 고검이 망설이지 않고 두 사람이 있는 곳으로 걸음을 옮겼다.

“오랜만에 뵙는군요.”

고검이 고화룡을 향해 가볍게 고개를 숙여 보였다.

“고 장주께서 수고해 주신 덕분에 사람들을 찾을 수 있었소이다. 고맙소이다.”

“금전을 받고 하는 일입니다.”

고검이 가볍게 미소를 지었다.

“역시 무불장의 실력은 명불허전이더구려. 그 와중에 실종된 무맹의 고수들을 되찾았으니 말이오.”

곽성통도 고검을 치켜세웠다.

“어르신이 서패천의 고수들을 이끌고 그들을 추격했기에 가능했던 일입니다.”

“아니오. 우리 서패천의 추격이 없었더라도 고 장주와 무불장의 고수들은 분명 그들을 찾아냈을 것이오. 그건 그렇고… 아직 찾지 못한 사람들이 있으니 지금부터는 우리 삼자가 힘을 모아야 할 것 같소이다.”

곽성통의 말에 고검의 눈빛이 반짝였다. 걱정과는 달리 곽성통과 고화룡은 암전의 무리를 추적하는 데 서로 힘을 모으기로 의견을 모은 듯했다.

“무맹과 서패천이 힘을 합친다면 천하에 이루지 못할 일이 무엇이 있겠습니까? 두 분이 그리하시기로 결정하셨다면 무불장은 그 결정에 따르겠습니다. 오히려 본 장으로서는 청부를 좀 더 쉽게 완성할 수 있겠군요.”

그러자 곽성통이 빙그레 미소를 지었다.

“사실 우리 서패천과 북천무맹이 힘을 합쳐 일을 추진한 경험은 제법 여러 번 있었다오.”

순간 고검의 표정이 살짝 변했다.

‘그 첫 번째 일이 이패북벌이었고, 그 혈원이 오늘의 일을 만들었던 것이오.’

고검이 한차례 한숨을 내쉬고는 천천히 입을 열었다.

“두 분이 힘을 합치기로 하셨다니 제가 따로 드릴 말씀이 있습니다만……."

고검의 말에 곽성통과 고화룡이 호기심 어린 표정으로 고검을 바라봤다.

"이번 일에 대해 무불장에서 달리 알아내신 거라도 있으신 게요?"

"도움이 될지 모르겠습니다."

"어떤 정보요?"

고화룡이 성급하게 물었다. 그러자 고검이 고개를 들어 하늘을 보며 말했다.

"날도 저물었으니 오늘은 이곳에서 쉬어가는 것이 어떻겠습니까? 며칠 동안 모두들 쉬지 않고 움직였을 테니 말입니다."

고검의 말에 고화룡이 고개를 끄덕였다.

"간단치 않은 문제인가 보구려. 알겠소이다. 자리를 잡고 천천히 이야기를 들어봅시다. 문주께서는 어떠신지……?"

"그렇게 합시다. 본 천의 식구들도 제법 지쳐 있으니 휴식이 필요한 때요."

그러자 고화룡이 고개를 끄덕이고는 북천무맹의 고수들을 보며 명을 내렸다.

"오늘 밤은 이곳에서 보낸다! 숙영할 준비를 하라!"

고화룡의 명은 북천무맹 고수들을 향한 것이었지만, 서패천과 무불장의 고수들도 이내 고화룡의 말을 알아듣고 노숙할 준비를 서두르기 시작했다.

강호의 생활이란 언제든지 별을 보며 잠을 잘 각오를 해야 하는 삶. 서패천과 북천무맹 고수들에게 노숙은 일상이었다. 덕분에 그들은 익숙한 솜씨로 순식간에 숙영지를 구축했다.

서패천은 서쪽, 북천무맹은 동쪽에 자리를 잡고, 무불장의 고수들은 북쪽으로 강물이 바라다 보이는 남쪽에 하룻밤 지낼 천막을 준비했다. 그리고 세 세력의 가운데 공터에는 수뇌부들이 대화를 나눌 큰 천막과 모닥불이 피워졌다.

서패천과 무맹의 고수들은 적을 추격하는 도중임에도 어디서 구해왔는지 제법 푸짐한 저녁을 준비해 모닥불 주위에 늘어놓았다.

식사 준비가 끝나자 곽성통과 사천사호 등, 서패천 수뇌부와 고화룡을 비롯한 북천십이룡의 자제들로 구성된 북천무맹의 고수들, 그리고 무불장의 고수들이 모닥불 주변에 둘러앉았다. 그리고 식사가 진행되는 도중 고검은 무불장에서 조사한 것들, 마령제혼술과 암전이 과거 이패북벌의 시대 멸문한 묘신문과 불가분의 관계가 있다는 사실을 전했다.

"묘신문이라……."

곽성통의 입에서 신음처럼 나직한 뇌까림이 흘러나왔다.

"역시 그랬나? 애초에 실종된 사람들에게 마령제혼술이 시전되었다고 했을 때 의심을 안 한 것은 아니었으나, 마음 한구석에는 그들이 관련된 일이 아니길 바라고 있었소이다. 그런데 그들이 스스로 암전이라 자칭하고, 그 암전이 과거 묘신문을 중심으로 한 북방십이문파가 운용했던 조직이라면 더 이상 그들이 아니길 바랄 수는 없겠소이다."

고화룡도 침통한 어조로 말했다. 그리고 우연인지 고화룡과 곽성통의 시선이 허공에서 부딪쳤다. 둘 다 무척 곤란한 상황에 직면한 듯한 표정이었는데, 고검은 두 사람의 모습을 놓치지 않았다.

'이패북벌과 묘신문에 관련해 내가 모르는 사실이 있나 보군. 그것도 이들 두 고수조차 입에 올리기 꺼려하는 문제가 말이야.'

고검은 자신이 할 이야기는 다 했다는 듯 묵묵히 두 사람의 행동을 지켜보고 있었다.

그리고 다음 순간, 갑자기 곽성통이 나직한 어조로 고화룡에게 물었다.

"그녀는 어찌 되었소?"

그러자 고화룡이 곽성통의 질문에는 대답치 않고 오히려 그에게 질문을 던졌다.

"그는 어찌 되었습니까?"

다시금 두 사람의 시선이 허공에서 맹렬하게 엉켜들었다. 덕분에 장중의 분위기가 갑자기 차갑게 식었다. 누구도 먼저 입을 열려고 하지 않는 상황. 뜻밖의 기 싸움이 벌어지고 있었다.

'도대체 무슨 일이기에 두 사람이 이렇게 치열하게 대립하는 것일까? 이들은 충분히 노련하게 대화를 풀어갈 수도 있는 사람들인데……. 도대체 그와 그녀는 누구를 가리키는 말일까?'

고검은 깊은 눈으로 두 사람을 살피며 내심 여러 가지 생각을 떠올려 봤지만 짚이는 것이 없었다. 그렇게 얼마의 시간이 흘렀을까. 문득 곽성통이 먼저 입을 열었다.

"그는 죽었소."

그러자 고화룡이 연이어 입을 열었다.

"그녀 또한 죽었습니다."

그러자 곽성통이 고개를 갸웃거렸다.

"그렇다면 이 일을 꾸밀 사람이 누구란 말인가?"

"제가 알 수 없는 일이지요."

고화룡의 대답을 끝으로 두 사람의 대화가 또다시 끊어졌다. 장내의 인물들은 그저 어리둥절한 채 두 사람을 번갈아 살피고 있었다. 그런데 그런 장내의 인물 중 오직 한 사람의 표정만이 다른 사람들과 달랐다. 그는 바로 천검성이었다.

'그러고 보니 저 사람은 처음 묘신문의 이야기가 나오는 순간부터 얼굴이 굳어져 있군.'

추산이 천검성의 얼굴에 시선을 모으며 생각했다. 고검이 고화룡과 곽성통 두 사람에게 집중하는 사이, 추산은 장내에 모인 다른 사람들의 변화를 흥미롭게 관찰하고 있었던 것이다. 그러다가 다른 사람들과 달리 천검성이 무엇인가를 알고 있는 듯한, 그리고 그 문제가 그를 무척 고민스럽게 만드는 듯한 표정을 짓고 있는 것을 깨달은 것이다.

"사형……."

추산이 곁에 있는 고검의 옆구리를 찌르며 속삭였다.

"무슨 일이냐?"

고검이 낮은 목소리로 말하며 추산을 바라봤다. 그러자 추산이 눈짓으로 천검성을 가리켰다. 추산의 눈짓을 따라 천검성에게로 고개를 돌리던 고검의 눈빛이 한차례 반짝였다. 그 역시 추산과 마찬가지로 천검성에게서 무언가 다른 사람과 다른 표정을 발견했기 때문이다. 그때 다시 곽성통의 목소리가 들려왔다.

"우리 두 사람이 서로에게 각자 알고 있는 것을 털어놓지 않는 이상 오늘 이 문제를 풀기는 쉽지 않을 것 같구려."

"제 생각도 그렇습니다."

고화룡이 냉막한 목소리로 대답했다.

"이패북벌 이후 그녀의 행적을 나에게 말해준다면 나 또한 그의 행적을 고 단주께 말하리다."

그러자 고화룡이 잠시 무언가를 생각하는 늣하다가 주변을 돌아보며 말했다.

"듣는 귀가 너무 많군요."

곽성통이 고개를 끄덕였다.

"우리 둘만의 대화로 문제를 푸는 것이 좋을 것이오. 자, 다른 사람들이 일어나느니 우리 두 사람이 다른 곳으로 자리를 옮깁시다."

"그게 좋겠군요. 하지만 전 그전에 한 사람의 허락을 득해야 합니다. 천 대협, 내가 그 이야기를 해도 좋겠는가?"

고화룡이 갑자기 천검성에게 물었다. 그러자 천검성이 괴로운 표정을 지으며 고화룡을 바라봤다.

"이 일과 연관이 있다고 생각하십니까?"

"현재의 상황이라면 아니라고도 장담할 수 없네."

그러자 천검성이 한숨을 내쉬며 고개를 끄덕였다.

"휴, 알겠습니다. 단지 이 일은 오직 곽 문주께서만 알고 계셨으면 좋겠군요."

천검성의 말에 곽성통이 고개를 끄덕이며 대답했다.

"이 곽성통, 제법 입이 무겁다네. 그리고 내가 고 단주께 할 말도 비밀을 지켜야 하는 이야기니 서로 상대를 믿기로 하세."

"알겠습니다."

천검성이 대답을 하고는 고화룡을 바라봤다. 그러자 고화룡 역시 고개를 끄덕이며 먼저 자리를 털고 일어났다. 그렇게 두 사람이 야영지 중앙의 천막을 떠나 어둠 속으로 사라졌다.

"제길, 뭔가 재미있는 이야기가 분명한데……."

대웅산이 입맛을 다시며 말했다.

"그러게 말이에요. 한껏 호기심을 자극해 놓고는 사라지는군요."

추산이 대웅산의 말에 동조하자 대웅산이 너털웃음을 터뜨렸다.

"하하하, 역시 추 아우는 나와 통하는 구석이 있단 말이야?"

"맞아요. 대 형님 말고 다른 분들은 모두 과묵한 편이지요. 사형도 그렇고."

"아니, 그럼 내가 수다쟁이란 말인가?"

"그런 뜻으로 한 말은 아니에요."

다른 사람들은 심각한 와중에 추산과 대웅산만이 신나서 떠들어대고 있었다. 하지만 장내의 누구도 그들의 대화에 관심을 기울이지 않았다. 지금 모든 사람들의 관심은 모두 고화룡과 곽성통이 사라진 곳으로 향해 있었기 때문이다.

그것은 고검도 마찬가지였다. 고검 역시 시선을 고화룡과 곽성통이 사라진 곳에 두고 있었다. 그런데 한동안 어둠을 향하고 있던 그의 시선이 잠시 모닥불 쪽으로 옮겨졌을 때 그는 다른 누군가의 시선과 우연히 마주쳤다. 천검성이었다.

두 사람은 모닥불을 사이에 두고 서로를 마주 보다가 천검성이 씁쓸한 미소를 지으며 고검의 시선을 회피했다.

'그는 분명 무엇인가를 알고 있어.'

고검의 마음속에 확신이 생겨났다.

'그리고 그 무엇인가가 오늘의 일을 해결할 열쇠가 되겠지. 조급하게 궁금해할 필요는 없는 일이다. 그들도 반드시 이 일을 해결해야 한다면 두 사람이 답을 가지고 올 것이다.'

고검이 한차례 고개를 흔들어 머리에 이는 의혹들을 딜어버리고는 여전히 수다를 떨고 있는 대웅산과 추산을 바라봤다.

"두 사람은 뭐가 그리 즐거운가?"

고검의 말에 추산과 대웅산이 수다 떨기를 중지하고 의아한 눈으로 고검을 바라봤다.

"사형, 지금 대 형님과 제가 나누는 이야기를 전혀 듣지 못했어요?"

"듣지 못했는데……."

"하, 참나, 이렇게 같이 앉아서 하는 이야기를 듣지 못했다니… 생각이 딴 곳에 가 계시는군요?"

"아마 이곳에서 오직 두 사람만 이 일에 관심이 없을 것이다."

고검의 말에 추산이 고개를 들어 모닥불 주위를 둘러싼 고수들을 살폈다. 과연 고검의 말처럼 그들의 시선은 모두 다른 쪽으로 향해 있고, 자신과 대웅산의 대화를 듣고 있는 사람은 아무도 없었다.

"대 형님, 정말 우리 두 사람만이 신나게 떠들고 있었군요."

"하하하, 정말 그렇군. 하지만 어쩌겠는가. 모두들 두 노인이 나눌 대화에 온통 신경이 가 있는데. 그리고 이 대웅산은 남의 관심쯤이야 별로 중요치 않게 생각한다네. 나만 즐거우면 되는 것이지."

"역시, 대 형님이십니다. 처음 뵐 때부터 유아독존하는 기상을 알아봤지요."

"껄껄껄, 뭐, 유아독존까지야……."

추산과 대웅산이 서로를 보며 또 한 번 기분 좋은 미소를 흘렸다. 그 모습을 보고 있던 고검이 고개를 저으며 말했다.

"두 사람 모두 정말 팔자 편한 성격들이야."

"장주, 이 문제는 말이우, 우리가 걱정한다고 해결될 문제가 아닙니다. 이 일은 저 어둠 속에서 두 노인네가 걸어나오는 순간 풀릴 텐데 우리가 심각하게 굳어 있을 게 뭐가 있겠수. 오, 마침 문제의 두 노인이 나오는군요."

대웅산이 손을 들어 한쪽을 가리켰다. 고검이 급히 시선을 돌리니 과연 어둠 속에서 고화룡과 곽성통이 걸어나오고 있었다.

사람들의 시선이 새삼스레 두 사람에게 쏠렸다. 하지만 두 노고수는 다른 사람들의 시선에는 전혀 신경 쓰지 않는 표정으로 모닥불 근처로 다가와 그들이 애초에 앉아 있던 자리에 자리를 잡고 앉았다. 자리에 앉은 두 사람이 서로를 향해 한차례 눈빛을 교환하더니 곽성통이 천천히 입을 열었다.

"모두들 우리 두 사람이 나눈 대화에 대해 궁금해할 거요. 하지만 세상에는 간혹 밖으로 흘려내지 못할 이야기도 존재하게 마련, 이번 일에 대한 궁금증은 이쯤에서 접어두시오."

그러자 사천사호 중 당호가 입을 열었다.

"그럼 추격을 중지하는 것입니까?"

그러자 곽성통이 고개를 저었다.

"아니오. 우리가 대화를 나눈 것은 그들을 잡기 위함인데 어찌 추격을 중지하겠소. 단지 우리가 나눈 대화에 대한 관심을 접어달라는 말이외다."

"두 분께서 나누신 대화가 이 일을 해결하는 데 도움이 되었습니까?"

당호의 질문이 이어졌다. 그리고 그것은 이곳에 있는 모두가 하고 싶은 질문이었다.

"우린 내일 새벽 그들을 만나러 출발할 것이오."

"설마 그들이 있는 곳을 알고 있단 말입니까?"

"짐작 가는 곳이 있소."

"그곳이 어딘지요?"

"그것은 내일 도착해 보면 알게 될 것이오. 자, 그러니 모두들 그만 들어가 휴식을 취하도록 하시구려. 내일 우리는 제법 바쁠 거외다."

곽성통이 손을 들어 더 이상의 질문을 받지 않겠다는 의사를 표시하고는 굳게 입을 다물었다. 곽성통은 이곳에 모인 고수 중 가장 연장자일 뿐 아니라 무공 또한 가장 강한 사람이었다. 그가 입을 닫겠다는데 또다시 질문을 던질 사람은 없었다. 덕분에 잠시 후 사람들이 하나둘 모닥불 근처를 떠나기 시작했다.

"우리도 그만 가죠?"

추산이 고검을 향해 말했다. 추산의 얼굴에는 불만이 가득했는데, 곽성통과 고화룡이 둘만이 알고 있는 바를 속 시원하게 털어놓지 않은 때문이었다.

"그래, 그만 일어나자꾸나."

고검도 드디어 자리에서 몸을 일으켰다. 그러면서 그의 시선이 한차례 곽성통과 고화룡을 스치듯 쓸어보고는 이내 고개를 돌려 무불장 고수들이 쳐 놓은 천막 쪽으로 걸음을 옮겼다.

"대단한 인물이오."

오직 곽성통과 고화룡 두 사람만이 모닥불을 앞에 놓고 남았을 때 문득 곽성통이 입을 열었다.

"그렇습니다. 볼 때마다 감탄하게 되는 인물이지요."

"만약 저런 인물이 사패 중 한곳에 있었다면 머지않아 천하의 균형이 깨어졌을지도 모르겠구려."

"하지만 그는 결코 세상의 권력을 탐하지 않을 인물이지요.

그의 사부와 마찬가지로."

"그렇구려. 천검 능운백이 마음만 먹었다면 천하는 사패가 아니라 이미 누군가의 손에 들어갔을 것이오."

"그러니 우리 사패에게는 다행한 일이 아닙니까?"

"후후, 다행이랄 수도 아니랄 수도 있는 것이, 그가 어느 곳과 손을 잡느냐에 따라 사패 모두에게 기회가 있을 것이니 말이오. 그가 북천무맹을 선택했다면 북천무맹이, 우리 서패천을 선택했다면 본 천이 천하를 지배하고 있었을 거요. 그러니 다행이면서도 한편으로는 아쉬운 일이라오."

"그 한 사람에게 그 정도의 힘이 있다고 보십니까?"

고화룡이 묻자 곽성통이 고개를 끄덕였다.

"그의 무공은 천하팔대고수에 속해 있고, 천하무림의 굵직한 청부를 도맡아 처리하면서 형성된 인맥은 사패가 무시할 수 없을 만큼 강력하오. 세상은 그를 혼자로 알고 있지만 사실은 혼자가 아닌 사람이라오. 그러니 오늘날 무불장이 사패의 군림 속에서도 독야청청한 것이 아니겠소?"

"그렇군요. 그는 결코 혼자가 아니군요. 더군다나 그의 제자인 고 장주가 청출어람의 능력을 보여주고 있으니……."

"머지않아 그는 사부를 능가할 것이오."

"그래서 말인데, 적어도 그에게는 이 일에 얽힌 과거사를 이야기해 줘야 하지 않을까요?"

그러자 곽성통이 고개를 숙이고 고민하다 천천히 고개를 들었다.

"그가 묻지 않는다면 굳이 이야기할 필요는 없지 않겠소?"

"본 맹은 그에게 이 일의 청부를 맡긴 입장이라 그가 필요로 하는 정보는 말해줄 의무가 있지요."

"이치로 보면 그렇긴 하나 이 일은 우리 양 파의 치부와 같은 것이오. 타인에게 이야기하는 것은……."

"알겠습니다. 그가 굳이 묻지 않으면 묻어두지요. 어차피 이제부터는 우리들이 해결해야 하는 일이 되었으니 말입니다."

"그렇게 합시다."

두 사람이 서로를 보며 가볍게 고개를 끄덕였다. 한밤의 한기를 몰아내는 모닥불의 불꽃이 서서히 사그라들고 있었다.

*　　*　　*

산과 강이 어우러져 신비한 기경을 만들어냈다. 강의 폭이 넓어지며 저 멀리 수평선을 그려내는 곳. 바다의 섬처럼 곳곳에 기암절벽으로 이루어진 작은 섬들이 눈에 들어왔다.

고검과 무불장의 고수들은 고화룡과 곽성통이 이끄는 대로 강을 건너 북쪽 강변에 도착한 후, 강을 따라 이어진 절벽의 능선을 따라 걷고 있었다. 목적지는 알 수 없었다. 아마도 일행 중 정확한 목적지를 아는 사람은 곽성통과 고화룡뿐인 듯했다.

'아니, 어쩌면 그도 알고 있을지 모르겠군.'

고검이 자신의 몇 장 앞에서 걸음을 옮기고 있는 천검성을 보며 생각했다. 왠지 모르게 힘이 빠져 보이는 천검성. 평소

북천무맹의 성세를 이어갈 최고의 후기지수로 꼽히던 인물이
라고는 생각하기 어려울 정도로 의기소침한 모습이었다.

"그런데 이 청부, 계속 수행해야 되는 건가요?"

고검의 생각이 추산의 나직한 질문에 끊어졌다.

"그게 무슨 말이냐?"

"쩝, 뭐, 저들이 자신들끼리 정보를 공유하고 우리는 따돌리
고 있잖아요. 그렇다면 우리가 왜 필요하겠어요. 설마 우릴 화
살받이로 생각하고 있는 건 아닐 테고요."

"아직 청부는 끝나지 않았다."

"그들의 태도로 보건대 더 이상 우릴 필요로 하는 것 같지도
않은데요?"

"그건 그들의 사정이다. 무불장은 청부자의 입에서 청부가
끝났다는 말이 나와야 일에서 손을 뗀다."

"화살받이가 되라고 해도요?"

"우린 사람을 찾아달라는 청부를 받았을 뿐이다. 그 이외의
부탁을 들어줄 필요는 없다. 추산, 이길 명심해라. 강호에서
청부사로 살아가면서 조심해야 할 것 중 하나가 청부에 얽힌
은원에 가급적 깊이 빠져들지 말라는 것이다. 오직 청부된 일
에만 관심을 기울여라. 그 이외의 일과 엮어들면 청부사 생활
을 오래 할 수 없단다."

"그러니까 사람을 찾기만 하면 된다는 거죠?"

"그렇다. 그들이 어떤 생각, 어떤 행동을 하든지 우리가 상
관할 바는 아니다. 더불어 암전이라는 무리가 저들 이패와 어

떤 관계에 있는 무리든 역시 우리가 관여할 바는 아니다. 단지 우린 그들에게서 두 사람만 찾아오면 되는 것이다."

"알았어요, 사형. 일은 단순하게 처리하는 게 좋지요."

"그 이치를 알면 됐다."

"그나저나 이제 거의 다 온 모양이네요?"

추산의 말에 고검이 앞으로 시선을 돌렸다. 그러자 과연 선두에서 일행을 이끌고 있던 고화룡과 곽성통이 불쑥 솟은 암벽 위에서 걸음을 멈추고 있었다. 두 사람이 걸음을 멈추자 자연스럽게 뒤따르던 고수들의 발걸음도 멈춰졌다.

고수들이 모두 자신들의 뒤쪽으로 모여들자 곽성통이 손을 들어 한곳을 가리켰다.

"우린 저곳으로 간다!"

곽성통의 말에 사람들의 시선이 그의 손끝을 따라 움직였다. 그러자 멀리 강변의 절벽 위에 제법 큰 규모의 장원이 아스라이 눈에 들어왔다. 그러자 이패의 고수들과 무불장의 식구들 눈에 서서히 긴장감이 서리기 시작했다.

두 사람이 어떻게 멀리 보이는 장원을 지목해 이곳까지 고수들을 데리고 왔는지는 알 수 없으나 그들은 직감적으로 멀리 보이는 장원에 암중의 음모자들이 숨어 있을 것이란 걸 느끼고 있었다.

"장원에 들어가는 것은 나와 사천사호 네 분, 그리고 여기 무맹의 고화룡 단주와 북천십이룡의 네 분 후예들이 될 것이다. 나머지는 은밀히 장원에 접근해 장원을 포위하도록 한다."

그러자 누군가 재빨리 질문을 던졌다.

"장원에서 적이 나오면 어찌 대처하면 되겠습니까?"

"베어라!"

"존명!"

갑자기 장내에 차가운 살기가 감돌았다. 서패천과 북천무맹 고수들의 얼굴이 어느 때보다도 싸늘하게 식어가고 있었다.

'이쯤 되면 나서지 않을 수 없겠군.'

고검이 가볍게 고개를 젓고는 고화룡의 앞으로 다가갔다.

"무불장은 어찌하면 좋겠습니까?"

평소의 고검과는 다른 목소리. 고검의 기분이 별로 좋지 않음이 말투에 묻어났다. 그런 고검을 보며 고화룡의 안색이 살짝 변했다. 지금까지 말없이 자신들의 뒤를 따라온 고검이었기에 그의 변화가 내심 당황스러운 것이다. 하지만 그는 북천무맹 묵천성의 단주였다. 냉정해야 할 땐 충분히 냉정하고, 필요할 땐 충분히 잔인해질 수 있는 사람이 그였다.

"어찌하시길 바라오?"

고화룡이 되물었다. 그러자 고검의 눈에 한가닥 기광이 스치고 지나갔다.

"더 이상 무불장이 필요치 않다면 청부를 종결해 주십시오."

순간 고화룡의 눈이 살짝 흔들렸다.

"청부를 종결하길 원하오?"

"아직 두 사람을 찾지 못했으나 청부자가 더 이상 청부가 진행되는 것을 원치 않으면 이쯤에서 청부를 종결시키는 것이

옳을 겁니다."

"왜 우리가 더 이상 청부가 진행되는 것을 원치 않는다고 생각하는 것이오?"

"청부를 청한 사람이 청부사에게 정보를 감췄습니다. 그리고 직접 일을 처리하기 위해 청부사 앞에 섰습니다. 더 이상 청부사가 필요없다고 판단한 상황이라 생각되는군요. 또한… 우린 그저 명을 받고 길이나 지키는 칼잡이로 고용된 용병이 아닙니다."

고검의 말에 고화룡이 냉정한 시선으로 고검을 바라봤다. 고검 역시 전혀 거리낌없는 시선으로 고화룡의 시선을 받아냈다. 평소 과묵하면서도 예의를 잃지 않는 고검이었지만, 필요하다면 천하의 그 누구에게라도 굽히지 않을 자존심을 가진 인물이 또한 그였다. 그리고 그건 상대가 천하사패라 하여도 다르지 않았다.

고화룡의 눈빛이 잠시 흔들렸다. 그리고는 천천히 고개를 돌려 곽성통을 바라봤다. 그러자 곽성통이 가만히 고개를 저었다.

"청부는 종결이오. 잔금은 무맹에 복귀한 후 보내 드리겠소. 고 장주와 무불장의 대협들, 그간 수고 많으셨소."

고화룡의 입에서 냉랭한 말이 흘러나왔다. 그러자 고검이 지체없이 고개를 끄덕이며 대답했다.

"알겠습니다. 그럼 본 장의 식구들은 이만 물러나겠습니다. 부디 두 분, 좋은 결과 있으시기를……."

고검이 가볍게 고개를 숙여 보인 후 단호하게 몸을 돌렸다. 그리곤 뒤에 있던 추산과 무불장의 고수들에게 조용한 어조로 말했다.

"청부는 끝났습니다. 장원으로 복귀합니다."

"알았소이다, 장주!"

"알았어요, 사형! 쳇!"

무불장의 고수들과 추산이 지체없이 고검의 말에 답을 했다. 그러자 고검이 가볍게 한 번 고개를 끄덕이고는 성큼성큼 걸음을 옮겨 자신들이 온 길을 되짚어 가기 시작했다. 그 뒤를 무불장 고수들이 서둘러 따라붙었고, 추산은 기분 나쁜 눈초리로 고화룡을 한 번 쏘아보고는 이내 몸을 돌려 고검을 따르기 시작했다. 그리고 잠시 후, 고검과 무불장의 식구들이 장내에서 사라지자 고화룡이 한탄스런 목소리로 입을 열었다.

"아, 이번 일에는 정말 손해가 많군요. 무불장과 사이가 틀어졌으니 앞으로 본 무맹의 일에 그들의 힘을 빌리기 쉽지 않겠습니다."

그러자 곽성통이 고개를 저었다.

"청부한 사람이 청부의 종결을 선언했고, 대금 또한 정확하게 지급한다면 무슨 문제가 되겠소이까? 물론 고 장주의 기분이 좋지는 않을 것이오만 그는 큰 인물이오. 이번 일로 무맹의 청부를 거부하지는 않을 거외다."

"그릴까요?"

"그는 강호제일의 청부사외다. 사사로운 감정에 얽매일 인물이 아니외다."

"그렇군요. 제가 잠시 그의 그릇을 생각지 못했습니다. 자,

그럼 이제 일을 마무리 지어볼까요?"

고화룡이 곽성통을 보며 말하자 곽성통이 무겁게 고개를 끄덕였다.

"그럽시다. 이번에야말로 과거의 그늘을 완전히 지워 버려야 할 때요."

"모두 베실 생각이십니까?"

"관련이 되어 있다면 그리할 생각이오. 괜찮겠소?"

"휴, 그래야 한다면 그래야겠지요."

"다만 무제께서 어찌 생각하실지……."

"이해하실 겁니다. 대를 위해 소를 희생해야 한다는 이치를 이미 오래전부터 실천에 옮기신 분이니까요."

"좋소이다. 그럼 가보십시다."

두 사람이 다시 한 번 시선을 교환했다. 그리고 이내 곽성통의 입에서 차가운 명이 떨어졌다.

"가자!"

그러자 순식간에 장내의 고수들이 짙은 나무 그늘 속으로 사라졌다. 그런데 갑자기 서패천과 북천무맹 고수들이 사라진 방향에서 누군가의 신형이 불쑥 솟아났다. 그리고는 고검과 무불장 고수들이 사라진 방향을 향해 바람처럼 달려가기 시작했다.

"망할 놈의 늙은이들, 그럼 이곳까진 왜 데리고 온 거야!"

추산이 연신 투덜대며 걸음을 옮기고 있었다. 그러자 곁에서 걷고 있던 대웅산이 위로하듯 말했다.

"추 아우, 뭘 그렇게 화를 내나. 일 안 하고 돈을 벌게 되었으니 오히려 잘된 일이 아니던가?"

"하지만 기분 나쁘잖아요. 가라면 가고 오라면 오는 사람인 줄 아나 봐요."

그러자 이번에는 고검이 냉정한 목소리로 입을 열었다.

"네 말이 맞다. 청부사는 청부자가 가라면 가고 오라면 오는 존재들이다. 그러니 괜스레 성질 부릴 것 없다. 그리고 앞으로 청부사로 살아가려면 이런 일이 비일비재할 텐데 하나하나 화를 낸다면 애초에 청부사의 생활을 시작하지 않는 것이 좋을 거다."

"아니, 사형은 화도 안 나세요?"

"화날 일이 뭐가 있겠느냐? 난 오히려 우리 무불장의 식구들이 위험을 감수하지 않고 청부를 끝낼 수 있어서 다행이라 생각하고 있단다. 그리고 애초에 무맹에서 이 일을 우리에게 맡긴 것은 마혼령이 서패천의 지역이었기 때문이다. 그러니 암전의 무리가 마혼령을 벗어난 이상 사실 무맹에서도 굳이 우리 힘이 필요치는 않았을 거다. 더군다나 자신들의 치부가 드러날 일이라면 우릴 배제하는 것이 당연한 일이지. 그러니……."

순간 말을 하던 고검의 신형이 뒤쪽을 향해 재빨리 돌아섰다. 그리고 어느새 조오현이 허공으로 솟구치며 검을 빼 들고 있었다.

"검을 거두세요! 저예요!"

동시에 숲 속에서 다급한 여인의 음성이 들려왔다.

"아니, 설 여협이 웬일이지?"

숲 속에서 들려온 목소리는 바로 설상지의 목소리였다. 추산이 의아한 눈빛으로 목소리가 들려온 쪽을 바라보자 조오현을 앞세운 설상지가 숨을 몰아쉬며 일행이 있는 쪽으로 걸어 나왔다.

"아니, 여긴 웬일입니까?"

추산의 목소리가 쌀쌀하다. 그는 설상지와는 오랫동안 함께 움직여 무척 친근한 사이였지만 방금 전 무맹의 고화룡으로부터 물러날 것을 요구받은 것 때문에 설상지에게조차 퉁명스럽게 말을 건넨 것이다. 그런 추산을 흘깃 본 설상지가 가쁜 숨을 가라앉히며 고검에게 말했다.

"전할 말이 있어서 장주님을 뵈러 왔어요."

"나에게 말이오?"

"그래요."

설상지가 고개를 끄덕였다.

"무슨 말인지 해보십시오."

고검이 허락하자 설상지가 숨을 한 번 크게 쉰 후 긴장한 어조로 입을 열었다.

"사실 제가 이곳에 온 것은 천 대협 말고는 아무도 모르는 일이에요."

"천 대협의 부탁을 받고 오신 거외까?"

고검의 물음에 설상지가 고개를 끄덕였다.

"그래요. 천 대협께서 고 장주께 한 가지 부탁할 일이 있다고 하시면서 저에게 고 장주님을 만나길 부탁했어요."

"청부는… 이미 끝났소이다."

고검이 냉정하게 말했다. 그러자 설상지가 입술을 깨물며 고개를 끄덕였다.

"알고 있어요. 이미 무맹에서 의뢰한 일은 끝이 났다는 것을."

"하나를 더 알아두셨으면 하오. 본 무불장은 청부 이외의 일에는 관여치 않소이다."

"그것도 알고 있어요. 그래서 천 대협께서는 부탁드리는 일을 또 하나의 청부로 생각해 주십사 하는 말씀도 하셨습니다."

"또 다른 청부라……."

고검이 말꼬리를 흐렸다. 비록 천검성이 또 다른 청부라 했지만 직감적으로 그가 하려는 부탁이 기존의 청부와 연관된 것임을 알 수 있었기 때문이다. 그렇다면 어쩌면 이 부탁은 무척 위험한 부탁일 수도 있었다. 서패천과 북천부맹에서 무불장이 더 이상 이 일에 관여하는 것을 원하지 않는 상태에서 천검성의 또 다른 청부를 받아들여 이번 일에 관여하는 것은 두 세력과 마찰을 일으킬 수도 있기 때문이었다.

"본 장은 이번 일로 하여 서패천이든 북천무맹이든 양 세력과 불편한 관계가 되고 싶지 않소이다. 불편한 감정은 지금으로써도 충분하오."

고검의 말에 설상지가 이해한다는 듯 고개를 끄덕였다.

"오늘 고 단주님의 행동으로 무불장의 고수 분들께서 기분이 상하셨다는 것은 짐작하고 있습니다. 하지만 이번 일은 오직 고 장주께서만 도와주실 수 있는 일이니 부디 부탁을 들어

주시기 바라요."

"장주님, 무슨 일인지 들어나 봅시다."

곁에 있던 대웅산이 호기심이 인 표정으로 고검을 보며 말했다. 그러자 고검이 뭔가를 생각하다가 다시 입을 열었다.

"조건이 있소이다."

고검의 말에 설상지의 표정이 밝아졌다. 조건이 있다는 것은 곧 부탁을 들어줄 수도 있다는 말이었다.

"말씀하세요."

"천 대협의 부탁이 이번 청부와 관련된 일이라면 난 이번 청부에 대해 설 여협이 알고 있는 모든 정보를 알아야겠소이다. 나에게 고 단주가 말하지 않은 사항까지 말이오. 그렇지 않다면 새로운 청부를 맡지 않겠소. 말해주실 수 있겠소?"

고검의 말에 설상지가 잠시 망설이는 듯하다 고개를 끄덕였다.

"좋아요. 말씀드리도록 하겠어요. 사실 저 또한 알고 있는 일이 아니었어요. 오늘 이곳으로 오면서 천 대협께 들은 이야기들이지요."

"좋소이다. 그럼 묻겠소. 우리가 좀 전에 보았던 장원은 도대체 어떤 곳이오?"

고검의 직설적인 질문에 설상지가 잠시 머뭇거리다 입을 열었다.

"그곳을 천 대협께서는 말후(末后)의 장원(莊園)이라고 부르더군요."

"말후(末后)의 장원(莊園)? 거참, 묘한 이름이네?"

추산이 불쑥 입을 열었다.

"어떤 곳이오?"

고검이 재차 물었다.

"그 장원은 본 무맹에서 삼십여 년 전쯤에 지었다가 이십여 년 전에 폐쇄한 장원이라더군요. 하지만 무맹에서도 장원의 존재를 아는 사람은 극소수에 지나지 않는다고 해요. 겨우 십여 명 정도나 알고 있을 거라고 했어요."

"그중 한 사람이 고 단주였겠구려?"

"그래요. 그중 한 명이 고 단주님이시죠. 그리고… 천 대협께서는 아주 우연한 기회에 장원의 존재를 알게 되었다고 하더군요. 하지만 우연히 알게 된 곳이긴 하나 천 대협과는 무척 밀접한 관계가 있는 곳이지요."

"그곳에 암전의 무리가 있소?"

"고 단주와 곽 문주께서는 그리 확신하고 계시더군요."

장내에 알 수 없는 긴장감이 흘렀다. 삼십여 년 전에 북천무맹에서 세웠다가 이십여 년 전에 폐쇄된 말후의 장원. 그런데 오늘날 마혼령에서 서패천과 북천무맹 양 파의 고수들을 납치하고 마령제혼술을 시술한 암전의 무리가 어째서 그 장원으로 숨어들었단 말인가? 고검은 그 이유를 알려면 반드시 한 가지 질문에 대한 답을 들어야 한다는 것을 깨달았다.

"말후는 누굴 가리키는 거요?"

고검의 질문은 정곡을 찌른 듯했다. 설상지의 표정이 다시

한 번 변했다. 모든 것을 말하겠다던 그녀가 입술을 들썩이면서도 쉽게 입을 열지 못했다. 하지만 어차피 해야 할 대답이었다. 설상지의 입이 어렵게 열렸다.

"말후란 천룡세가의 가주이시며 당금 북천무맹의 맹주이신 북천무제 천강 어른의 마지막 부인을 가리키는 말이라고 하더군요."

"무제의 마지막 부인? 그렇다면 상운화 노부인을 말하는 것이오?"

북천무제 천강에게는 모두 세 명의 부인이 있었다. 그중 세 번째 부인이 연경의 거상 상의범의 딸인 상운화였다. 북천무제가 마지막으로 상운화를 부인으로 맞아들인 것이 이미 삼십오 년 전의 일이었다. 그러나 설상지의 입에서 흘러나온 대답은 고검과 무불장의 고수들이 예상하는 것과는 전혀 다른 것이었다.

"상 노부인이 아니에요. 무제께는 강호에 알려지지 않은 또 한 명의 마지막 부인이 계셨다고 하는군요."

"그렇다면……?"

고검이 설상지를 바라봤다. 그러자 설상지가 무겁게 고개를 끄덕이며 대답했다.

"맞아요. 절벽 위에서 본 장원은 바로 그 마지막 여인을 위해 마련한 것이었어요. 그녀의 이름은 묘음화. 바로 묘신문 최후의 문주였던 묘경림의 혈육 중 유일하게 살아남은 인물로 묘경림의 하나밖에 없는 손녀였지요."

第九章

무제의 아들

청부금은 기이한 문양이 새겨진 하나의 동패였다. 문양은 음각한 후 금을 채운 것으로 전설 속의 용 같기도 하고 하늘을 나는 천마 같기도 했다.

"이건……?"

"천룡세가의 기보 중 하나인 천룡승천패지요."

"본 장은 금전으로 청부금을 받는 것을 원칙으로 하오만……."

"천 대협께서 말씀하시길 이 천룡승천패는 값을 따질 수 없을 만큼 귀한 것이라고 했어요. 당장 금전이 없으니 이것을 맡아두시면 훗날 청부가 완성된 뒤 금 일천 냥을 가지고 가서서 되찾아오시겠다더군요."

“금 일천 냥이라고 했소?”

고검이 놀란 눈으로 물었다.

“그래요.”

“도대체 청부할 것이 무엇인데 금 일천 냥을 청부금으로 낸단 말이오? 본 장이 이번 마혼령의 일로 받은 청부 대금이 모두 금자 일천 냥이오. 그런데 또다시 금자 일천 냥이라니……?”

“사람을 한 명 구하는… 아니, 사람 한 명을 확보하는 일이에요.”

“그게 누구요?”

그러자 설상지가 입술을 깨물며 대답했다.

“바로 천도성 소협이에요.”

“천도성? 그는 이번에 실종된 사람 중 하나가 아니오? 또한 지금 무맹과 서패천의 고수들이 그를 구하러 그 말후의 장원으로 몰려간 것이고. 그런데 다시 청부라니, 도대체 무슨 일이 벌어지고 있는 것이오?”

그러자 설상지가 무거운 얼굴로 대답했다.

“이 한마디면 대답이 될지 모르겠네요. 천도성 소협은 북천무제 천강 어른의 세 아드님 중 막내아드님이지요.”

“그건 나도 알고 있소.”

“그럼 그의 생모도 알고 계시나요?”

그러자 고검의 눈에 기광이 스치고 지나갔다.

“설마……?”

"그래요. 그의 생모는 바로 말후 묘음화라고 하더군요. 세상은 그의 생모를 무제의 삼부인 상운화 노부인으로 알고 있지만, 기실 그는 말후와 무제 사이에 태어난 사람이더군요. 이 일은 강호는 물론 천룡세가 내에서도 철저히 비밀에 부쳐진 일로 천도성 소협 자신도 모르는 일이랍니다. 천도성 소협은 상 노부인을 자신의 친모로 알고 있었지요. 더군다나 상 노부인께서 천 소협에게 쏟은 정성은 그야말로 대단해서 누구도 두 사람이 친모자 관계라는 것을 의심하지 않았답니다."

설상지의 말이 끝나자 고검이 시선을 하늘로 돌렸다. 흐린 가을 하늘이 곧이라도 폭우를 쏟아낼 것처럼 무거웠다.

"그가… 그 사실을 알았겠군요."

그러자 설상지가 고개를 저었다.

"확신할 수는 없어요. 이 모든 것이 천 소협이 자신의 출신을 알고 계획한 일인지, 아니면 천 소협은 그저 이번에 실종된 북천무맹 고수 중 한 사람일 뿐인지……."

"천 대협은 그가 이 일의 주모자일지도 모른다고 생각하는 모양이구려?"

"그래요. 하지만 그는 천 대협의 동생이지요. 그래서 천 대협은 그를 살리고자 하는 거예요."

"설사 그가 이 일의 주모자라 하더라도 고 단주가 무제의 아들을 죽이기야 하겠소?"

그러자 설상지가 천천히 고개를 저었다.

"그건 고 장주께서 아직 묵천성이란 조직과 그 조직을 이끌

고 있는 고 단주님에 대해 모르고 있기 때문에 하시는 말씀이
에요. 이미 고 단주와 서패천의 곽 문주가 말후의 장원에 난
풀 한 포기까지도 멸절시키라는 명을 내렸어요."
　"그도 천 소협의 비밀을 알고 있소?"
　"묵천성의 단주는 북천무맹에서 일어나는 모든 일을 알고
있지요."
　"자신의 아들이 죽은 것을 알면 무제가 가만히 있겠소?"
　"무제께서는 사사로운 정에 이끌리는 분이 아니지요. 어쩌
면 그분도 이번 일을 통해 말후의 장원과 그에 얽힌 과거사를
영원히 묻어두고 오시길 바랄지도 몰라요."
　그러자 고검의 얼굴에 씁쓸한 미소가 흘렀다.
　"참으로 냉혹한 부정(父情)이구려."
　"강호란 원래 그런 곳이 아니던가요?"
　"그렇구려. 강호란 원래 그런 곳이지. 해서 나의 사부께서
는 수많은 유혹을 뿌리치시고 사패에 들지 않으셨던 것이라
오. 그나저나 청부를 수행하자면 결국 우리도 말후의 장원으
로 가야겠구려. 그리되면 필연적으로 무맹이나 서패천의 고수
들과 문제가 일어날 텐데……."
　그러자 설상지가 재빨리 입을 열었다.
　"다행히 천 대협께서는 말후의 장원에 대해 세세하게 알고
있더군요. 그는 만약 천도성 소협이 이패의 검날을 피한다면
어느 곳으로 몸을 피할지 짐작하고 있었어요. 고 장주께서는
그곳에 미리 가 계시다가 그를 구해… 아니, 확보해 주세요."

그러자 곁에 있던 추산이 고개를 갸웃거렸다.

"말후의 장원이 폐쇄될 때 천 대협은 아직 어렸을 텐데… 어떻게 그런 비도를 알고 있는 걸까?"

"천 대협은 공식적인 천룡세가의 후계자지요. 한 가문의 후계자라면 가문이 가지고 있는 모든 비밀 또한 함께 물려받는 것은 당연한 일이지 않겠어요?"

설상지가 추산을 보며 말했다. 그러자 추산이 고개를 끄덕이다가 다시금 고개를 갸웃거렸다.

"그런데… 왜 천 대협은 설 여협에게 이 일을 부탁한 것이죠? 천룡세가의 치부를 드러내면서까지……."

그러자 설상지가 살짝 입술을 깨물었다. 그리곤 한숨을 쉬며 입을 열었다.

"사실은 제 사부님과 북천무제께서 천 소협과 절 혼인시키려 하셨지요. 이번 중원행이 끝나면……."

"그러니까 결국 두 사람이 정혼한 사이란 말이군요?"

추산이 뭔가 살짝 기분이 상한 듯 되물었다. 그러자 설상지가 추산의 눈을 피하며 대답했다.

"하지만 뭐, 우리 두 사람은 결코 그럴 마음이 없었지요. 그래서 이번 중원행을 함께 떠나면서도 서로 혼인 이야기는 없던 것으로 하자고 합의를 봤어요."

"흐흠, 하지만 무림의 세가에서는 종종 당사자들의 마음과는 상관없이 가문의 이해득실에 의해 혼인을 맺기도 하지요."

추산이 퉁명스럽게 말했다.

“어쨌든 이젠 그럴 일은 없을 거예요. 이미 일이 이렇게 되었으니…….”

설상지는 자신이 왜 추산에게 그런 변명을 하고 있는지 이유를 모르겠다는 표정으로 고개를 저었다.

“아아, 알았어요. 뭐, 그냥 궁금해서 물어본 것뿐이에요.”

추산이 손을 내저으며 한 걸음 뒤로 물러났다. 그러자 두 사람의 대화를 듣고 있던 고검이 입가에 작은 미소를 지으며 입을 열었다.

“그래, 어디로 가야 하오?”

그러자 설상지의 표정이 금세 환해졌다.

“제가 안내할게요.”

하나의 청부가 끝나자 또 하나의 청부가 찾아왔다. 하지만 그것은 결코 둘이 아닌 하나의 청부였다.

‘본래 청부란 청부자뿐 아니라 청부사도 만족할 만한 결과가 나와야 끝나는 것이지. 마혼령의 청부는 아직 끝나지 않았다.’

고검이 굳게 입을 다물며 앞서 가는 설상지의 뒤를 따르기 시작했다.

넓게 퍼졌던 강물은 좁아진 협곡을 만나자 그 속도를 빨리하기 시작했다. 그리고 몇십 장 아래로 더 내려가자 굉음을 내지르며 계곡을 질주하기 시작했다.

“제길, 저길 따라 내려가야 한다는 겁니까?”

대웅산이 투덜거렸다. 도저히 사람이 타고 내려갈 급류가 아니었다. 누구라도 발을 들이면 단 일각도 버티지 못하고 배가 산산조각날 것 같은 급류. 하지만 설상지의 손은 그 급류를 가리키고 있었다.

"저곳을 따라 내려가야 하오?"

고검이 재차 묻자 설상지가 고개를 끄덕였다.

"저 급류의 중간에 말후의 장원과 이어지는 동굴이 있다고 했어요."

그러자 고검이 한참 동안 격류를 바라보다가 이내 고개를 끄덕였다.

"그럼 한번 가봅시다."

"아니, 장주, 정말 저 격류를 타고 내려갈 생각이오?"

대웅산이 놀라며 물었다.

"그곳으로 그가 온다니 아니 갈 수 없지 않겠나?"

"하지만 무슨 수로 저 격류를 뚫고 그 동굴을 찾아간단 말이우? 무슨 특별한 배가 있는 것도 아니고……."

그러자 고검이 손을 들어 계곡 양옆의 험준한 절벽을 가리켰다.

"절벽을 타고 가면 되지 않겠나?"

"아니, 저 험준한 절벽을 타고 가잔 말이우? 떨어지면 뼈도 못 추리겠구먼……."

"우리 무불장의 고수들이 저 정도 절벽도 타지 못하리라고는 생각지 않네만……."

고검의 말에 대웅산이 머쓱한 표정을 지어 보였다.

"뭐, 그렇긴 합니다만… 에이, 가죠, 뭐. 못할 것도 없죠."

"그런 의미에서 자네가 앞장을 서게."

"에? 제가요?"

대웅산의 반문에 고검이 고개를 끄덕였다.

"에라, 매도 먼저 맞는 게 좋다고. 알았수. 내가 길을 열지요."

말을 마친 대웅산이 훌쩍 몸을 날려 격류가 시작되는 지점부터 이어지기 시작한 절벽을 횡으로 타기 시작했다. 그러자 그 뒤를 무불장의 고수들과 설상지가 뒤따르기 시작했다.

절벽은 험했다. 수직으로 서 있는 절벽은 아무리 산을 잘 타는 사람이라도 십여 장 이동하기도 힘들 정도로 험난했다. 하지만 대웅산은 거대한 몸집에도 불구하고 절벽 중간중간 튀어나온 작은 돌출구와 기형적으로 자란 나무들에 의지해 서서히 계곡의 하류로 전진하고 있었다.

"대 형님은 보기와는 달리 몸이 무척 가볍군요."

추산이 대웅산의 몸놀림에 놀라며 말했다.

"본시 강호에는 보법이란 이름으로 다양한 비술이 존재하지만 그 어떤 것이라도 공력이 뒷받침되어야 제대로 위력을 발휘하는 법이다. 웅산의 공력은 우리 무불장의 식솔 중에서도 첫째, 둘째를 다투니 그의 보법이 신묘한 것은 그리 놀랄 일이 아니다."

고검이 추산에게 말했다.

"그런 이유로 저 곰같이 거대한 대 형님을 앞에 세운 거군요?"

"사람은 겉모습만 보고 판단해선 아니 되는 법이란다. 특히 강호에서는 더더욱."

"알았어요, 사형. 전 이번 청부 일을 하면서 정말 많은 것을 깨닫고 있어요."

"그랬느냐?"

"예, 특히 강호무림인들의 행사가 어떠한지를 분명히 알게 되었지요."

"후후, 적이 실망한 표정인데?"

"강호가 온갖 음모가 난무하는 곳이라 해도 천하사패의 고수들이라면 그 행동이 광명정대할 줄 알았는데 그렇지도 않더라고요. 자신들의 치부를 가리기 위해 우릴 내쫓는 것만 봐도 알 수 있지요. 뭐, 세상사 다 그런 거지요."

"그들을 탓하지는 말거라. 강호란 명분이 중요한 곳이거든."

"명분이라……. 중요하죠. 그런데 종내 궁금한 게 있네요?"

"그게 뭐냐?"

"제가 생각할 때 숙영지에서 북천무맹의 고 단주가 곽 문주에게 한 말은 분명 그 묘신문의 후예인 말후와 그녀의 감춰진 아들인 천도성에 대한 것이었을 거예요. 그래서 그들은 말후의 장원으로 오게 된 것일 테고요."

"아마도 그렇겠지."

"하면 곽 문주는 고 단주에게 어떤 말을 했을까요? 적어도 말후에 대한 이야기만큼 중대한 비밀을 이야기했을 텐데……. 그렇지 않다면 고 단주가 말후의 장원까지 서패천의 무리들과 함께 왔을 리가 없잖아요?"

그러자 고검의 눈에 이채가 서렸다. 그리곤 천천히 고개를 끄덕였다.

"사제, 네 말이 맞구나. 모두들 말후의 이야기에 관심을 기울이느라 서패천의 곽 문주가 지니고 있는 비밀에 대해서는 관심을 기울이지 않았어. 사제, 그리고 보니 넌 정말 관찰력이 뛰어나구나."

"헤헤, 관찰력이 뛰어난 것이 아니라 호기심이 많은 거죠. 당시 고 단주는 말후의 이야기를 묻는 곽 문주에게 그는 어떻게 되었냐고 했단 말이에요. 그렇다면 분명 곽 문주 쪽에도 묘신문과 관련된 사람 누군가에 대한 비밀이 있다는 얘기지요. 그 누군가가 누굴까요?"

그러자 갑자기 그에 대한 대답이 설상지로부터 흘러나왔다.

"아마도 그들이 말한 그는 묘신문 최후의 신장이던 모도수였을 거예요."

"모도수?"

"그래요. 천 대협께 들은 말인데, 묘신문이 멸망할 때 살아남은 묘신문의 후예 중 말후는 북천무맹이, 최후의 신장이던 모도수는 서패천에서 데리고 갔다고 하더군요. 물론 그 두 사람에게서 묘신문의 술법과 절기들을 빼낼 목적이었지요.”

“흐흠, 서로 사이좋게 한 사람씩 나누어 가졌군.”

추산이 비웃듯 말하자 설상지가 씁쓸한 미소를 지으며 대답했다.

“맞아요. 서로 한 사람씩 나누어 가진 거지요. 무맹이든 서패천이든 한쪽이 모든 것을 소유할 수는 없었으니까요.”

“그 모도수란 자는 어찌 되었을까요?”

추산이 고검에게 묻자 고검이 고개를 저었다.

“알 수 없는 일이지. 하지만 그자 또한 이번 일에 어떤 식으로든 관련되어 있을 것 같다는 생각이 드는구나.”

“왜요?”

“그렇지 않다면 왜 서패천 칠대종가의 문주인 곽성통이 강호에 나왔겠느냐? 더군다나 그는 무맹과 합작해서 폐허가 된 말후의 장원으로 향했다. 그것은 곧 서패천이든 북천무맹이든 모두 암전의 무리들로부터 자유로울 수 없다는 의미지.”

“듣고 보니 그렇네요? 야, 이 일은 정말 재미있네요?”

“우리가 말후의 아들을 만나게 된다면 이 일에 숨겨진 모든 얘기를 알 수 있을 것이다.”

“헤헤, 그자를 꼭 만나야겠네요. 대 형님, 아직 동굴이 안 보여요?”

추산이 앞서 나가고 있는 대웅산을 향해 소리쳤다. 그러자 이내 대웅산의 대답이 들려왔다.

“추 아우, 재촉하지 말게나! 이 대 형님은 다리에 힘이 빠져 떨어져 죽을 판일세!"

"엄살 피우지 마세요!"

"껄껄껄, 엄살이 아니야! 하지만 마침 하늘이 무심치 않아 눈앞에 목적지가 보이는군! 장주, 다 온 모양입니다! 저기 동굴이 보이네요!"

대웅산의 대답에 사람들의 시선이 대웅산의 앞쪽으로 쏠렸다. 그러자 과연 이십여 장 떨어진 곳에 거대한 동굴 하나가 검은 입을 벌리고 있었다.

"와, 이거 보기만 해도 무시무시한데?"

동굴이 위치한 곳으로 날아내리며 대웅산이 짐짓 겁먹은 표정으로 말했다. 대웅산이 한 말은 비록 과장된 것이었지만 그렇다고 완전히 틀린 말도 아니었다.

동굴은 수면 아래까지 이어져 있었다. 그래서 동굴의 반은 수면 위로, 또 반은 수면 아래에 잠겨 있었는데, 입구의 폭이 수십여 장에 달해 웬만한 배가 동굴을 드나드는 데 부족함이 없어 보였다. 또한 수면 아래에 잠긴 곳의 수심도 가늠할 수 없을 만큼 깊어 보였다.

"이제 어떡하죠?"

추산이 고검을 보며 물었다. 그러자 고검이 설상지를 돌아봤다.

"그가 몸을 뺀다면 확실히 이곳으로 오는 것이오?"

"천 대협의 짐작은 그랬어요. 이곳이 말후의 장원과 연결되는 유일한 비도라고 하더군요.”

“이 길을 천도성이 알고 있겠소?”

그러자 설상지가 고개를 끄덕였다.

“아마도 알고 있을 거예요. 말후 묘음화가 살아 있을 때 이 곳에는 말후 이외에도 적지 않은 수의 묘신문 후예들이 함께 기거하고 있었지요. 천 소협이 은밀하게 이곳에 터전을 잡았 다는 것은 당시 말후를 모시던 묘신문의 후예 중 일부가 살아 있거나 그들의 후손들이 살아서 천 소협을 따르고 있다고 봐 야 할 거예요. 그렇다면 당연히 이 비도를 알고 있겠지요.”

“이 비도는 도대체 누가, 왜 만든 것이오?”

“그건 정확히 모르겠어요. 저도 천 대협에게 듣고서야 비도 의 존재를 알았으니까요. 하지만 제가 보기에 이 비도는 누가 만든 것이 아니라 본래부터 존재했던 것 같은데요.”

“그건 설 여협 말이 맞는 것 같아요. 사형, 이건 자연적인 동 굴이에요.”

“하지만 어쨌든 말후의 장원 쪽에서 이 비도로 들어서기 위 해서는 뭔가 작업을 했어야 하지 않았겠느냐?”

“헤헤, 그도 그렇네요.”

추산이 머리를 긁적였다. 그러자 설상지가 조용히 말했다.

“자세히는 모르지만 이 비도는 말후의 죽음과 연관이 있다 고 하더군요.”

“천 대협이 그리 말했소이까?”

“네. 하지만 더 이상 자세한 내막은 말하지 않았어요.”

설상지의 말에 고검이 천천히 고개를 끄덕이며 다시금 거대한 동굴 입구 쪽으로 시선을 주었다. 그리고 잠시 동안 무불장의 고수들은 절벽을 뚫고 들어간 동굴의 이곳저곳을 살폈다.

"그는 이곳으로 어떻게 나올까요?"

잠시 후 추산이 고개를 갸웃거리며 물었다.

"걸어나오긴 힘들고… 이곳이 만약 위급한 지경에 탈출하기 위해 만든 통로라면 동굴 안쪽에 배가 있지 않을까?"

대웅산이 추산의 물음에 답했다.

"대 대협의 말이 맞아요. 그가 이리로 온다면 배를 타고 나올 거라고 했어요. 아마도 이 격류를 뚫고 나갈 수 있는 배가 준비되어 있을 거예요."

설상지가 대웅산의 말에 맞장구를 치자 고검이 희미한 미소를 지으며 입을 열었다.

"이제 보니 금자 천 냥은 이 청부의 어려움에 비해 그리 비싼 금액이 아니었군."

"그게 무슨 말씀이세요?"

"사제, 생각해 보아라. 그를 확보하기 위해서는 우린 두 세력과 싸워야 한다. 하나는 그들을 추격하는 서패천과 북천무맹의 고수들로부터 그의 목숨을 지켜야 하는 것이고, 다른 하나는 그와 그의 동료들이 다른 곳으로 도주하지 못하도록 그들을 제압해야 하는 것이다. 그의 목숨을 살리면서 말이야. 더군다나 이패의 추격을 따돌릴 때 우리가 이 일에 관여되었다는 것을 들켜서도 안 되니 이 어찌 쉬운 일이겠느냐?”

“듣고 보니 그러네요. 이패의 눈을 피해 그를 돕기도 어렵고, 설혹 어떻게 그를 빼낸다 해도 그가 순순히 우릴 따라오지도 않겠지요?”

“당연한 일이지.”

“제법 힘들겠는데요?”

“그러니 천 대협이 그리 큰돈을 내놓은 거겠지. 하지만 지형을 이용하면 일단 이패의 추격은 피할 수 있겠구나.”

“어떻게요?”

추산이 묻자 고검이 손을 들어 동굴 천장으로부터 위태롭게 자라고 있는 종유석들을 가리켰다. 그리곤 조오현을 돌아보며 말했다.

“칼질을 해놓을 수 있을까요?”

그러자 조오현이 고개를 끄덕였다.

“어려운 일은 아니오, 장주. 내게 맡기시오.”

“저도 함께 하지요.”

고검이 조오현의 말에 대답을 하고는 훌쩍 몸을 날려 동굴의 벽면을 타고 동굴 안쪽으로 들어가기 시작했다. 그러자 조오현도 뒤질세라 고검의 뒤를 따라 고검이 타고 들어가는 동굴 벽면의 반대쪽을 타기 시작했다.

“도대체 뭘 하려는 거지?”

추산이 호기심이 이는 표정으로 고검과 조오현의 행동을 지켜보고 있는데 거의 동시에 두 사람의 검이 검집을 벗어났다.

슈슈슉!

순식간에 동굴 안이 두 사람이 만들어내는 검음으로 가득 찼다. 고검과 조오현은 자신들이 지나치는 동굴의 천장에 매달린 종유석들을 향해 검을 그어대고 있었다. 그런데 이상한 것은 그들의 검이 지나친 종유석 중 어느 것도 물속으로 떨어져 내리지 않고 있다는 것이었다. 그 모습을 보고 있던 추산이 그제야 무릎을 치며 감탄사를 흘려냈다.

"아하! 이제야 알겠다. 사형은 바로 저 종유석들을 이용해 이패의 추격을 막을 생각이시구나."

그러자 곁에 있던 왕민이 빙그레 미소를 지었다.

"장주는 평소에 과묵한 듯 보이지만 일을 풀어내는 데 있어서는 누구 못지않게 기계(奇計)를 잘 쓰는 사람이라오."

"헤헤, 사부님도 사실 사형의 머리가 무척 좋다고 말씀하셨지요. 자주 쓰지 않아서 그렇지."

고검과 조오현이 동굴 속에서 다시 나온 것은 두 사람이 동굴의 벽면을 타고 들어간 지 이각여가 흐른 뒤였다. 두 사람은 발 디딜 지면도 없는 동굴을 타고 들어갔다 나왔음에도 전혀 호흡이 흐트러지지 않고 있었다.

"일은 잘 끝났수?"

대웅산이 동굴 앞에 내려서는 고검을 보며 물었다.

"준비는 그런대로 끝난 것 같네. 이제 기다리는 일만 남았네."

"그런데 종유석에 칼질을 해놨다고는 해도 어떻게 시간에 맞춰 그것들을 떨어뜨리죠?"

추산이 묻자 고검이 미소를 지으며 대웅산을 바라봤다.

"우리 중에는 힘으로는 누구에게도 밀리지 않는 사람이 하나 있지."

"공력이라면 장주와 한번 겨뤄볼 생각은 있수. 물론 내가 이기지는 못하겠지만……."

대웅산이 한 팔을 불끈 들어 올리며 말했다.

"공력이 센 것과 종유석을 떨어뜨리는 것이 무슨 관계가 있는데요? 설마 하나하나 밀어서 떨어뜨릴 생각은 아니시죠? 그건 불가능할뿐더러 이패와 그 암전의 무리를 갈라놓는 데도 별로 효과가 없을걸요?"

"네 말대로 그런 방법을 쓰지는 않을 거다."

"그럼……?"

추산이 무척 궁금한 듯 재빨리 되묻자 고검이 품속에서 두 개의 피리를 꺼냈다. 그것은 사람 손바닥 두 배 정도 되는 길이의 아주 짧은 피리였는데, 생김새로 보아 동(銅)으로 만든 듯 보였다.

"그건 피리 아니에요?"

"그렇단다. 난 이 두 개의 피리로 종유석을 일시에 떨어뜨릴 생각이다."

"음공(音功)을 사용한단 말인가요?"

추산의 물음에 고검이 고개를 끄덕였다.

"하지만 겨우 피리 소리로……?"

“이 피리는 보기엔 이래도 보통의 피리들과는 무척 다른 구석이 있단다. 애초에 만들어지길 풍류를 즐기기 위해 만들어진 것이 아니라 사람을 살상하는 용도로 만들어진 것이다. 공력이 높은 고수가 이 피리를 불면 보통 사람은 고막이 파열되어 죽게 되지.”

“흐흐, 그건 장주의 말이 맞다네, 추 아우. 이 년 전인가? 동해의 무법자들을 상대하러 장주와 함께 간 적이 있는데, 당시 장주의 저 동피리로 우린 스물두 명의 적을 격살했다네. 서로 거리가 있는 배 위에서는 화살보다 무서운 것이 피리일세.”

“와, 이건 생각보다 대단한 물건이네요? 사형은 이 동피리를 어디에서 구하셨어요?”

“청부 일을 하다 보면 온갖 물건을 가지고 청부를 요청하는 사람을 만날 수 있단다. 예를 들어, 오늘 내 손에 천룡세가의 기보 천룡승천패가 들어온 것처럼 말이다.”

“그럼 그 동피리는 청부대금으로 받은 것이군요?”

“그렇단다. 육 년 전인가? 이름없는 악사(樂士) 조손(祖孫)이 가문의 원한을 풀어달라는 청부와 함께 내게 건넨 것이지.”

“헤헤, 그렇다면 사형의 품속에는 적지 않은 기물들이 있겠네요?”

“적지는 않다.”

“히, 그럼 그 피리 중 하나쯤 이 사제에게 주실 수 있지 않을까요?”

그러자 고검이 오랜만에 호탕한 웃음을 터뜨렸다.

"하하하, 역시 사제 너는 장사에 소질이 있구나. 오냐, 오늘 일이 끝나면 두 개 중 하나는 너에게 주마."

그러자 곁에 있던 대웅산이 눈을 부라리며 고검에게 따지듯 말했다.

"아니, 장주, 이럴 수가 있소? 내가 몇 번을 애원해도 들은 척도 하질 않더니 추 아우에게는 단번에 그 피리를 내주겠다뇨?"

"이보게, 웅산. 어쩌겠는가? 산이는 나의 하나밖에 없는 사제인데……."

"맞아요. 천하에 사형제만큼 가까운 사이는 없는 거라고요."

추산이 고개를 끄덕였다.

"흥, 알겠수. 제길, 나도 어디서 사형 하나 만들든지 해야지."

세 사람이 그렇게 농을 수고받고 있을 때 갑지기 조오현이 손을 들어 세 사람의 대화를 중지시켰다. 그러자 순식간에 장내에 팽팽한 긴장감이 감돌기 시작했다.

따다당!

멀리서 도검이 격돌하는 소리가 동굴의 수면을 통해 들려왔다. 동굴 속으로 이어진 물결이 잘게 파랑을 일으켰다.

"드디어 나타났나 봐요."

추산이 긴장한 어조로 낮게 말했다. 고검이 고개를 끄덕이며 무불장의 고수들에게 눈짓을 보냈다. 그리곤 들고 있던 동피리 중 하나를 대웅산에게 넘겼다.

고검의 신호를 받은 무불장 고수들은 일제히 몸을 날려 동굴 위쪽의 험준한 절벽 위로 날아올랐다. 배가 동굴 아래로 나오는 순간 배 위로 날아내리기 위한 준비였다. 동굴의 입구에 남아 있는 사람은 고검과 대웅산 두 명뿐이었다.

'종유석을 떨어뜨릴 수 있는 거리가 확보되길 빌어야겠군.'

고검이 격렬한 격돌음이 들려오는 동굴을 주시하며 생각했다. 만약 도주하는 자들의 배와 추격하는 이패 사이의 간격이 좁다면 미처 칼질을 해놓은 종유석을 떨어뜨릴 기회가 없을지도 몰랐다. 그렇다면 이곳에서의 일은 실패로 끝날 가능성이 많았다.

'언제나 일이 성사되려면 얼마간의 운이 따라야 하는 법이지.'

그리고 고검의 바람은 이루어졌다. 한순간 고검의 눈에 기광이 흘렀다. 공력을 한껏 끌어올려 시력을 높인 고검의 시선 속에 멀리 동굴 속에서 검푸른 물살을 헤치며 밀려 나오고 있는 작은 흑선이 들어왔다. 그리고 그 뒤로 십여 장의 거리를 두고 동굴의 벽면과 천장을 타며 흑선을 추격하고 있는 일단의 무리들이 언뜻언뜻 모습을 드러냈다.

'십 장이라……. 원하는 만큼은 아니어도 충분히 시도해 볼 만한 거리군.'

고검이 대웅산을 바라봤다. 대웅산 역시 고검의 신호를 기다리고 있었으므로 한순간 두 사람의 시선이 허공에서 마주쳤다. 고검이 고개를 끄덕이며 손을 들어 동피리를 입에 가져갔다. 그러자 대웅산 역시 지체없이 피리를 입에 물었다.

콰아아아!

흑선에 밀리는 물결이 동굴의 입구 바로 앞까지 다가왔다. 어느새 흑선이 막 칼질을 해놓은 종유석들을 벗어나고 있었다.

삐이이이!

순간 고검의 입에 물린 동피리에서 사람의 신경을 긁는 듯한 소음이 동굴 속으로 퍼져 나갔다.

삐이이!

연이어 대웅산의 피리에서도 예의 그 소음이 일어났다. 그리고 잠시 후 갑자기 동굴 속에서 미세한 진동이 일어나기 시작했다.

"조심하라!"

멀리서 누군가의 경고성이 흑선이 만들어내는 물결 소리와 고검과 대웅산 두 사람이 만들어내는 피리 소리에 뒤엉켜 들려왔다.

쿠쿠쿵!

그리고 그 순간, 갑자기 천지가 진동하는 듯한 소음이 일어나며 고검과 조오현이 칼질을 해놓은 종유석들이 비 오듯 떨어져 내리기 시작했다.

"위험하다! 뒤로 물러나라!"

다급히 들려오는 누군가의 목소리. 고검은 어쩌면 고화룡의 목소리일지도 모른다고 생각했다.

콰콰콰!

그 와중에도 흑선은 속도를 줄이지 않고 동혈을 빠져나오고 있었다. 흑선의 뒤쪽으로 연이어 폭포수처럼 떨어져 내리는 종유석들이 눈에 들어왔다. 흑선과 그들을 추격하던 이패 고수들의 간격이 순식간에 멀어졌다. 그리고 잠시 후 흑선의 음울한 뱃머리가 동굴 밖으로 튀어나왔다.

콰아아!

동굴을 벗어난 흑선은 전혀 속도를 줄이지 않고 그대로 격류에 부딪쳐 갔다. 보통의 배라면 격류에 휘말리는 순간 전복되었어야 하지만 흑선은 격류에 부딪쳐 위태롭게 기우뚱거리면서도 순식간에 방향을 틀어 격류를 따라 내려갈 준비를 갖추는 것이었다.

"지금!"

순간 고검의 입에서 짧은 명령이 떨어졌다. 동시에 동굴 위쪽 암벽에 매달려 있던 무불장의 고수들이 일제히 흑선 위로 날아내렸다. 고검과 대웅산도 재빨리 피리를 회수하고 암벽을 타고 오르다가 훌쩍 몸을 날려 방향을 트느라 잠시 속도가 느려진 흑선 위로 날아내렸다.

"웬 놈들이냐?"

고검이 흑선에 내려섰을 때, 이미 무불장의 고수들과 흑선에 타고 있던 자들 사이에는 팽팽한 긴장감이 흐르고 있었다.

비록 충돌이 일어나지는 않고 있었지만 상황은 일촉즉발의 상태였다.

흑선에 타고 있는 인원은 일곱 명. 그중에서 두 명은 복면을 벗은 채였고, 나머지 다섯 명은 고검의 눈에도 익숙한 복면을 하고 있었다. 그중 무불장의 고수들을 보고 노성을 터뜨린 자는 채 삼십이 되지 않았을 것 같은 젊은 고수였다.

그는 복면을 하고 있지 않은 두 사람 중 하나였는데, 그 피부가 백옥처럼 하얄 뿐 아니라 어디에서든 도드라지는 용모를 지닌 인물이었다.

출렁!

백면의 젊은 고수가 질문을 던지는 그 와중에 흑선이 한차례 크게 출렁였다. 그리고 잠시 후, 드디어 급류와 같은 방향으로 틀어진 흑선이 바람처럼 빠른 속도로 급류를 타고 하류로 흘러내려 가기 시작했다.

"멈춰라!"

그래서 흑선이 튀어나온 농굴의 입구로 일단의 사람들이 뛰쳐나오며 흑선을 보고 소리쳤을 때에는 이미 흑선이 급류에 섞여 제법 먼 거리까지 흘러내려 간 이후였다. 덕분에 동혈에서 나온 사람들은 자신들이 쫓던 인물들 이외의 자들이 흑선에 오른 것을 알아챌 수 없었다.

"놓치고 말았구려. 철저히 준비를 해놓았던 모양이외다."

곽성통이 탄식하듯 고화룡을 보며 말했다. 그러자 고화룡이 자신들이 지나온 동혈을 보며 대답했다.

"설마 동굴 속에서 종유석을 이용해 우리의 추격을 막을 거란 생각은 미처 하지 못했군요. 일이 어렵게 되었군요. 말후의 장원에서 암전의 무리를 거의 전멸시키기는 했으나 저 흑선을 타고 도주한 일곱 명의 인물은 반드시 제거했어야 하는 자들인데……. 그들이 살아 있다면 언젠가는 또다시 분란을 일으킬 것이 분명할 겁니다."

"하지만 한편으로는 마음이 놓이기도 하는구려. 내 손으로 그 아이를 베지 않아도 되니……."

"저 또한 마찬가지입니다. 적어도 북천무제께 그 아들의 수급을 가지고 가지 않아도 되니 말입니다. 하지만… 이대로 그들을 보내줄 수는 없겠지요."

"이 급류를 따라 내려가면 서안을 지나 황하로 들어서게 될 것이오. 그리되면 그들을 찾는 것은 그리 쉬운 일이 아닐 거요."

그러자 고화룡이 고개를 끄덕였다.

"맞는 말씀입니다. 더군다나… 그들은 황하의 지배자를 자처하는 자들과 연줄이 있지요."

"황하의 지배자들이라니 누굴 말하는 것이오?"

그러자 고화룡이 눈을 들어 이제는 꼬리만 남은 흑선을 보며 중얼거렸다.

"황룡무적단이라고 아십니까?"

"음… 들어봤소. 최근 황하를 장악한 수적들이 아니오?"

"그렇습니다. 암전은 그들과 관련이 있습니다. 아니, 적어도 그들과 거래를 할 수 있는 사이지요."

"그렇소? 허허, 그렇다면 결국 저들이 서안을 지나기 전에 잡아야겠구려."

"서안에 나와 있는 본 맹의 모든 고수들을 움직여야겠습니다."

"우리 서패천 또한 그리하리다. 자, 그럼 얼른 움직입시다."

곽성통의 말에 고화룡이 고개를 끄덕였다. 곽성통이 주위에 늘어선 고수들을 보며 명을 내렸다.

"서안으로 간다! 모두 서둘러라!"

그러자 두 사람의 주변에 모여 있던 고수들이 다시금 그들이 빠져나온 동굴을 향해 몸을 날리기 시작했다. 고화룡과 곽성통도 이내 동굴 안으로 모습을 감췄다. 그런데 이패의 고수들이 모두 동굴 속으로 사라졌을 때 가장 늦게까지 흑선을 바라보고 있던 인물이 있었다. 바로 무불장에 새로운 청부를 넣은 천검성이었다.

"고 장주를 믿어볼 밖에……. 도성… 네가 살 수 있는 길은 오직 하나다. 그건 바로 고 장주에게 네 목숨을 맡기는 것. 아무리 네가 큰 죄를 지었다 해도 나의 동생이 분명하니 난 너에게 기회를 아니 줄 수 없었다. 부디 이 한 번의 기회를 잡기 바란다."

침울하게 혼잣말을 흘려낸 천검성이 다시 한 번 흑선이 사라진 쪽을 보더니 이내 몸을 날려 동굴 속으로 사라졌다.

흑선이 끊임없이 요동쳤다. 곧이라도 계곡의 바위에 부딪쳐 산산조각날 것 같은 위태로운 지경. 그러나 그 위에 몸을 싣고 있는 십사 인은 배에 두 발이 붙은 듯 전혀 미동을 하지 않고 있었다. 고절한 공력이 없다면 불가능한 모습들. 양측은 여전히 서로를 노려보고 있었다. 그런데 그 와중에도 서로를 알아보는 사람들이 있었다.

"역시 천 소협 당신이었군요."

설상지의 입에서 한탄 섞인 음성이 흘러나왔다. 그러자 암전의 무리 중 복면을 하고 있지 않은 두 젊은 고수 중 한 명이 나직한 목소리로 입을 열었다.

"설 낭자, 그대가… 그대가 왜 이곳에 있는 거요?"

말을 하는 젊은이의 얼굴에 잠시나마 괴로운 빛이 스치고 지나갔다.

"그건 제가 묻고 싶은 말이군요. 천 소협이야말로 지금 무슨 짓을 하고 계신 거죠? 마혼령에서의 일은 모두 천 소협이 꾸민 일이었던가요?"

물론 묻지 않아도 알 수 있는 일이었다. 하지만 설상지는 천도성의 입을 통해 직접 그 대답을 듣고 싶었다.

"부인하지 않겠소. 마혼령에서 일어난 일은 이 천도성의 주도 하에 일어난 일이오."

"역시 그랬군요. 당신이 동료들을 그 지경으로 만든 사람이었군요."

"설 낭자, 이 일에는 설 낭자가 알지 못하는 수많은 혈원이

엉켜 있소이다.”

천도성이 변명하듯 말했다.

“그대가 말후의 아들이라는 사실 말인가요?”

순간 천도성의 눈이 커지며 그의 눈에서 한가닥 기광이 스치고 지나갔다.

“설 낭자, 그대는 이미 과거의 일을 알고 있었구려.”

“물론이에요. 그렇지 않다면 제가 어떻게 오늘 이곳에서 당신을 기다리고 있었겠어요.”

“우리를 기다리고 있었다고 했소?”

“그래요. 나와 여기 무불장의 고수 분들은 천검성 대협의 부탁으로 당신들을 이패의 손에서 구하기 위해 비도의 입구에서 기다리고 있었어요.”

“형님이……?”

천도성의 목소리가 흔들렸다.

“그래요. 천 대협께서는 당신이 비록 본 맹의 고수들을 납치하고 본 맹과 서패천을 상대로 음모를 꾸민 인물임을 알았으나, 당신이 죽기를 바라지는 않으셨어요. 그래서 여기 무불장의 고수 분들께 당신을 이패의 손에서 구해달라는 청부를 했지요.”

“그렇다면… 우리를 구했으면 그만이지 왜 이 흑선에 올라온 것이오?”

설상지의 말에 천도성의 곁에 있던 백면의 젊은이가 물었다.

"본 장은 그대들을 이패의 손에서 구하는 것 말고 또 하나의
청부를 부탁받았소."

고검이 대답했다.

"또 다른 청부란 무엇이오?"

"그대들을 천 대협의 눈앞으로 데려가는 것이오."

"흥, 결국 우릴 제압하겠다는 말이군."

백면서생의 입에서 비웃음이 새어 나왔다.

"그리되면 어쩌면 최소한 목숨을 구할 수 있을 거요."

"우린 우리 힘으로 자신의 운명을 결정할 수 있는 힘이 있
다."

백면서생의 입에서 냉기가 흐르는 대답이 터져 나왔다.

"말후의 장원에서 몸을 빼냈다고 해서 이패의 추격이 끝난
것은 아니오. 이미 이 강물이 지나는 서안 인근은 서패천과 무
맹의 고수들로 그득 차 있을 것이오. 과연 당신들이 이패의 눈
을 피해 도주할 수 있을 거라 생각하시오?"

"당연히 우린 그럴 능력이 있다. 또한 우리가 그들을 피할
수 있을지 없을지는 너희들이 관여할 바가 아니다."

"우린 반드시 이 일에 관여해야겠소."

"너희들이 무슨 자격으로……?"

"자격은 무슨, 단지 우리가 청부를 받았기 때문이오. 당신도
아시다시피 강호의 청부사들은 황금충이 아니오? 돈을 벌기
위해서는 무슨 일이든 하는 우리외다. 그것만으로 당신들의
일에 관여할 이유는 충분하지 않겠소?"

"흥, 겨우 황금충 나부랭이 주제에 감히 우리의 앞을 막아서
겠다는 것이냐? 단주, 이들을 당장 베어버려야 합니다. 앞길에
방해가 되는 존재들입니다."

백면서생이 천도성을 보며 말하자 천도성이 피곤한 눈으로
고검을 바라봤다.

"무불장 고 장주의 명성은 나도 익히 들어 알고 있소이다."

"나 또한 천룡세가의 셋째 아드님의 이름을 오래전부터 들
었소이다."

"부탁이오. 우릴 그냥 보내주시구려."

천도성이 사정하듯 말했다. 그러자 고검이 천천히 고개를
저었다.

"그건 어렵겠소이다. 난 분명 천검성 대협에게 그대의 목숨
을 살려 그의 앞에 데려오라는 청부를 받았소. 난 청부를 수락
했고, 본 무불장은 한 번 수락한 청부는 반드시 완수하는 곳이
외다."

"날 데려가려면 우리 일곱 사람을 꺾어야 할 것이오."

차창!

천도성의 말이 끝나는 순간 백면서생과 그의 뒤에 있던 다
섯 명의 복면인이 급히 도검을 뽑아 들었다. 그러나 그 모습을
지켜보고 있는 무불장의 고수들은 어떤 동요도 하지 않았다.
이들은 수년간 강호를 종횡하며 온갖 청부를 수행해 온 인물
들이었다. 어지간한 일로는 긴장할 인물들이 아닌 것이다.

"만약 힘이 필요한 일이라면 본 장 역시 힘쓰는 것을 마다하

지 않을 것이오.”

고검의 입에서 나직한 대답이 흘러나오자 고검의 양옆으로 무불장의 고수들이 죽 늘어섰다.

“또한 내가 청부받은 사람은 천 소협 하나요. 다른 사람들의 목숨은 장담할 수 없소이다.”

말을 하는 와중에 고검의 눈에서 깊고 푸른 안광이 흘러나오기 시작했다. 천도성은 고검의 눈빛을 대하곤 금세 그의 무공을 깨달았다. 하지만 그는 뒤로 물러나지 않았다.

천도성이 작은 한숨을 내쉬었다. 그리면서 천천히 도갑에서 장도를 뽑아 들었다.

“무불장의 장주께서 천검 능운백의 진전을 이어받아 절정의 경지에 이르셨음을 알겠소. 아, 하지만 비록 그렇다고 하더라도 오늘 이 천도성은 장주를 향해 도를 뽑지 않을 수 없구려.”

도를 뽑아 드는 천도성을 고검은 냉정한 눈빛으로 바라보고 있었다. 그리고 그의 손이 천천히 마검을 잡아갔다.

第十章

지워진 자들의 이야기

'이 사단을 일으킨 인물치고는 너무 담백하지 않은가?

고검은 천도성의 일도를 흘려내며 생각했다.

차릉!

천도성의 도가 귀밑을 지나치며 일으키는 공명 소리가 들려왔다. 무도명가(武道名家)의 내력이 서려 있는 일도라 할 수 있었다. 고검의 몸이 순식간에 한 바퀴 회전했다. 적의 도기를 흘려내며 그 도기의 여운을 타고 몸을 회전시킨 것이다.

"상대의 진기를 이용해 나의 진기를 아끼는 것은 난전의 혈전에서 반드시 지켜야 하는 원칙이다."

과거 천검 능운백이 설명하던 투로의 원리를 몸으로 체득하는 데 얼마나 오랜 시간이 걸렸던가. 하지만 고검은 이제 머리로 생각하지 않아도 몸이 알아서 움직이는 경지에 있었다.

윙!

갑자기 고검의 신형 왼쪽에서 오른쪽으로 원을 그리며 한줄기 검기가 만들어졌다. 어느새 휘둘러진 마검이 허공에 원을 그리며 천도성을 공격한 것이다.

"음!"

천도성의 입에서 한마디 신음성이 흘러나오며 그의 신형이 다급히 몇 걸음 뒤로 물러났다.

"전주!"

두 사람의 싸움을 지켜보고 있던 백면서생과 암전의 무리가 황급히 두 사람 사이로 뛰어들며 고검을 막아섰다.

"이런, 싸움은 공평해야지."

대웅산이 지체없이 고검의 앞을 가로막는 백면서생을 향해 장창을 쭉 내밀며 소리쳤다.

까강!

순간 급히 방향을 튼 백면서생의 검과 대웅산의 창이 허공에서 격돌하며 불꽃을 일으켰다.

"웃! 대단한데?"

대웅산의 입에서 감탄사가 흘러나왔다. 백면서생의 무공이 그의 외모와는 달리 무척이나 고강했던 것이다.

"본 전의 앞을 가로막는 자, 누구든 살려두지 않겠다."

백면서생의 눈에서 파란 광망이 흘러나왔다. 한편으로는 괴기스럽기까지 한 그의 눈빛에 대웅산이 흠칫 몸을 떨었다.

'뭐야, 이 귀신같은 녀석은?'

대웅산이 백면서생의 괴기스런 기세에 놀라면서도 한 발 뒤로 물러나며 창을 수평으로 들어 백면서생의 심장을 겨누었다.

팟!

빛이라도 따라잡을 듯한 대웅산의 창. 대웅산의 매서운 창끝이 백면서생의 심장을 여지없이 꿰뚫었다.

"허!"

하지만 다음 순간 대웅산의 입에서 허탈한 탄성 소리가 흘러나왔다. 상대의 심장을 꿰뚫었다고 생각하는 순간, 어느새 상대는 하얀 그림자만 남기고 그 자리에서 사라져 순식간에 대웅산의 왼쪽을 치고 들어왔기 때문이다.

"놀라운 신법이구나! 음지에서 음모를 꾸미기엔 아까운 무공이다!"

대웅산이 탄성을 흘려내며 재빨리 중심을 잡고 바람개비처럼 창을 휘둘러 백면서생의 공격을 막아냈다.

"흥, 그대도 강호의 황금충으로 살아가기에는 아까운 무공을 지니고 있군."

백면서생의 입에서 한마디 조소가 흘러나왔다.

"껄껄껄! 그런가? 좋아, 우린 서로 세상을 잘못 타고 태어났나 보군. 어디, 오늘 때를 잘못 만난 사람들끼리 한바탕 놀아보자구. 물론 장주를 보니 그리 길게 갈 거 같지도 않지만……."

대웅산이 호탕한 웃음을 터뜨리며 허공을 한 자가량 떠올랐다. 동시에 그의 창이 여러 개로 분리되는 듯 보이더니 순식간에 백면서생을 향해 꽂혀들었다.

"얼마든지!"

백면서생의 입에서 당찬 목소리가 흘러나왔다. 그리곤 그의 신형이 꼭 대웅산이 만들어낸 창날의 숫자만큼 늘어나며 상대의 공격을 막아내는 것이었다.

순식간에 흑선 위에서 난전이 벌어지기 시작했다. 고검을 상대하던 천도성이 위기에 빠지는 순간 백면서생과 복면인들이 싸움에 끼어들었고, 동시에 무불장의 고수들도 자연히 싸움에 관여하기 시작했기 때문이다.

놀라운 것은 복면인들의 무공이었다. 얼핏 보기에 다섯 명의 복면인은 백면서생과 천도성의 명을 따르는 자들로 보였지만 그 무공에 있어서는 오히려 천도성과 백면서생을 능가하는 실력을 지니고 있었다.

덕분에 먼저 싸움을 시작한 고검은 천도성을 상대로 유리한 위치를 점하고 있었지만, 나머지 무불장의 고수 중 일부는 무척 힘겨운 싸움을 벌이고 있었다.

'이건 생각지 못한 일이군.'

고검이 한차례 검을 떨쳐 내어 천도성을 밀어내며 생각했다. 말후의 장원에서 탈출한 암전의 무리 중 천도성과 백면서생만 제압하면 끝날 것이라고 생각했던 싸움이 오히려 나머지 다섯 복면인과의 승패가 더 중요하게 되었던 것이다.

특히 그 다섯 복면인과 싸움을 벌이고 있는 무불장의 식구 중 추산과 설상지는 무척 위태로운 싸움을 벌이고 있었다. 복면인들의 무공은 고강할 뿐만 아니라 매우 기이한 신법과 투로를 가지고 있어 강호 경험이 적은 두 사람이 상대하기에는 결코 쉬운 상대가 아니었다.

'우두머리가 따로 있었던가?'

고검이 고개를 갸웃거렸다. 하지만 다음 순간 다시 고개를 저었다.

'먼저 이자를 제압하고 볼 일이다. 그러면 누가 우두머리인지 그 내막이 드러나겠지.'

다음 순간 고검의 눈빛이 번쩍였다. 그리곤 그의 마검이 지금까지와 다른 검음을 흘려내기 시작했다.

우우우웅!

마치 귀부의 사신이라도 흘러나올 듯한 울음소리. 과거 천하에 다시없는 마검으로 살아왔던 사신의 진면목을 유감없이 드러내 보이는 순간이었다. 천도성의 눈에 언뜻 긴장감이 흘렀다. 순식간에 변해 버린 고검의 기세가 자신도 모르는 사이에 그의 움직임을 위축시키고 있었다. 그리고 다음 순간, 고검의 신형이 온전히 마검 뒤에 가려졌다.

"신검합일!"

천도성의 입에서 나직한 신음성이 흘러나왔다. 검공의 극의를 깨달은 사람만이 검에 자신의 모습을 감출 수 있다. 사람들의 눈에는 검에 몸을 가리는 것처럼 보이지만 사실은 검에 자신의 모든 것을 담기에 발생하는 현상.

'이건 형님조차 아직 도달하지 못한 경지다.'

천도성은 문득 천검성을 떠올렸다. 언제나 동경의 대상이었으며, 언제부터인가 느껴지는 알 수 없는 멸시의 시선들 속에서도 언제나 따뜻한 시선을 보여주었던 천검성. 무공과 인성 둘 모두 천도성에게 열등감과 자랑스러움을 함께 주던 그다. 그 천검성조차도 지금 눈앞에 서 있는 무불장의 젊은 장주가 보여주는 경지에는 이르지 못했으리라.

고검의 기세는 천도성을 완전히 장악해 들어가고 있었다. 하지만 다음 순간 천도성의 마음 깊은 곳에서 한가닥 투기가 일어났다. 알 수 없는 누군가에 대한 분노, 아니, 자신이 살아오는 동안 느꼈던 그 모든 비열한 차별에 대한 분노가 고검을 향해 쏟아져 나오기 시작했다. 그러자 그의 혈관 깊숙한 곳에 잠들어 있던 기이한 귀기(鬼氣)가 솟구치기 시작했다.

'역시 피는 못 속인다는 건가?'

천도성으로부터 흘러나오는 귀기에 고검은 문득 묘신문을 떠올렸다. 그의 피 절반은 고귀한 천룡세가의 것이지만 나머지 절반은 묘신문의 것이지 않던가?

'하지만 검은 정직하다. 그 사람의 피에 상관없이 한 푼이라도 무공이 강한 자가 이기는 것이 바로 싸움이지.'

마검이 움직였다. 자연스럽게 마검에 파묻힌 고검의 신형도 함께 움직였다.

“크합!”

천도성의 입에서 괴이한 기합성이 터지며 그의 도가 고검의 마검을 양단할 듯이 갈라졌다. 단 일 초에 승부를 맡기는 두 사람.

번쩍!

한순간 허공에 한줄기 번개가 만들어졌다. 그리곤 두 사람의 검과 도가 스치듯 지나쳤다.

“큭!”

천도성의 입에서 한마디 신음성이 흘러나왔다. 괴이한 기운으로 가득 찼던 그의 얼굴이 어느새 평정을 되찾고 있었다. 그는 재빨리 몸을 돌려 고검을 찾으려 했다. 하지만 그의 두 팔과 다리는 자신의 의지를 따르지 않았다. 그리고 그의 뒷덜미에 느껴지는 차가운 감촉.

“싸움은 끝났소. 난 이 흑선에서 피를 보는 것을 원치 않소. 다른 사람들의 싸움을 말려주시구려.”

천도성의 혈도를 제압한 고검이 나직한 목소리로 천도성에게 말했다. 고검의 말을 듣고 있던 천도성의 눈이 여러 차례 흔들렸다. 하지만 어느 순간, 그가 체념의 눈빛을 드러내며 나직한 목소리로 입을 열었다.

“역시 천검의 제자를 당해낼 재간이 없구려. 그러나… 이 싸움은 내가 멈출 수 없소. 난 비록 암전의 전주이기는 하나 이 상황에서 저들의 검을 내려놓게 할 힘은 없소이다.”

천도성의 대답에 고검이 예상했다는 듯 고개를 끄덕였다.

"알았소. 그럼 잠시 쉬고 계시구려. 곧 그대의 형님을 만나게 해주리다."

고검이 혈도를 제압당한 천도성의 신형을 가볍게 들어 올려 흑선의 한쪽 귀퉁이로 이동시켰다. 그리곤 치열한 접전이 벌어지고 있는 장내를 향해 차가운 목소리로 외쳤다.

"그대들의 전주가 패했다! 그의 목숨을 살리고 싶다면 그만 검을 거둬라!"

순간, 치열하게 전개되던 흑선의 싸움이 일순간 멈춰졌다.

"전주!"

백면서생의 입에서 안타까운 탄성이 흘러나왔다. 그의 시선이 고검의 뒤쪽에 웅크리고 있는 천도성을 향했다. 천도성이 애증이 섞인 시선으로 백면서생의 시선을 받았다. 그의 입에서 무언가 말소리가 흘러나온 듯했지만 백면서생의 귀에는 들려오지 않았다.

"장로님들!"

백면서생이 천도성에게서 시선을 돌려 다섯 복면인들을 바라봤다. 그러자 다섯 복면인들이 천천히 고개를 저었다.

"암전은 이어져야 하오."

"하지만 전주는 묘신의 혈통을 이으신 유일한 분입니다."

백면서생이 간절한 눈빛으로 말했다. 하지만 복면 안쪽에서 비춰지는 복면인들의 눈빛은 차갑기 그지없었다.

"암전은… 반드시 묘신의 혈통이 있어야만 이어지는 것은 아니오."

"그게 무슨 말씀입니까? 묘신의 피와 묘신의 법, 이 두 가지를 배제하고 어떻게 암전이 이어질 수 있단 말입니까?"

"피와 법이 없어도 그 정신을 기억하는 자가 있다면 암전은 이어집니다. 신장(神將), 지금은 단 한 사람이라도 이곳에서 살아남는 것이 중요하오. 그러자면 급한 것은 전주의 목숨이 아니라 바로 이들을 꺾는 것이오."

단호한 복면인의 말에 백면서생의 얼굴이 기이하게 일그러졌다.

"이제 보니… 그대들 또한 묘신문을 멸망시킨 이패의 무인들과 결코 다르지 않군요. 이렇게 한 번 쓰고 버리는 도구로 사용하려고 우리를 이패에서 빼낸 것이오? 전주와 나 우리 두 사람은 우리가 태어나기도 전에 일어난, 우리가 보지도 못한 과거의 죽음들을 위해 천하이패의 안락함을 버리고 당신들을 따라나섰소. 또한 그동안 사람으로선 해선 안 될 온갖 일들을 자행하는 당신들, 암전의 장로를 자처하는 당신들 십대묘왕의 행위를 과거의 원한과 묘신의 피와 법을 잇는다는 명분으로 참아냈소. 그런데… 그런데 결국 당신들은 위험이 닥치니 묘신의 피까지도 버리려 하는구려. 아, 그렇다면 나 또한 그대들에게 어찌 가치있는 존재겠소? 언젠가 쓰고 버리면 그만인 도구일 뿐. 암전의 장로이며 묘신문의 기둥이라 자처하는 십대묘왕은 들으시오. 그대들이 묘신의 피를 버렸으니 묘신의 법 또한 그대들을 떠난다 하여 날 원망할 수는 없을 거외다."

백면서생이 처량한 목소리로 울부짖으며 성큼성큼 고검 앞으로 걸어와서는 이내 자신의 마혈을 스스로 짚었다.

"죽이든 살리든 날 전주의 곁에 있게 해주시오."

"당신의 소원은 이루어질 거요."

고검이 스스로 마혈을 제압한 백면서생을 천도성의 곁에 앉히고는 이내 다섯 명의 복면인을 향해 돌아섰다.

"그들을 포기하면 벗어날 수 있다고 생각하셨소?"

고검의 목소리가 얼음장같이 차갑다.

"겨우 강호의 황금충 따위에 발목을 잡힐 우리가 아니다! 살고 싶다면 지금이라도 흑선에서 무리를 이끌고 벗어나라!"

복면인 중 하나가 고검보다 더 차가운 목소리로 대답했다.

"본 장은 지금껏 맡은 청부를 중도에 포기한 적이 없소."

"오늘이 강호제일 청부사라는 무불장의 신화가 꺾이는 날이 될 것이다."

"청부받은 것은 천 소협의 목숨뿐, 고집을 피우니 그대들의 목숨을 장담할 수 없구려. 또한 그대들의 무공은 목숨을 살려 제압하기에는 너무 고강한 듯하니."

"흐흐흐… 살아서 제압당하느니 차라리 죽음을 선택할 우리다. 하지만 걱정해야 할 것은 우리가 아니라 너와 네 식구들의 목숨이리라."

"좋소. 우리의 명을 하늘에 물어봅시다."

고검의 대답이 끝나는 순간, 무불장의 네 고수가 고검의 곁으로 모여들었다. 질식할 듯한 살기가 장내를 휘감았다. 추산과 설상지는 자연스럽게 천도성과 백면서생이 있는 곳으로 물러났다. 그리고 드디어 오 대 오의 목숨을 건 혈전이 시작됐다.

"뭐 이런 괴물들이 다 있어!"

대웅산이 신경질적으로 외쳤다. 복면인들과의 싸움이 시작된 지 이각여가 지나고 있었다. 양측의 인원은 각각 다섯 명씩이었지만 싸움은 일 대 일의 싸움으로 이어지지 않았다. 복면인들이 둥글게 원을 그리며 진세를 구축한 후 무불장의 고수들을 맞이했기 때문이다.

그런데 그 진세가 문제였다. 순간순간 검은 구름 같은 것이 솟아나오고 은은한 귀곡성마저 흘러나오는 이 진세는 도저히 뚫고 들어갈 틈을 내보이지 않았다. 더군다나 진이 만들어내는 검은 구름에는 독기가 스며 있어 무불장 고수들의 움직임을 방해하고 있었다.

내웅산의 날카로운 창은 번번이 상대의 반격에 가로막혔고, 조오현의 맹렬한 일도도 상대의 진세에 튕겨 나왔다. 또한 왕민과 미심은 공격보다는 방어를 위주로 하는 무공들을 익히고 있었으므로 자연히 십대묘왕이라 불리는 암전의 다섯 장로가 만들어낸 진세를 공격하기 어려웠다.

암전 오 장로의 진세는 고검의 강력한 검기가 떨어져 내릴 때나 한 번씩 휘청거렸으나, 이내 진세를 회복하고는 독기를 머금은 매서운 반격을 가해오는 것이었다.

흑선은 여전히 거친 격류를 타고 내려가고 있었다. 하지만 고검은 이 격류가 끝없이 이어지지 않는다는 것을 알고 있었다. 배가 서안 인근으로 들어서기 전에 이 싸움을 끝내야 했다. 배가 서안의 경계로 들어서면 그때부터는 이패의 눈을 피해야 했으므로 언제까지 이 싸움을 끌고 갈 수는 없었다.

'아직 부족할 텐데……. 하지만 이 상황에서야 어쩔 수 없군.'

고검이 살짝 입술을 깨물었다. 그러더니 한창 싸움이 벌어지는 곳에서 한 걸음 뒤로 물러났다. 그리곤 조용히 마검을 자신 앞에 수평으로 세웠다.

우우웅!

마검이 기이한 울음을 울어대기 시작했다. 그리고 언제부터인가 마검의 검끝에 투명한 이슬 한 방울이 맺혀지기 시작했다.

"어어, 저것은?"

멀리서 열 명의 고수가 펼치는 치열한 혈전을 정신없이 바라보고 있던 추산의 입에서 놀란 목소리가 흘러나왔다.

"왜 그러죠, 추 소협?"

설상지가 갑작스런 추산의 행동에 의아한 듯 물었다.

"아니… 저… 우리 사형 때문에요."

추산이 얼떨결에 설상지의 질문에 답했다. 하지만 시선은 여전히 고검을 향해 있었다.

"고 장주님이 왜요? 아, 그런데 저 기수식은 참으로 이상하네요. 그리고 검끝에 만들어지는 저 밝은 빛은 뭐죠?"

그제야 설상지도 고검의 모습이 조금 이상하다는 것을 깨닫고 추산에게 물었다. 그러자 추산이 얼굴을 일그러뜨리며 말했다.

"제길, 역시 사형은 나보다 훨씬 높은 경지에 올라 있어. 설마하니 사부와 같은 무공을 선보일 줄이야."

"도대체 저게 무슨 무공이죠?"

"난들 알겠어요, 저게 무슨 무공인지? 하지만 어쨌든 우리 사부께서 한 번 선보이셨던 무공이긴 하죠."

"천검께서요?"

"그래요. 칠 년 전에 천자산의 내 집으로 들어오실 때 사부께서 저런 검공으로 나의 첫 번째 사부께서 만들어놓으신 진을 부숴 버렸지요. 천하의 그 무엇도 뚫지 못할 것이라고 생각한 진이었는데……. 그런데 오늘 사형의 손에서 그 무공을 또다시 보게 될 줄이야 누가 알았겠어요? 제길, 난 언제 저 무공을 펼칠 수 있을까?"

추산이 투덜거렸다.

"저 무공이면 저들을 제압할 수 있을까요?"

설상지가 조심스럽게 물었다.

"뭐, 제대로만 된다면 놈들은 이제 끝났다고 봐야겠죠."

추산이 당연하다는 듯 대답했다. 그리고 그 순간, 고검의 검 끝에 매달렸던 빛 덩어리가 암전의 장로라는 자들이 만든 진세를 향해 폭사했다.

콰콰쾅!

벼락 치는 소리가 장내에서 터져 나왔다.

"우욱!"

동시에 몇 마디 비명 소리도 함께 흘러나왔다. 암전의 다섯 장로가 만들어냈던 진이 파괴되며 그 안에서 흘러나온 검은 독무가 사방으로 비산했다.

"좋았어! 이젠 내 차례야!"

동시에 대웅산의 외침이 들려오더니 전율스런 고검의 일검에 의해 깨어진 진세 안에서 비틀대는 적을 향해 대웅산의 창이 번뜩였다.

"컥!"

대웅산의 창날이 여지없이 복면인 중 한 명의 가슴을 꿰뚫었다. 동시에 조오현의 장도가 흔들거리는 또 다른 복면인을 베어냈다.

쿠쿵!

순식간에 두 명의 복면인이 요동치는 흑선의 바닥에 쓰러졌다. 바닥에는 이미 한 명의 복면인이 쓰러져 있었는데, 그는 고검의 강력한 일검이 진세를 강타할 때 그 일검을 정면으로 맞아 즉사한 자였다.

그렇게 한차례 격돌로 순식간에 세 명의 동료를 잃은 두 명의 암전 장로가 겨우 자세를 바로잡을 때, 이미 그들은 무불장 다섯 고수의 포위망에 갇힌 신세가 되어 있었다.

"그만 검을 내려놓으시오."

고검이 차갑게 말했다. 그의 얼굴은 한 올의 핏기도 없는 듯 파랗게 변해 있었는데, 아마도 그가 떨쳐 낸 일격에 너무 많은 공력을 소모한 탓인 듯했다.

"호호호, 결국 이렇게 끝나는 것인가? 말후의 장원에서 십대묘왕 중 다섯이 죽고, 여기서 또 우리 나머지 다섯의 묘왕이 죽는다면 묘신의 맥은 그야말로 끝장이 나겠구나."

살아남은 두 명의 복면인 중 하나가 처절하게 뇌까렸다.

"하지만 끝은 아닐 게요! 아직 전주와 신장이 살아 있지 않소이까?"

그의 곁에 있던 또 다른 자가 중얼거렸다.

"하지만 저들 두 사람이 과연 살아남겠소?"

"저들의 피 중 절반은 고귀한 자들의 것이니… 혹 모르지요."

"이패는 핏줄이라 하여 인정을 베푸는 자들이 아니오. 더불어 저들이 살아난다 하더라도 과연 계속 묘신을 모실지도 모르겠고……."

"하하하, 그야말로 하늘의 뜻이 아니겠소? 자, 일이 이 지경이 되었으니 그만 친구들 곁으로 갑시다."

"호호, 그럽시다. 그간 즐거웠소."

두 복면인이 한 차례 시선을 교환하더니 번개같이 스스로의 검을 들어 올려 각자의 목을 그었다. 그러자 순식간에 두 사람의 목에서 붉은 피분수가 터져 나오더니 이내 그들의 신형이 흑선 바닥에 쓰러져 내렸다.

"이제 끝났군."

대웅산이 조금 기운 빠진 목소리로 말했다. 멀찍이 떨어져서 암전 오 장로의 최후를 보고 있던 천도성과 백면서생의 뺨에 한줄기 눈물이 흘러내리고 있었다.

　　　　　*　　　*　　　*

　배를 갈아탄 곳은 서안의 경계에 들어서기 전이었다. 미심이 한 통의 전서구를 날리자 격류가 끝나기 전 한 척의 낡은 배가 일행을 맞았고, 일행은 그 낡은 배로 옮겨 탔다. 한바탕 혈전의 장이 되었던 흑선은 격류 속으로 가라앉았다.

　그렇게 배를 옮겨 탄 일행은 강물의 흐름이 잔잔해진 이후에도 여전히 배를 타고 이동했다. 서안의 경계를 벗어나 황하의 본류에 합류한 후에도 일행은 여전히 배 위에 있었다. 그리고 그동안 무불장의 고수들은 천도성과 백면서생의 입을 통해 잊혀진 자들의 이야기를 들을 수 있었다.

　삼십여 년 전, 이패의 북벌이 불러온 혈란 속에 묘신문은 멸문했다. 묘신문과 함께 이패에 맞섰던 북방 열두 개 문파는 묘신문의 멸망과 함께 이패에 무릎을 꿇었고, 살아남은 묘신문의 후예들은 멸족에 이르는 참살을 당했다. 그러나 묘신문의 기이한 절학에 욕심을 낸 이패는 몇몇 묘신문의 후예를 살려 각자의 본거지로 끌고 갔다.

　그중 묘신문주의 유일한 혈육이었던 손녀 묘음화는 북천무맹으로, 묘신문의 신장(神將)이었던 모도수는 서패천으로 끌려갔다. 그렇게 살아남은 두 사람의 삶은 이후 강호무림에서 지워졌다. 하지만 세상의 이목에서 지워졌다고 해서 그들의 처절한 삶까지 지워진 것은 아니었다.

북천무맹에 끌려간 묘음화는 타고난 미모로 인해 비밀리에 현 북천무맹의 맹주이자 천룡세가의 가주인 북천무제 천강의 마지막 첩실이 되었다.

하지만 묘신문의 후예를 첩실로 들이는 것은 아무리 천하를 지배하는 북천무제라 하여도 그리 간단한 문제가 아니었다. 묘신문은 당시 이패에 의해 사파의 종주로 매도되고 있었다. 무제가 그녀를 가까이 두기 위해선 당연히 그녀를 숨겨야 했고, 무제는 천하사패의 눈이 미치지 않는 서안 서쪽에 한 채의 장원을 마련하고 그곳에 그녀를 머물게 했다. 그리곤 그가 강호에 나올 때마다 비밀리에 그녀를 찾아 부부의 연을 맺었던 것이다.

이 일은 오직 그의 측근 중의 측근들만 아는 일로써 이 일의 전말을 아는 사람들은 묘음화를 말후라 불렀고, 그녀가 머무는 장원을 말후의 장원이라 칭했다.

하지만 그렇게 이어지던 묘음화의 삶은 채 십 년이 지나지 않아 끝이 났다. 세상의 그 어떤 여인도 자신의 가문을 멸문시킨 자의 첩실로 살아가고 싶은 사람은 없을 것이다. 그럼에도 불구하고 말후 묘음화가 천강의 첩실이 된 것은 그녀의 흉중에 묘신문을 멸문시킨 자들에 대한 복수심이 들끓고 있었기 때문이다.

그녀는 천룡세가의 눈이 멀리 떨어진 말후의 장원에서 은밀히 힘을 키우기 시작했다. 물론 말후의 장원엔 천강의 심복들이 그녀를 감시하고 있었지만 그녀에게는 누구도 생각하지 못한 우군이 있었던 것이다.

이패북벌 당시 북방십이 개 문파 사이의 연락을 담당하던 조직으로 알려진 자들이 암전의 인물들이었다. 당시 암전은 세인들의 관심을 받지 못했다. 왜냐하면 겉으로 드러난 암전이란 그저 그런 연락병의 집단이었기 때문이다.

그런데 기실 이 암전이란 조직은 사람들이 감히 생각지 못한 비밀을 품고 있는 조직이었다. 사람들에게 그저 연락병의 조직으로 알려진 이 암전이 사실은 묘신문주에 의해 비밀리에 통제되는 묘신문 최고의 비밀 조직이었던 것이다. 이들은 겉으로는 각 문파 사이의 연락병 역할을 했지만, 비밀리에 적에 대한 정보를 수집하고, 적의 수뇌를 암살하며, 최후의 순간에는 묘신문주의 핏줄을 보호하는 역할까지도 맡고 있었던 것이다.

그중에서도 가장 중요한 임무는 묘신문의 후예를 지키는 것. 그래서 그들은 묘신문이 멸망할 때에도 전면에 나서지 않고 몸을 숨기고 있었다. 그런 그들이 묘음화가 말후의 장원에 든 이후 그녀를 찾았다. 또한 그들은 서패천으로 끌려간 신장 모도수와도 이미 선을 대고 있었다.

그리고 그들은 일대 탈출을 꿈꿨다. 그리하여 마련된 것이 말후의 장원에서 격류로 이어지는 비밀 통로. 하지만 이패의 손에서 벗어나고자 하는 그들의 계획은 미처 실행도 하기 전에 종말을 맞았다.

서패천과 북천무맹의 고수들이 묘음화와 모도수의 움직임을 눈치 챘던 것이다. 그리하여 또 한 번 혈풍이 불었다. 그리고 이 혈풍에서는 그 어떤 묘신문의 후예도 살아남지 못했다. 북천무제 천강의 첩실이 되었던 묘음화조차도 말후의 장원에서 최후를 맞이했던 것이다. 당연히 서패천에 잡혀 있던 모도수 역시 목이 달아났다.

이미 이패는 두 사람에게서 묘신문의 절기를 필요한 만큼 확보했기에 두 사람을 베는 데 아무런 주저함이 없었다. 두 사람을 따라 이패로 끌려온 몇 안 되는 가솔들 역시 이 죽음의 혈란에서 살아남지 못했다. 그리하여 묘신문은 그야말로 완전히 멸문에 이르게 된 것이다.

그러나 운명의 수레바퀴는 어느 순간부터 다시 구르기 시작했다. 멸절된 것으로 알려진 묘신문의 핏줄들이 이패의 심처에서 무럭무럭 자라고 있었던 것이다.

"내가 뭔가 이상하다고 느낀 것은 내 나이 열다섯 정도부터였소. 난 분명 북천무제의 세 아들 중 한 명이었지만, 두 형이 내 나이 또래에 전수받는 무제의 무공을 전수받지 못했소. 아무리 청을 드려도 아버지는 내게 자신의 검공을 전수하지 않았소. 보다 못한 어머니가… 아, 지금 말하는 어머니란 보통 북천무맹의 사람들이 상 노부인이라 부르는 분이시라오. 그분은 정말 날 친자식처럼 살펴주셨지. 어쨌든 그 어머니가 나에게 한 권의 비급을 구해주셨고, 그게 바로 내가 북천무제의 검공이 아닌 도법을 익히게 된 이유라오. 그런데 무공에서 시작된 형들과의 차별은 나이가 들어가면 갈수록 다른 모든 면에서도 일어나기 시작했소. 가문의 사람들로부터 받는 은연중의 멸시, 그리고 아버지로부터 이어지는 경멸 어린 시선……. 난 그 모든 것들의 원인을 나이 스물이 넘어서야 알게 되었소.”

천도성의 나이가 스물이 되었을 때, 묘음화와 모도수의 죽음 이후 어둠 속에 숨어들었던 암전이 다시 활동을 시작했다. 십대묘왕이라 칭해지는 암전의 열 명 장로들, 그들이 어느 날 천도성을 찾아왔던 것이다. 그리고 천도성은 자신이 지금껏 겪어온 모든 일의 원인을 알았다. 그는 바로 묘신문의 마지막 생존자 묘음화와 북천무제 사이에서 태어난 아이였던 것이다.

고민의 날들이 수년간 흘러갔다. 암전의 고수들은 결코 강요하지 않았다. 그들은 꾸준한 믿음으로 그를 기다렸다. 그 와중에도 묘신문의 절기를 전해 천도성의 무공은 꾸준히 발전했다.

그리고 그의 나이 스물다섯이 되었을 때 천도성은 결심을 굳혔다. 북천무제의 아들이 아닌 묘신문의 후계자로 살아가기로.

“묘신문의 마지막 신장(神將)이었던 모도수에게도 숨겨진 핏줄이 있었소. 본시 모도수는 강호의 어떤 여인이라도 반할 만한 외모를 가지고 있었을 뿐 아니라 묘신문의 모든 술법에도 능했소. 당연히 섭혼술에도 일가견이 있었지요. 해서 그는 서패천에서 은밀히 한 여인을 유혹했소. 바로 백옥당의 문주 곽성통의 셋째딸 곽여란을 유혹한 것이오. 급기야 곽여란은 모도수의 아이를 가졌소. 하지만 그들의 관계는 오래갈 수 없었소. 왜냐하면 모도수가 말후와 함께 죽임을 당했기 때문이오. 이후 아이는 어머니 곽여란을 따라 새로운 아버지와 살게 되었소. 백옥당주의 셋째 사위인 양단기의 아들 양상운이 된 것이오. 하지만 그 아이 역시 나이가 들어가면서 뭔가 이상한 점을 느끼기 시작했소. 아버지는 아버지로서의 시선을 그에게 보여주지 않았고, 백옥당의 문주는 아이의 외부 출입까지 금할 정도로 아이의 활동을 통제했소. 그리고 아이의 나이 스무 살이 되었을 때, 그 아이 또한 자신이 그때까지 받아왔던 모멸과 멸시가 어디에서 기인했는가를 알게 되었소. 바로 암전의 고수들이 아이를 찾아왔던 것이오."

양상운 역시 쉽게 자신의 인생 항로를 결정하지 못했다. 하지만 그의 나이 스물다섯이 넘을 무렵, 그 또한 자신의 인생이 결국 한곳으로 이어져 있다는 것을 깨달았다. 그리고 그는 암전의 신장이 되었다.

배에서 삐그덕거리는 소리가 요란하게 흘러나왔다. 사람들은 뱃전 이곳저곳에 편한 자세로 앉아 있었다. 근 보름을 배를 타고 이동하고 있었지만 지루한 기색을 보이는 사람은 없었다.

특히 천도성과 양상운 두 사람이 입을 연 순간부터는 오히려 이 여행이 몹시 흥미롭기까지 한 무불장의 고수들이었다.

"그런데 이번에 마혼령에서 벌인 일들은 너무 무모한 것이 아니었소이까? 이패와 정면으로 대항할 생각이 아니었다면……?"

왕민이 천도성을 보며 물었다. 그러자 천도성이 고개를 끄덕였다.

"확실히 이번 무맹 고수들의 납치 건은 조금 무모했지요. 덕분에 오늘 우리가 이 지경에 이르렀으니 말이오. 하지만 우리로서도 선택의 여지가 없었던 일이기도 하오."

"선택의 여지가 없었다면?"

"북천무맹을 나선 이후 난 계속 암전의 고수들과 연락을 취하고 있었소. 이번 임무는 서패천 지역에서 북천무맹의 조직을 재정비하는 일이었기에 암전으로서도 관심을 가지지 않을 수 없었소. 잘만 이용하면 암전의 세력을 키우는 데 도움이 될 수도 있었고… 또 서패천과 북천무맹을 대립하게 만들 좋은 기회이기도 하고……. 그런데 그만 눈치 빠른 노인이 나와 암전의 고수가 만나는 것을 눈치 채고 말았소. 그리고 미처 노인만 제거할 수 없을 정도로 급박하게 일이 돌아가게 되어 그만 무맹의 모든 고수들을 제압했던 것이오."

"노인이라면?"

설상지가 뭔가 생각난 듯이 입을 열었다.

"바로 요 노인을 말하는 거군요?"

그러자 천도성이 고개를 끄덕였다.

“요 노인은 어떻게 되었나요?”

“당연히 죽었소. 그를 살려둘 수는 없었소.”

“굳이 우릴 마령제혼술의 도구로 쓸 이유가 있었나요?”

설상지의 추궁에 천도성이 괴로운 표정을 지었다. 그러자 곁에 있던 양상운이 입을 열었다.

“전주는 그 일을 반대했소. 하지만 십대묘왕이 밀어붙였소. 전주로서도 어쩔 수 없는 일이었소. 그나마 그대가 마혼령을 탈출한 것도 전주의 도움이 있었기에 가능한 일이었소이다.”

순간 설상지의 눈빛이 번득였다.

“그게 무슨 말이죠?”

“전주는 그대가 마령제혼술의 제물이 되는 것을 차마 보지 못했던 것이오. 마지막 순간 손을 써 그대에게 시전된 마령제혼술을 불완전하게 만들었고, 그대가 미혼령을 탈출할 때는 그 지하 광장을 벗어나는 길까지 열어주었소. 물론 당신은 그 모든 것을 기억하고 있지 못하겠지만…….”

“왜, 왜 제게 그런 도움을 준 거죠?”

설상지가 천도성을 보며 물었다. 그러자 천도성이 씁쓸한 미소를 떠올리며 나직이 대답했다.

“그래도 한때는 나와 정혼까지 한 사람이었으므로……. 물론 서로 그 혼인을 없던 일로 하기로 했지만 그 일로 그대와 난 친구가 되지 않았소? 난 비록 암전의 전주가 되기로 했지만 친구를 실혼인으로 만드는 괴물이 되고 싶진 않았소.”

천도성의 시선이 허공을 향했다. 바다처럼 넓어진 강물을 물들이며 석양이 하늘을 뒤덮고 있었다. 사람들은 입을 다물었다. 누구도 이 아름다운 석양 아래에선 강호의 혈사를 이야기하고 싶지 않았기 때문이다.

*　　　*　　　*

시간이 흘렀다. 말후의 장원에서 이패가 힘을 합쳐 암전의 고수들을 몰살시킨 지 어느덧 석 달. 강호는 무슨 일이 있었냐는 듯 조용했다. 물론 말후의 장원에서 벌어진 일은 철저히 비밀에 부쳐졌기에 강호는 마혼령의 일을 자세히 알지 못했다.

그리고 계절은 어느새 하늘에서 눈을 만들어내고 있었다.

개봉성 북쪽 오십여 리 지점. 길이 사방으로 갈라지는 관도 위에 어느 때부터인가 한 대의 마차가 눈을 맞고 서 있었다. 꽤 오랫동안 그 자리를 지키고 있었던지 마차의 지붕 위에는 수북이 눈이 쌓여 있었다. 하지만 마차는 전혀 자리를 뜰 생각을 하지 않고 그 자리에 바위처럼 서 있었다.

그러던 어느 순간, 북쪽에서 이어지는 관도 저 멀리에서 또 다른 마차가 모습을 드러냈다. 그 마차는 흩날리는 폭설을 뚫고 무서운 속도로 돌진해 오다가 바위처럼 눈 속에 서 있는 마차 앞에서 급하게 멈췄다.

그리고 양쪽 마차에서 두 사람의 사내가 모습을 드러냈다.

"오랜만이오, 고 장주."

급하게 달려온 마차에서 내린 사내가 기다리고 있던 사내에게 먼저 인사를 건넸다.

"석 달 만이군요, 천 대협."

고검은 그동안 부쩍 늙어버린 천검성을 보며 마주 인사를 했다.

"나에게 주어진 시간이 그리 많지 않소. 아우를 숨기려면 바로 떠나야 할 상황이오. 고 장주에 대한 고마움, 훗날 무불장에 들러 갚으리다."

천검성의 말에 고검이 살짝 미소를 지었다.

"그저 청부를 수행했을 뿐이외다. 달리 마음 쓰지 마시길……."

"비록 청부에 의한 일이었다고는 해도 내가 어찌 고 장주의 은혜를 잊겠소. 아, 이번에 이 천검성은 무척 많은 것을 깨달았다오. 사람은 이렇게 고난 속에서 성장하는가 보오이다."

"얻으신 게 있다니 축하를 드려야겠구려."

"아우는……?"

"마차에 있소이다."

고검의 대답에 천검성이 고개를 끄덕였다. 고검이 신형을 돌려 마차 문을 열었다. 그러자 마차 안에서 천도성과 양상운이 모습을 드러냈다.

"형님."

천도성이 침울한 목소리를 흘려내며 천검성을 응시했다.

"도성, 살아 있어서 다행이다."

"형님, 전……."

"지금은 아무 말 말자. 일단은 이곳을 벗어나는 것이 급선무구나. 이야기는 차차 나누기로 하자. 자, 어서 마차에 타거라."

"형님……."

"어서!"

천검성의 언성이 높아지자 천도성이 양상운을 이끌고 급하게 천검성이 끌고 온 마차에 올랐다. 그러자 천검성이 다시 고검을 돌아봤다.

"가보겠소. 이 천검성의 청부는 여기까지요."

"다시 뵙지요. 무불장의 문은 청부자에게 언제나 열려 있소이다."

"그럼."

천검성이 고검에게 가볍게 포권을 해 보이더니 이내 마차에 올라 온 길을 되짚어 가기 시작했다. 일단 마차가 움직이자 마차는 순식간에 폭설 속으로 사라졌다.

"사형, 우리도 그만 가죠?"

물끄러미 천검성이 탄 마차가 사라지는 것을 보고 있던 고검을 마차 안에서 추산이 불렀다.

"알겠다. 드디어 긴 청부가 끝이 났구나."

고검이 마차에 오르며 말했다.

"헤헤, 이번에 금전을 좀 벌었죠?"

"제법 벌었지."

"제 몫도 주실 거죠?"

"물론. 이번 일에는 네 공도 컸으니까. 장원에 돌아가면 섭

섭지 않게 네 몫을 떼어주마.”

“하하, 생각만 해도 기분이 좋은데요? 그나저나 저 두 사람은 앞으로 어떻게 될까요?”

“글쎄, 천 대협이 만반의 준비를 했을 테지만… 과연 북천무맹과 서패천의 눈을 피해 두 사람을 살릴 수 있을지는 모르겠구나.”

“흉측한 음모를 꾸민 자들이지만 한편으로는 측은한 생각도 들어요.”

“무림에 적을 둔 인생이란 모두 측은한 것이란다.”

“히히, 그래서 난 장사꾼이 될 거라니까요.”

“하하, 알았다. 열심히 돈을 벌려무나. 하지만 지금은 장원으로 돌아가야 할 때다.”

“알았어요, 사형! 이럇!”

추산의 채찍이 허공을 갈랐다. 그러자 오랫동안 움직이지 않던 마차가 눈 위에 바퀴 자국을 만들어내기 시작했다.

그렇게 고검과 추신을 태운 마차가 폭설 속으로 사라질 무렵, 추산의 목소리가 다시 들려왔다.

“그런데 사형, 양상운이 사실은 여인이었다니 정말 놀랍죠?”

“여인으로서 남자의 삶을 살아왔으니 얼마나 힘이 들었겠느냐?”

“맞아요. 하지만 이제부터는 여인의 삶을 살겠죠. 천도성과 양상운 두 사람은 제법 잘 어울리는 것 같아요.”

“그렇게 보이더냐?”

“예, 앞으로 서로 힘이 될 거예요. 참, 그나저나 제가 준 서찰을 읽으셨어요?”

“서찰?”

“네, 천화 사저가 보낸 서찰 말이에요.”

“그럼, 벌써 오래전에 읽었지.”

“그럼 어쩌실 생각이세요?”

“뭘 말이냐?”

“몰라서 묻는 거예요?”

“아니다. 음… 며칠 있다가 나와 함께 설연장에 가자꾸나.”

“설연장에요?”

“오냐.”

“오! 무슨 결심이 서신 모양이군요?”

“사람의 인연이란 게 무척 소중하단 생각이 드는구나.”

“하하하, 결국 국수를 먹는 건가! 천화 사저가 좋아 죽겠군. 하하하!”

어느덧 두 사형제의 목소리도 폭설 속에 묻혀 더 이상 들려오지 않았다. 겨울이 한층 깊어지고 있었다.

孤劍秋山
두 번째 이야기…

孤劍秋山

산들거리는 봄바람이 호수 변에 늘어선 도화나무 꽃잎을 물 위로 흩날렸다. 햇살은 맑았고 바람은 청명했으므로 수많은 상춘객들이 물 위에 배를 띄우고 바람에 날려오는 도화 꽃잎을 벗 삼아 풍류를 즐기고 있었다.

"호호호, 그러니까 남련십육문 중 다섯 손가락 안에 들어가는 상관세가의 후계자께서 아씨께 청혼을 했다는 말이죠? 아씨의 생각은 어떠세요? 상관 공자가 마음에 드세요?"

호수에 떠 있는 수십 척의 놀잇배 중 화려한 치장을 한 배 안에서 옥구슬 굴러가는 소리가 들려왔다.

"흥, 난 아직 혼인할 생각이 없단다."

"아니, 왜요? 상관 공자는 천하의 모든 여인들이 흠모하는 강호의 영웅이에요. 저번에 본 장에 들렀을 때 보니 외모 또한 정말 멋지게 생기셨더라고요."

"아화야, 사람은 외모를 보고 평가하는 것이 아니란다."

"하지만 상관홍 공자는 외모만 뛰어난 것이 아니잖아요. 그 무공은 남련십육문의 후기지수 중 최고를 다툴 만하고 성정 또한 대협의 기질이 있다고 알려졌단 말이에요. 아씨, 잘 생각해 보세요."

"아아, 난 아직 자유롭게 살고 싶어. 누군가와 혼인을 한다면, 특히 상관세가와 같은 대문파에 들어간다면 어찌 오늘처럼 한가롭게 뱃놀이를 즐길 수 있겠느냐? 그리고 무엇보다도 이번 청혼은 나 육초초를 보고 한 것이 아니라 우리 기련장의 재물을 보고 한 것이기에 더더욱 마음에 들지 않아. 난 정략결혼 따위는 하기 싫어."

"하지만 장주님의 생각은 다르실걸요? 상관세가의 청혼이라면 장주께서도 거절하기 쉽지 않을 거예요."

"그건 아버님 사정이야. 난 절대 지금 혼인을 올리고 싶은 생각이 없어. 그리고 내 상대는 내가 정할 거라고."

"호호호, 역시 아씨세요. 하긴 아씨의 미모라면 강호의 누구라도 낭군으로 맞이할 수 있을 거예요. 아, 누가 우리 초초 아씨의 낭군이 될까? 강남제일미를 품에 안을 사람은 과연 어떤 영웅일 것인가?"

"요년, 정말 못하는 말이 없구나."

"호호호, 아씨, 이건 결코 나만의 호기심이 아니라고요. 천하의 청춘남녀들이 모두 아씨의 상대가 누가 될지 궁금해한단 말이에요.”

“그래? 하지만 그들의 궁금증은 쉽게 풀리지 않을 것 같구나. 어쨌든 난 지금은 누구와도 혼인을 할 생각이 없으니 말이다. 아화, 그런 말은 그만 하고 네 피리 소리나 들어보자꾸나.”

“좋아요, 아씨. 마침 도화(桃花)도 만발하니 제가 한 곡조 불어볼게요.”

잠시 후 대화가 끊긴 배 위에서 한가닥 피리 소리가 흘러나오기 시작했다. 봄날의 정취를 한껏 머금은 맑은 피리 소리. 바람에 날리는 꽃잎이 그 피리 소리에 맞춰 춤을 추듯 움직였다.

봄날의 호수는 피리 소리와 함께 평화로웠다. 그런데 얼마의 시간이 흘렀을까. 평화롭던 호수의 물결 위에 한가닥 그림자가 드리워졌다. 어느새 하늘에 구름이 솟아나 그림자를 만들었던가? 하지만 호수 위 하늘에는 한 점의 구름도 생겨나지 않았다.

누구도 호수에 생겨난 그림자에 신경을 쓰는 사람은 없었다. 그러나 햇살에 반짝이는 호수의 물결 속에 검은 그림자가 생겨난 것은 분명한 사실이었다. 그리고 그 그림자가 호수의 저쪽에서 이쪽으로 서서히 이동하기 시작했다.

그림자는 유유히 호수를 가로질러 아름다운 피리 소리가 들려오는 배 아래까지 다가왔다. 그리곤 잠시 피리 소리에 취한 듯 배 아래에 머문 채 움직이지 않았다. 배 위에서는 여전히 피리 소리가 흘러나오고 햇살과 꽃향기도 여전히 호수를 가득

메우고 있었다.

그러던 어느 순간,

"어어… 저, 저……."

갑자기 멀리서 누군가의 당황스런 목소리가 터져 나왔다.

"저게 뭐지?"

"호수가… 호수가 일어난다!"

순식간에 평화롭던 호수가 소란스러워졌다. 동시에 배 위에서 들려오던 피리 소리도 뚝 멈췄다.

"아화, 무슨 일이지?"

"글쎄요. 아씨, 사람들이 모두 우리 배를 바라보고 있어요."

배 위의 여인들은 그녀들의 배 아래에서 움직이고 있는 검은 그림자를 미처 발견하지 못하고 있었다.

검은 그림자는 호수의 물을 밀어 올리듯 부풀어 오르고 있었다. 그리고 어느 순간, 그림자에 의해 밀려 올려진 물 덩어리가 뱃전에까지 이르렀다. 그리고 다음 순간!

쿠아아앙!

거대한 포효 소리와 함께 부풀어 오른 물 덩어리가 사방으로 터져 나가며 그 속에서 정체를 알 수 없는 검은 괴물이 하늘로 솟구쳤다.

"악!"

순식간에 여인들이 타고 있는 배 위에서 비명 소리가 터져 나왔다. 그러나 하늘로 솟구친 검은 괴물은 여인들의 비명에도 아랑곳없이 그대로 배 위로 내리꽂혔다.

"악!"

다시 한마디 비명성이 터져 나왔다.

우지끈!

동시에 배 부서지는 소리가 호숫가에 울려 퍼졌다.

"아씨!"

피리를 불던 여인의 찢어지는 듯한 목소리가 배의 파열음에 섞여 나왔다. 그 순간 무지막지한 모습으로 배에 부딪쳐 갔던 괴물체가 다시 허공으로 머리를 들었다. 그리고 사람들은 볼 수 있었다. 그 괴물의 머리 부분에 한 명의 여인이 물려 있는 것을.

콰아아아!

여인을 입에 문 괴물은 거친 물결 소리를 만들어내며 순식간에 물속으로 사라졌다. 그리곤 무서운 속도로 물속을 가로질러 호수의 저쪽 편으로 사라졌다.

"아씨!"

부서진 배 위에서 피리 불던 여인의 비명성이 애처롭게 울려 퍼졌다.

그렇게 그날 동정호에서 봄꽃 놀이를 즐기던 기련장의 금지옥엽 육초초가 호수의 괴물에 의해 납치되었다.

제二화 '마옥(魔獄)의 제왕' 편이 3권에서 이어집니다.

The Chain of the Northern Sky

아울 판타지 장편 소설
FANTASY FRONTIER SPIRIT

북천의 사슬

"강해져라! 내가 보지 못하는 순간에도 네가 자신을 지킬 수 있도록."

달이 거꾸로 서는 날이 되면 찾아든다. 언제나 낯선 세상의 그림자와 함께.
이 세상의 경계 너머 있는 듯한,
세상의 허허로운 바람과 차가운 눈보라같이.

삼켜진 달의 전사, 그리고 이제 한줌만 남은 왕의 기사,
풍요와 영광을 잃고 퇴색한 왕국을 지켜온 기사, 클로드 버젤이다.

유행이 아닌 자유추구 –
WWW.chungeoram.com